A Suspeita

NORA ROBERTS

A Suspeita

Tradução
Anna Zelma

Harper Collins

Rio de Janeiro, 2016

Título original: The Welcoming

Rua Nova Jerusalém, 345 — Bonsucesso — 21042-235
Rio de Janeiro — RJ — Brasil
Tel.: (21) 3882-8200 — Fax: (21) 3882-8212/831

CIP-Brasil. Catalogação na Publicação
Sindicato Nacional dos Editores de Livros, RJ

R549s

Roberts, Nora
A suspeita / Nora Roberts ; tradução Anna Zelma. - 1. ed. - Rio de Janeiro : HarperCollins, 2016.
224 p. ; 23 cm.

Tradução de: The welcoming
ISBN 978.85.39822.42-3

1. Ficção americana. I. Zelma, Anna. II. Título.

16-35778 CDD: 813
CDU: 821.111(73)-3

Para minha amiga Catherine Coulter, por
saber compartilhar uma boa risada.

Capítulo Um

Tudo aquilo de que precisava estava na mochila pendurada em seus ombros. Inclusive sua calibre 38. Se as coisas corressem bem, não necessitaria dela.

Roman tirou um cigarro do maço amassado no bolso da camisa e afastou-se do vento para acendê-lo. Um menino, de uns oito anos, corria alegremente ao longo da borda da barca, ignorando solenemente os chamados da mãe. Roman sentiu uma onda de empatia pelo garoto. Estava bastante frio. O vento que chicoteava em Puget Sound não parecia ser de primavera, porém a vista era linda. Se ficasse sentado no salão envidraçado, certamente estaria mais aquecido, mas era preciso tirar alguma coisa daquela experiência.

O menino foi agarrado por uma mulher loura de bochechas coradas e um nariz que ficava rapidamente vermelho. Roman escutou os dois reclamando um com o outro, enquanto ela o arrastava para dentro. Parece que as famílias nunca concordam em nada. Virando-se, recostou-se na amurada, fumando preguiçosamente. Viu a barca, que soltava vapor, passar por ilhas rochosas.

Tinham deixado o horizonte de Seattle para trás, apesar das montanhas de Washington ainda configurarem a paisagem, maravilhando e impressionando quem observasse. Havia uma sensação de solidão ali, apesar do movimento de passageiros caminhando pelo deque ou espreguiçando-se nos bancos de madeira, para aproveitar as nesgas de sol. Ele preferia a cidade, apressada, com as multidões e toda aquela energia. E o ar anônimo. Sempre preferira. Não conseguia compreender de onde vinha a inquietação descontente que sentia ou por que ela lhe pesava tanto.

O trabalho. Durante o ano anterior inteiro, pusera toda a culpa no trabalho. A pressão era uma coisa que ele sempre apreciara, até mesmo gostava. Sempre pensara que a vida sem ela seria extremamente sem graça e sem atrativos. Mas, ultimamente, isso não fora o suficiente. Mudara-se de um lugar para outro, levando pouca coisa e deixando menos ainda para trás.

Está na hora de descer, pensou enquanto observava um barco de pesca que passava por perto. Hora de seguir em frente. *E fazer o quê?*, perguntou-se com desgosto, soltando com força a fumaça do cigarro. Podia ter o próprio negócio. Brincara com essa ideia uma ou duas vezes na vida. Poderia viajar. Já percorrera o mundo, mas poderia ser diferente fazer isso como turista.

Uma pessoa se aproximou do cais com uma câmera de vídeo. Roman virou-se, afastou-se, saiu de seu campo de visão. Provavelmente, uma precaução desnecessária, mas a reação foi instintiva. Assim como o jeito com que observava tudo, o jeito desligado, que escondia uma atenta prontidão.

Ninguém prestava muita atenção nele, apesar de algumas mulheres olharem duas vezes. Tinha altura acima da média, um corpo forte e bem-constituído de um boxeador peso-leve. A jaqueta displicente e o jeans surrado cobriam músculos bem-torneados. Não usava chapéu, e o cabelo negro e espesso voava livremente, afastando-se do rosto bronzeado e bonito. Tinha a barba por fazer e um aspecto másculo. Os olhos verde-claros poderiam ter suavizado aquela aparência que parecia dizer "vá para o inferno", mas eram intensos. Diretos e, naquele momento, entediados.

O que tinha a fazer prometia ser uma rotina lenta e costumeira.

Roman ouviu o aviso para desembarque e pegou a mochila. Rotina ou não, era seu trabalho. Ele o faria, preencheria o relatório e depois tiraria algumas semanas para pensar no que faria pelo resto da vida.

Desembarcou em meio aos outros passageiros. Havia um odor forte de flores, que competia com o cheiro marcante da água. As flores cresciam em seu esplendor livre e romântico, muitas delas com botões do tamanho de seu punho. Uma parte dele gostava da cor e do encanto, mas raramente parava para apreciar tais coisas.

Carros desciam a rampa e dirigiam-se para suas casas ou para um passeio. Assim que os deques ficavam vazios, novos passageiros subiam a bordo e se ajeitavam para seguir a outras ilhas ou para uma viagem mais longa e fria até a Colúmbia Britânica.

Roman pegou outro cigarro, acendeu-o e olhou casualmente em volta. Havia os belos jardins floridos, o encantador hotel branco com restaurante, as placas que exibiam informações sobre as barcas e os estacionamentos. Agora, era só uma questão de tempo. Ignorou o café do pátio, embora tivesse adorado tomar uma xícara de café, e seguiu até o estacionamento.

Avistou a van imediatamente: um modelo norte-americano branco e azul, com o letreiro *Whale Watch Inn* pintado na lateral. Sua função era arrumar um jeito de entrar na van e, depois, no hotel. Se os detalhes sobre isso fossem resolvidos, seria um caso de rotina. Se não, encontraria outro meio.

Para disfarçar, abaixou-se para amarrar o cadarço do sapato. As pessoas já estavam ocupando os carros, e os passageiros a pé já se encontravam na barca. Não havia mais de 12 veículos no estacionamento, incluindo a van. Levou mais um tempo para desabotoar a jaqueta quando viu a mulher.

Os cabelos estavam presos em um coque e não soltos como na foto da ficha. À luz do sol, pareciam ser de um louro mais profundo e mais rico. A mulher usava óculos escuros bem grandes, que cobriam metade do rosto, mas ele sabia que não estava enganado. Reconheceu a linha delicada do queixo, o nariz pequeno e reto, a boca carnuda e bem-feita.

A informação que ele obtivera era detalhada. Tinha 1,70m, pesava 55 quilos e era pequena, porém atlética. Estava vestida casualmente: jeans e suéter bege, de tricô, sobre uma blusa azul, que devia combinar com os olhos. O jeans estava enfiado em botas de camurça, e brincos delicados de cristal pendiam das orelhas.

Ela caminhava decididamente, com as chaves balançando em uma das mãos e uma grande bolsa de lona pendurada no ombro. Não andava de maneira sensual, mas chamaria a atenção de qualquer homem. Dava passadas largas e firmes. Tinha um balanço sutil nos quadris, cabeça empinada, olhar direto à frente.

Sim, qualquer homem a perceberia, pensou Roman enquanto jogava o cigarro longe. E achou que ela soubesse disso.

Esperou até ela chegar à van antes de começar a andar em sua direção.

Charity parou de cantarolar a "Nona sinfonia" de Beethoven, olhou para o pneu dianteiro direito e xingou. Como pensou que ninguém a estaria olhando, chutou-o e, em seguida, foi em direção à traseira da van, para pegar o macaco.

— Está com problemas?

Ela levou um susto e parou, quase deixando o macaco cair sobre o pé. Em seguida, virou-se.

Um cliente chato, foi o que Charity pensou quando olhou para Roman, cujos olhos estavam apertados por estar de frente para o sol. Uma das mãos segurava a alça da mochila, e a outra estava enfiada no bolso. Ela colocou a mão sobre o peito para ver se o coração ainda estava batendo e sorriu.

— Sim. O pneu furou. Acabei de deixar uma família de quatro pessoas na barca. Duas delas têm menos de seis anos e são fortes candidatas a um reformatório. Meus nervos estão em frangalhos, o encanador está esperando na unidade seis e meu auxiliar acabou de ganhar na loteria. Muito prazer.

A ficha não dizia que sua voz era aveludada. Ele observou esse fato, arquivou-o na mente e olhou para o pneu furado.

— Quer que eu troque para você?

Charity poderia ter trocado o pneu sozinha, mas não era mulher de recusar ajuda quando lhe era oferecida. Além disso, com certeza ele seria mais rápido e parecia precisar dos cinco dólares que ela lhe daria.

— Obrigada. — Entregou-lhe o macaco e, em seguida, tirou um pacote de balas de limão da bolsa. O pneu provavelmente roubaria o tempo que ela pensara ter para o almoço. — Você acabou de chegar de barca?

— Sim. — Ele não era muito de ficar de papo-furado, mas sabia usar isso a seu favor, assim como a simpatia, tão habilmente quanto usava o macaco. — Andei viajando por aí. Pensei em passar algum tempo em Orcas, para ver se avistava alguma baleia.

— Pois veio ao lugar certo. Vi um algumas baleias ontem da minha janela — disse isso e se reclinou sobre a van, para apreciar o sol. Enquanto ele trabalhava, Charity observava-lhe as mãos. Fortes, competentes, ligeiras. Sempre admirara quem conseguia fazer bem um trabalho, por mais simples que fosse. — Você está de férias?

— Só estou viajando. Aceito um serviço aqui e ali. Sabe de alguém que esteja precisando de ajuda?

— Talvez... — Franzindo os lábios, ela o estudou enquanto ele tirava o pneu furado. Ele se endireitou, mantendo uma das mãos sobre o pneu. — Que tipo de trabalho?

— Uma coisa aqui e outra ali. Onde está o estepe?

— Estepe? — Percebeu que olhar para ele por mais de dez segundos era como ser hipnotizada.

— O pneu! — O canto da boca contorceu-se em um ligeiro sorriso. — Vai precisar de um que não esteja furado.

— Ah, certo. O estepe. — Balançando a cabeça, em negativa, repreendendo sua tolice, foi pegá-lo. — Está ali atrás. — Virou-se e esbarrou nele. — Desculpe.

Ele colocou a mão no braço dela para ampará-la. Ficaram por um instante à luz do sol, franzindo os olhos um para o outro.

— Está tudo bem. Eu pego.

Quando ele subiu na van, Charity suspirou profundamente. Os nervos estavam mais em frangalhos do que ela imaginara ser possível.

— Ah, cuidado com... — Sorriu quando Roman abaixou-se para tirar os restos de um pirulito de cereja do joelho dela. O sorriso foi espontâneo e tão rico quanto sua voz. — Desculpe. Um suvenir da ilha das Orcas, de Jimmy McCarthy, o Destruidor, um delinquente de cinco anos de idade.

— Eu preferiria uma camiseta.

— Sim, quem não preferiria? — Charity o ajudou a tirar o pirulito pegajoso, embrulhou-o em um lenço de papel amarrotado e jogou-o dentro da bolsa. — Somos um estabelecimento familiar — explicou quando ele saiu com o estepe. — Quase todos gostam de ter crianças por perto, mas, de vez em quando, você encontra uma dupla como Jimmy e Judy, os gêmeos de Walla Walla, e, então, pensa em transformar o local em um posto de gasolina. Você gosta de crianças?

Roman levantou os olhos para ela enquanto colocava o pneu no lugar.

— A uma distância segura.

Ela riu, gostando da resposta.

— De onde você é?

— Saint Louis. — Poderia ter escolhido uma dúzia de lugares. Não sabia dizer por que escolhera dizer a verdade. — Mas não vou muito lá.

— Família?

— Não.

O jeito como ele falou aguçou a curiosidade de Charity, mas não invadiria a privacidade de ninguém, assim como não jogaria o resto do pirulito no chão.

— Eu nasci aqui mesmo, em Orcas. Todo ano, digo para mim mesma que vou tirar seis meses para viajar. Para qualquer lugar. — Encolheu os ombros enquanto ele apertava as últimas porcas do pneu. — Nunca consigo fazer isso direito. De qualquer maneira, isto aqui é lindo. Se não tiver nenhum prazo a cumprir, talvez fique mais tempo por aqui do que planejou.

— Talvez. — E se levantou para guardar o macaco. — Se encontrar um trabalho e um lugar para ficar.

Charity não considerou seu ato como um impulso. Tinha estudado, medido e considerado o rapaz por quase 15 minutos. A maioria das entrevistas de trabalho levava mais tempo. Ele tinha costas fortes e olhos inteligentes, ainda que desconcertantes, e o estado da mochila e dos sapatos indicava que ele não se encontrava na melhor das sortes. Tinha sido ensinada a ajudar qualquer pessoa que necessitasse. E, se pudesse resolver um de seus problemas mais imediatos e difíceis ao mesmo tempo...

— Você é bom em trabalhos manuais? — perguntou.

Roman olhou para ela, incapaz de evitar que a mente tomasse o caminho desejado.

— Sim. Sou muito bom.

A sobrancelha de Charity, assim como a pressão, subiu ligeiramente quando ouviu a rápida resposta.

— Quero dizer, com ferramentas. Martelo, serra, furadeira. Entende um pouco de carpintaria, de consertos domésticos?

— Claro. — Ia ser fácil, muito fácil. Ele se perguntou por que sentia aquela ligeira culpa, com a qual não estava acostumado.

— Como eu disse, meu auxiliar ganhou na loteria, uma grande quantia. Foi para o Havaí estudar biquínis e comer *poi* com bastante pimenta. Desejei muita sorte para ele, só que estávamos no meio da reconstrução da ala oeste. Do hotel — acrescentou, apontando para o logotipo da van. — Se você souber lidar com ripas e pintura de parede, posso oferecer casa, comida e mais cinco dólares por hora.

— Parece que resolvemos o problema dos dois.

— Ótimo. — Ela lhe estendeu a mão. — Meu nome é Charity Ford.

— DeWinter — disse ele, apertando a mão dela. — Roman DeWinter.

— Certo, Roman. — E abriu toda a porta do carro. — Pode entrar.

Ela não parecia ingênua, pensou Roman enquanto se acomodava no banco ao lado dela. Mas, ele sabia, melhor do que a maioria das pessoas, que as aparências podiam ser enganadoras. Ele estava exatamente onde queria estar e não teve de apelar para nenhum estratagema. Acendeu um cigarro logo que ela saiu do estacionamento.

— Meu avô construiu o hotel em 1938 — disse ela, abrindo a janela. — Acrescentou umas coisas algumas vezes a ele durante esses anos, mas ainda continua sendo um hotel. Não podemos chamá-lo de *resort*, nem nos panfletos de publicidade. Espero que esteja procurando por algum lugar mais sossegado.

— Para mim, está bom.

— Para mim, também. Na maior parte do tempo. — Rapaz falante, ela pensou, sorrindo ligeiramente. Mas tudo bem. Ela poderia falar o suficiente pelos dois. — Estamos no começo da temporada. Portanto, o hotel não está lotado. — Apoiou o cotovelo na janela aberta e retomou alegremente a conversa. A luz do sol refletia nos brincos dela, formando belas cores. — Você vai ter bastante tempo livre para passear. A vista do monte Constitution é realmente espetacular. Ou, se preferir, as trilhas para caminhada são ótimas.

— Pensei em passar algum tempo na Colúmbia Britânica.

— Isso é fácil. Pegue a barca para Sydney. Nós temos vários grupos de excursões para todas as regiões.

— Nós?

— O hotel. Meu avô construiu meia dúzia de chalés nos anos 1960. Damos um desconto especial para grupos. Podem alugar os chalés e ter o café da manhã e o jantar incluídos. São um pouco rústicos, mas os turistas gostam muito deles. Temos aproximadamente um grupo por semana. Durante a temporada, pode triplicar.

Ela virou o carro, entrou em uma estrada cheia de curvas e manteve a velocidade em oitenta quilômetros por hora.

Roman já sabia as respostas, mas sabia também que pareceria estranho se não fizesse as perguntas.

— Você administra o hotel?

— Sim. Tenho trabalhado por lá, entre idas e vindas, durante tanto tempo que já nem me lembro direito. Quando meu avô morreu, há alguns anos, assumi a direção. — Fez uma pausa. Ainda doía, e ela acreditava que doeria sempre. — Ele adorava o hotel. Não só o local, mas a ideia de conhecer gente nova todos os dias, fazer com que as pessoas ficassem confortáveis, conversar.

— Imagino que esteja indo de vento em popa.

Ela deu de ombros.

— Nós nos viramos. — Passaram por uma curva, onde a floresta dava lugar a uma ampla extensão de água azul. A curva da ilha era nítida, lançando-se para a frente e recolhendo-se em sombras contrastantes de um verde profundo e marrom. Algumas casas pareciam penduradas nos penhascos adiante. Um barco, com velas brancas enfunadas, navegava com o vento, cortando o espelho d'água. — Existem vistas como esta por toda a ilha. Elas nos surpreendem, mesmo quando somos moradores daqui.

— E a paisagem é boa para os negócios.

Ela franziu ligeiramente a testa.

— Mal não faz — disse, olhando de volta para ele. — Está mesmo interessado em ver baleias?

— Pareceu-me uma boa ideia, já que estou aqui.

Ela parou a van e apontou para os penhascos.

— Se você tiver paciência e bons binóculos, lá em cima é um ótimo lugar. Nós as vemos do hotel, como eu disse. Mesmo assim, se quiser ver melhor, é bom ir de barco. — Como ele não fez comentário algum, ela ligou a van outra vez. Roman a estava deixando nervosa, ela percebeu. Parecia não estar olhando nem para a água, nem para a floresta, mas para ela.

Roman olhou para as mãos dela. Fortes, competentes; não eram mãos sem personalidade, concluiu, apesar de os dedos terem começado a tamborilar nervosamente no volante. Ela continuou a dirigir depressa, levando a van decididamente por entre os obstáculos encontrados no caminho. Outro carro aproximou-se. Sem reduzir a velocidade, Charity fez um aceno para a motorista.

— Era Lori, uma de nossas garçonetes. Ela trabalha em um turno mais cedo, para poder voltar para casa quando os filhos retornam da escola. Geralmente, temos uma equipe de dez pessoas, que aumenta em cinco ou seis para trabalho temporário durante o verão.

Passaram pela curva seguinte, e o hotel ficou visível. Era exatamente o que ele esperava, mas, ao mesmo tempo, mais charmoso do que nas fotos que tinham lhe mostrado. Era de um branco perfeito, com contornos de um azul desbotado em torno das janelas em arco e ovais. Havia delicados torreões, caminhos estreitos e um amplo pórtico. Um gramado levava diretamente para a água, onde podia ser visto um deque. Amarrado a ele, um barco a motor, que balançava preguiçosamente ao sabor da corrente.

Um moinho despejava água em um lago raso, que ficava ao lado do pequeno hotel, fazendo um ruído musical. Para o lado oeste, onde o bosque começava a ficar mais denso, ele pôde avistar uma dos chalés de que ela havia falado. Havia flores por toda parte.

— Temos um lago maior nos fundos. — Charity levou o carro para o lado e parou em um pequeno estacionamento com chão de cascalho junto ao lago, que já estava meio cheio. — É aqui que criamos as trutas. A trilha nos leva para os chalés um, dois e três. Depois, bifurca-se, dando para a quatro, cinco e seis. — A moça desceu do carro e esperou que Roman se juntasse a ela. — A maioria das pessoas usa a entrada dos fundos. Posso lhe mostrar tudo depois, se quiser, mas, antes, vou levá-lo a seu quarto.

— É um lugar bonito — disse ele, quase sem pensar, e falava sério. Havia duas cadeiras de balanço no terraço dos fundos, além de uma cadeira de vime cuja pintura branca precisava ser retocada. Roman se virou para observar o que um hóspede veria se estivesse sentado na cadeira. Parte de uma floresta, parte das águas, tudo muito bonito. Relaxante. Muito receptivo. Pensou na pistola que estava em sua mochila. As aparências podiam enganar, pensou de novo.

Com as sobrancelhas ligeiramente franzidas, Charity o observava. Ele parecia mais estar absorto do que observando. Era um pensamento estranho, mas teria jurado que, se alguém pedisse a ele para descrever o hotel dali a seis meses, seria capaz de fazê-lo, até o último detalhe.

Então, Roman virou-se para ela, e a sensação permaneceu, só que mais pessoal agora, mais intensa. A brisa os acariciou, balançando as folhas novas que pendiam dos caules.

— Você é artista? — perguntou ela, abruptamente.

— Não. — Ele sorriu, e a mudança em seu rosto foi rápida e encantadora. — Por quê?

— Só imaginei. — Charity decidiu ter cuidado com aquele sorriso. Deixava as pessoas sentindo-se relaxadas, e ela suspeitava que ele fosse do tipo de homem perto do qual não se deveria relaxar nunca.

As portas duplas de vidro abriam-se para um aposento grande e arejado, com cheiro de lavanda e fumaça de madeira. Havia dois sofás longos e macios, e duas poltronas estofadas, junto de uma enorme lareira de pedra, onde a lenha queimava. Antiguidades estavam espalhadas por toda a sala: uma escrivaninha com cadeira, um trio de tinteiros antigos, um chapeleiro de carvalho e um bufê, com portas entalhadas e brilhantes. Encaixada em um canto, havia uma pianola com teclas amareladas, e duas janelas amplas e arqueadas, que dominavam a parede oposta, dando a impressão de que a água fazia parte da decoração da sala. Em uma mesa perto deles, duas mulheres jogavam preguiçosamente uma partida de Scrabble.

— Quem está vencendo hoje? — perguntou Charity.

As duas levantaram os olhos e sorriram.

— Está empatado. — A mulher da direita ajeitou o cabelo quando viu Roman. Tinha idade suficiente para ser avó dele, mas tirou rapidamente os óculos e endireitou as costas. — Não sabia que você ia trazer outro hóspede, querida.

— Nem eu — disse Charity, colocando mais lenha na lareira. — Roman DeWinter, sra. Lucy e sra. Millie.

O sorriso dela voltou aos lábios. Dessa vez, suave.

— Prazer, senhoras...

— DeWinter. — A sra. Lucy recolocou os óculos para ver melhor. — Nós não conhecemos um DeWinter uma vez, Millie?

— Não que eu me lembre. — Millie, sempre pronta a flertar, continuava sorrindo para Roman, apesar de, para ela, o rapaz não passar de um borrão. — Já esteve aqui no hotel antes, sr. DeWinter?

— Não, senhora. Esta é minha primeira vez em San Juan.

— Está convidado para uma partida. — Millie soltou um pequeno suspiro. Era uma pena o que os anos faziam. Parecia que tinha sido ontem que homens bonitos e jovens beijavam sua mão e a convidavam para dar um passeio. Agora, eles a chamavam de senhora. Ela voltou a atenção para o jogo.

— Estas senhoras vêm ao hotel há mais tempo do que consigo me lembrar. — Charity dizia para Roman enquanto guiava-o por um corredor. — São adoráveis, mas devo preveni-lo a respeito da sra. Millie. Falaram que tinha uma certa reputação em sua época, e que ainda não consegue tirar os olhos de um homem atraente.

— Vou me cuidar.

— Tenho a impressão de que você sempre faz isso. — Ela pegou um molho de chaves e abriu a porta. — Esta porta leva à ala oeste. — Ela avançou por outro corredor, rápida e eficiente. — Como pode ver, a restauração já estava bem avançada quando George achou seu pote de ouro. O rodapé foi arrancado. — Apontou para as pilhas arrumadas de madeira ao longo das paredes pintadas e frescas. — As portas ainda precisam ser terminadas e os enfeites originais estão naquela caixa.

Tirou os óculos escuros e jogou-os dentro da bolsa. Ele estava certo. A gola da blusa era quase que exatamente da cor de seus olhos. Roman olhou para eles enquanto ela examinava o trabalho feito por George.

— Quantos quartos?

— Temos dois de solteiro, um de casal e uma suíte familiar nesta ala, todos em vários estágios de desordem. — Ela afastou a porta, que estava apoiada contra a parede, e entrou no quarto. — Você pode ficar com este aqui. É o que está mais próximo de estar pronto nesta ala.

Era um quarto pequeno e iluminado. A janela de vitrais dava para o moinho. A cama estava sem lençóis e o chão, gasto, precisando de reparos. Papel de parede, obviamente novo, cobria as paredes do teto até o rodameio. Abaixo dali, a parede estava sem pintura.

— Não parece muito bom no momento — comentou Charity.

— Está ótimo. — Ele já passara por locais que fariam aquele quartinho parecer uma suíte de um hotel chique.

Automaticamente, ela verificou o armário e o banheiro, fazendo uma lista mental do que era necessário.

— Pode começar por aqui, se isso o deixar mais confortável. Você é quem decide. George tinha o próprio sistema. Nunca o compreendi, mas, geralmente, ele conseguia fazer as coisas a que se propunha.

Ele enfiou os polegares nos bolsos da frente do jeans.

— Você tem alguma ideia?

— Com certeza.

Charity passou os trinta minutos seguintes levando-o para percorrer a ala e explicando exatamente o que queria. Roman escutava, comentava pouco e estudava as cercanias. Sabia, pelos projetos que estudara, que a planta baixa daquela área espelhava o da ala leste. Sua posição ali lhe daria um acesso fácil ao andar principal e ao resto do hotel.

Teria de trabalhar, refletiu enquanto olhava para as paredes semiterminadas e as latas de tinta. Considerava isso um pequeno bônus. Trabalhar com as mãos era uma coisa que ele gostava de fazer e para a qual tivera pouco tempo no passado.

Ela era bastante precisa em suas instruções. Uma mulher que sabia o que queria e que pretendia obtê-lo. Ele admirava isso. Não teve a menor dúvida de que ela seria muito boa no que fizesse, fosse dirigir um hotel... ou outra coisa qualquer.

— O que fica lá em cima? — perguntou, apontando para um lance de escadas ao final do corredor.

— Meus aposentos. Vamos pensar neles depois que os quartos dos hóspedes estiverem terminados. — Sacudiu as chaves enquanto os pensamentos voavam para vários assuntos diferentes. — Então, o que achou?

— Do quê?

— Do trabalho.

— Você tem ferramentas?

— No galpão, do outro lado do estacionamento.

— Posso cuidar disso.

— Tudo bem. — Charity entregou as chaves para ele. Tinha certeza de que era capaz. Estavam parados no saguão octogonal da suíte familiar. Estava vazio, a não ser por materiais de construção e latas de tinta. E estava silencioso. Ela percebeu, então, repentinamente, que estavam muito próximos um do outro e que não se ouvia o menor ruído. Sentindo-se tola, tirou uma chave do chaveiro.

— Vai precisar disto.

— Obrigado. — Ele a colocou no bolso.

Ela respirou profundamente, perguntando-se por que se sentia como se tivesse dando um longo passo de olhos fechados.

— Você já almoçou?

— Não.

— Vou levá-lo até a cozinha. Mae vai preparar um almoço para você. — E encaminhou-se para a porta, um pouco apressada demais. Queria escapar logo daquela sensação estranha de estar completamente sozinha com ele. E desamparada. Charity moveu os ombros, incomodada. *Que pensamento bobo*, disse para si mesma. Nunca tinha estado desamparada. Mesmo assim, soltou um suspiro aliviado quando fechou a porta.

Levou-o para o andar de baixo, passando pelo hall vazio e entrando na grande sala de jantar, decorada em tom pastel. Lá, havia pequenos vasos de louça brancos em cada mesa, cheios de flores frescas. Grandes janelas abriam-se para uma vista da água, e, como que para insistir no mesmo tema, um aquário tinha sido construído na parede sul.

Ela parou ali por um instante, examinando toda a sala, até ficar satisfeita por ver que as mesas estavam perfeitamente postas para o jantar. Então, empurrou a porta de vaivém que dava para a cozinha.

— Pois eu digo que precisa de mais manjericão.

— E eu digo que não.

— Faça o que fizer, nunca concorde com nenhuma delas... — murmurou Charity para ele. — Senhoras, eu lhes trouxe um homem faminto — disse, usando o melhor sorriso.

A mulher que estava junto da panela segurou no ar uma colher que pingava. A melhor maneira de descrevê-la seria ampla: rosto, quadris, mãos. Fez uma análise rápida de Roman, examinando-o de cima a baixo.

— Então, sente-se — disse ela, apontando com o polegar para uma comprida mesa de madeira.

— Mae Jenkins, Roman DeWinter.

— Prazer, senhora.

— E Dolores Rumsey. — A outra mulher segurava um pote de vidro com ervas. Era tão estreita quanto Mae era larga. Depois de cumprimentar Roman com um pequeno aceno de cabeça, ela se dirigiu até a panela.

— Afaste-se daí — ordenou Mae. — E sirva frango frito para ele.

Resmungando, Dolores foi pegar um prato.

— Roman vai retomar o trabalho de onde George parou — explicou Charity. — Ele vai ficar na ala oeste.

— Você não é daqui. — Mae olhou de novo para Roman, como se fosse uma babá observando uma criança pequena e levada.

— Não.

Ela fungou e serviu-lhe café.

— Acho que está precisando de uma comida decente.

— Vai ter aqui — intrometeu-se Charity, fazendo o papel de pacificadora. Estremeceu ligeiramente quando Dolores jogou um prato de frango frito e salada de batatas na frente de Roman.

— Precisava de mais manjericão. — Dolores fixou o olhar nele, como se o desafiasse a dizer o contrário. — Ela não quer me ouvir.

Roman decidiu que a melhor política seria sorrir para ela e manter a boca cheia. Antes que Mae pudesse responder, a porta se abriu outra vez.

— Será que alguém aqui pode tomar uma xícara de café? — O homem parou e lançou um olhar curioso para Roman.

— Bob Mullins, este é Roman DeWinter. Eu o contratei para terminar a ala oeste. Bob é um dos meus vários braços direitos.

— Bem-vindo a bordo. — Dirigiu-se para o fogão para servir-se de café, colocando bastante açúcar, enquanto Mae mostrava a língua para ele. O gosto pelo açúcar não parecia afetá-lo em nada. Era alto, talvez mais de 1,80m, e não pesava mais do que uns oitenta quilos. O cabelo castanho-claro era curto, na altura das orelhas, e estava penteado para trás da testa larga.

— Você é do leste? — perguntou Bob, entre goles de café.

— A leste daqui.

— Muito bem. — Sorriu quando Mae bateu em sua mão para afastá-lo do fogão.

— Resolveu aquele caso com o verdureiro? — perguntou Charity.

— Está tudo sob controle. Telefonaram para você enquanto esteve fora. E precisa assinar alguns papéis.

— Vou fazer isso. — Ela consultou o relógio de pulso. — Agora. — Olhou para Roman. — Vou estar no escritório ao lado do hall, se quiser saber de mais alguma coisa.

— Está tudo certo.

— Muito bem. — Ela o estudou por mais um momento. Não conseguia compreender como ele podia estar em um aposento com outras quatro pessoas e parecer tão sozinho. — Até logo.

Roman fez um longo passeio de reconhecimento pelo hotel antes de começar a levar as ferramentas para a ala oeste. Viu um jovem casal, possivelmente recém-casados, abraçado perto do lago. Um homem e um menino jogavam basquete em uma pequena quadra feita de concreto. As senhoras, como ele passou a se referir a elas, tinham largado o jogo para se sentar na varanda e falar sobre o jardim. Parecendo exausta, uma família de quatro pessoas entrou em uma espécie de trailer e dirigiu-se para os chalés. Um homem de boné caminhava pelo píer com uma câmera de vídeo no ombro.

Os pássaros cantavam nas árvores, e ouvia-se o som distante de um barco a motor. Havia também o som de um bebê chorando bastante, e as notas de uma sonata de Mozart ao piano.

Se ele mesmo não tivesse colhido as informações, juraria que estava no lugar errado.

Escolheu a suíte familiar e começou a trabalhar, perguntando-se quanto tempo levaria para chegar aos aposentos de Charity.

Sentia um certo bem-estar ao fazer trabalhos manuais. Duas horas se passaram, e ele relaxou um pouco. Uma olhada no relógio de pulso fez com que decidisse fazer outra viagem desnecessária até o galpão. Charity mencionara que o vinho era servido no que ela chamava de sala de reuniões, todas as tardes, às cinco horas. Não faria mal nenhum dar outra olhada de perto em todos os hóspedes.

Dirigiu-se para lá, mas resolveu parar na porta de seu quarto. Ouvira alguma coisa, algum movimento. Cuidadosamente, passou pela porta e examinou o quarto vazio.

Cantarolando baixinho, Charity saía do banheiro, onde havia colocado toalhas limpas. Desdobrou os lençóis e começou a arrumar a cama.

— O que está fazendo?

Com um grito abafado, ela tropeçou e sentou-se na cama para recuperar o fôlego.

— Meu Deus, Roman! Não faça isso!

Ele entrou no quarto, observando-a com os olhos semicerrados.

— Perguntei o que você estava fazendo.

— Não parece óbvio? — disse ela, e bateu a mão na pilha de lençóis.

— É você quem faz o serviço de arrumadeira?

— De tempos em tempos. — Já recuperada, ela se endireitou e alisou o lençol sobre a cama. — Há sabonete e toalhas no banheiro

— disse Charity e, depois, inclinou a cabeça — Acho que está precisando. — Esticou o lençol superior com habilidade. — Tem estado ocupado?

— Esse foi o trato.

Com um murmúrio de concordância, ela enfiou os cantos dos lençóis embaixo do colchão, como se lembrava de ver a avó fazer.

— Coloquei um travesseiro e um cobertor extras no armário. — Ela foi de um lado da cama para o outro, de uma maneira que o fez observá-la com pura admiração masculina. Não conseguia se lembrar da última vez em que vira alguém arrumar uma cama. Isso lhe provocava pensamentos que ele não podia se dar ao luxo de ter. Pensamentos de como seria desarrumá-la de novo, com ela.

— Você não para nunca?

— É o que dizem de mim. — Estendeu uma colcha branca de retalhos na cama. — Esperamos uma excursão para amanhã. Por isso, estamos todos um pouco atarefados.

— Amanhã?

— Sim. Na primeira barca de Sydney. — Afofou os travesseiros, satisfeita. — Se você...

Interrompeu-se quando se virou e quase caiu por cima dele. As mãos de Roman instintivamente foram para os quadris dela, enquanto as de Charity abraçavam seus ombros. Um abraço; não planejado, não desejado e surpreendentemente íntimo.

Charity era esbelta por baixo daquele suéter comprido e largo, ele descobriu. Até mais esbelta do que um homem poderia esperar. E os olhos eram mais azuis do que tinham o direito de ser, maiores, mais suaves. O cheiro dela era o mesmo do hotel: uma combinação bem-vinda de lavanda e madeira. Atraído pelo aroma, continuou abraçando-a, apesar de saber que não devia.

— Se eu o quê? — Os dedos dele se abriram sobre os quadris de Charity, puxando-a um pouco mais para junto de si. Roman percebeu a confusão em seus olhos; a reação dela o atraía ainda mais.

Ela se esquecera de tudo. Só conseguia olhá-lo, quase tonta com as sensações que perpassavam seu corpo. Involuntariamente, os dedos enroscaram-se na camisa dele. Deu-se conta da força. Uma força implacável com um grande potencial para a violência. E o fato de isso excitá-la a deixou sem fala.

— Você quer alguma coisa? — perguntou ele.

— O quê?

Pensou em beijá-la, em colar os lábios com força nos dela, em abraçá-la mais forte. Apreciaria o gosto, a paixão momentânea.

— Perguntei se você queria alguma coisa. — Lentamente, correu as mãos para cima, sob o suéter, chegando à cintura dela.

O choque do calor e a pressão dos dedos a trouxeram de volta.

— Não. — E começou a se afastar, descobrindo que estava rígida e lutando contra um pânico crescente. Antes que conseguisse falar novamente, ele a soltou. Decepção. Aquela era uma reação estranha para um momento como aquele. — Eu estava... — Ela respirou profundamente e esperou os nervos se acalmarem. — Eu ia perguntar se você encontrou tudo aquilo de que precisava.

Os olhos dele não se afastaram dos dela.

— Parece que sim.

Ela apertou os lábios para umedecê-los.

— Ótimo. Tenho muito o que fazer. Então, vou deixá-lo trabalhar.

Roman segurou-lhe o braço antes que ela pudesse se afastar. Talvez não fosse uma boa ideia, mas ele desejava tocá-la outra vez.

— Obrigado pelas toalhas.

— De nada.

Observou enquanto Charity quase corria para fora, sabendo que seus nervos estavam tão abalados quanto os dele. Pensativamente, pegou um cigarro. Não conseguia se lembrar nem de uma vez em que tivesse sido tão facilmente abalado. E, certamente, não por uma mulher que nada fizera além de olhar para ele. Ele sempre tivera o hábito de manter os pés bem no chão.

Poderia ser vantajoso aproximar-se dela, jogar com a reação que percebera que Charity havia sentido. Ignorando uma onda de desgosto consigo mesmo, riscou um fósforo.

Tinha um trabalho a fazer. Não podia se dar ao luxo de pensar em Charity Ford como algo mais do que um meio para alcançar um fim.

Aspirou a fumaça, amaldiçoando a forte dor que sentiu no estômago.

Capítulo Dois

O dia mal começara a raiar e o céu a leste estava fantástico. Roman parou à beira da estrada estreita, com as mãos enfiadas nos bolsos traseiros da calça. Apesar de raramente ter tempo para admirar o dia, gostava de manhãs como aquela, quando o ar era fresco e surpreendentemente limpo. Era possível respirar ali e, se ele pudesse se dar ao luxo, adoraria esvaziar a mente e simplesmente sentir aquele dia magnífico.

Prometera a si mesmo trinta minutos, trinta minutos solitários e tranquilizantes. O sol que nascia insinuava-se entre as formações de nuvens, transformando-as em formas de cores vívidas e extraordinárias. Formas oníricas. Considerou a ideia de acender um cigarro, mas, em seguida, a rejeitou. Naquele momento, desejava somente apreciar o frescor do ar daquela manhã, temperado pelo mar.

Ouvia-se um cachorro latindo a distância, um fraco latido, que apenas dava um toque doméstico ao ambiente. Gaivotas, que haviam saído para a refeição matinal, faziam seu voo rasante sobre a superfície da água, cortando o silêncio com pios solitários. A fragrância das flores, em uma celebração à primavera, era trazida delicadamente pela brisa suave.

Perguntou-se por que tinha tanta certeza de preferir a correria e o barulho das cidades.

Enquanto estava parado lá, viu um alce sair do bosque e levantar a cabeça para sentir o aroma do ar. Isso era a liberdade, ele pensou de repente. Conhecer seu lugar e estar feliz com ele. A fêmea do alce também saiu do bosque, escolhendo delicadamente o caminho em direção ao capim mais alto. Atrás dela, veio um alegre filhote. De pé, contra o vento, Roman os observou enquanto se alimentavam.

Estava inquieto. Mesmo tentando absorver e aceitar a paz em torno de si, sentia a impaciência que sempre enfrentava. Ali não era seu lugar. Ele não pertencia a lugar algum. Este era um dos aspectos que o tornavam tão perfeito para seu trabalho. Sem raízes, sem família, sem mulher esperando por seu retorno. E era assim que desejava que as coisas fossem.

Mas sentira uma satisfação enorme ao executar o trabalho de carpintaria no dia anterior, ao deixar sua marca em alguma coisa que permaneceria para sempre. *Melhor ainda para meu disfarce,* pensou. Se demonstrasse alguma habilidade e cuidado no trabalho, seria aceito mais facilmente.

E já tinha sido aceito.

Charity confiava nele. Dera-lhe um teto, uma refeição e um trabalho, pensando que ele precisava dos três. Não parecia ter o mínimo de malícia. Algo surgira entre os dois na noite anterior, apesar de ela nada ter feito para provocá-lo. Não tivera intenção, apesar de ele saber que todas as mulheres eram capazes disso desde o nascimento, de demonstrar um convite silencioso, que poderia ou não pretender manter.

Simplesmente olhara para ele, e tudo o que sentia transparecera quase que ridiculamente em seus olhos.

Não podia pensar nela como mulher. Muito menos como sua mulher.

Sentiu novamente a necessidade imperiosa de fumar um cigarro e, dessa vez, reprimiu-a deliberadamente. Se havia uma coisa que se desejasse com muita força, seria melhor vencer isso. A partir do momento em que sucumbisse à vontade, perderia o autocontrole.

Desejara Charity. Por um breve e absurdo instante, ele a desejara no dia anterior. Um erro bastante sério. Bloqueara aquela vontade, mas ela continuava a emergir; quando a ouvira seguir pela ala à noite, quando ouvira o som de Chopin, tocado suavemente, escada abaixo, vindo do quarto dela. E, novamente, no meio da noite, quando acordara com aquele silêncio total do campo, pensando nela, imaginando-a.

Mas ele não tinha tempo para desejos. Em outro lugar, em outra época, os dois poderiam ter se encontrado e aproveitado a presença um do outro enquanto o fascínio durasse. No entanto, naquela ocasião, ela fazia parte de um compromisso; nada mais, nada menos.

Escutou o som de passos que corriam e ficou tenso, instintivamente. O alce, tão alerta quanto ele, levantou a cabeça e, depois, correu para dentro do bosque com o filhote. A arma estava presa ao calcanhar, mais por força do hábito do que por necessidade, mas ele não a pegou. Se precisasse, estaria em sua mão em menos de um segundo. Em vez disso, esperou, parado, para ver quem corria naquela estrada deserta àquela hora do amanhecer.

Charity respirava com dificuldade, mais pelo esforço de acompanhar o passo de seu cão do que pela corrida de cinco quilômetros. Ludwig corria na frente, virava para a direita e, depois, ia pela esquerda, enrolando-se e soltando-se da coleira. Era uma rotina diária, à qual os dois já estavam acostumados. Ela poderia ter controlado o pequeno cocker dourado, mas não queria estragar a alegria do cachorro. Em vez disso, tentava acompanhá-lo, ajustando a corrida leve para passadas rápidas, segundo o desejo de seu cão no momento.

Hesitou ligeiramente quando viu Roman. Então, como Ludwig continuou correndo, ela segurou a coleira com mais força e continuou a acompanhá-lo.

— Bom dia — disse e, em seguida, teve de parar, já que Ludwig decidiu saltar em Roman e latir para ele. — Ele não morde.

— É o que todos dizem. — Mas ele sorriu, abaixou-se e afagou-lhe a cabeça e as orelhas. Ludwig imediatamente se entregou, rolou pelo chão e expôs a barriga para cima, para que fosse coçada. — Que cachorrinho bonitinho.

— Cachorrinho bonitinho e mimado — acrescentou Charity. — Tenho de mantê-lo preso por causa dos hóspedes, mas ele come como um rei. Levantou cedo.

— Você também.

— Acho que Ludwig merece uma boa corrida todas as manhãs, já que é bem compreensivo quando fica preso.

Para mostrar seu agradecimento, Ludwig correu em torno de Roman, enlaçando a correia nas pernas dele.

— Se ao menos eu conseguisse ensiná-lo o conceito de coleira... — Ela se curvou para desenrolar Roman e tentar controlar o animado cãozinho.

A jaqueta leve estava aberta, expondo uma camiseta manchada de suor entre os seios. O cabelo preso atrás, dando-lhe um aspecto um tanto severo, acentuava a estrutura óssea do rosto. A pele parecia quase translúcida, brilhando por causa da corrida. Ele teve a ânsia de tocá-la, sentir como seria sob seus dedos. E também ver se aquela reação da véspera surgiria novamente.

— Ludwig, fique quieto um instante. — Ela riu e o abraçou pelo pescoço.

Em resposta, o cachorro saltou e lambeu-lhe o rosto.

— Ele obedece bem — replicou Roman.

— Já viu por que eu preciso do cercado. Ele pensa que pode brincar com todo mundo. — Sua mão tocou a perna de Roman enquanto tentava desenrolá-lo da correia.

Quando Roman segurou o pulso dela, ambos ficaram imóveis.

Ele sentiu o coração gelar e, em seguida, disparar. Era uma reação rápida e vulnerável, mas insuportavelmente excitante. Apesar de custar-lhe muito, ele soltou os dedos. A intenção fora apenas impedi-la de encontrar inadvertidamente a arma. Agora, estavam os dois agachados, joelhos com joelhos, no meio da estrada deserta, com o cachorro tentando brincar entre os dois.

— Você está tremendo — disse ele, mas sem soltá-la. — Sempre reage assim quando um homem a toca?

— Não. — Como fora apanhada de surpresa, ficou quieta, esperando para ver o que aconteceria a seguir. — Tenho certeza de que esta é a primeira vez.

Roman sentiu-se envaidecido ao ouvir aquilo e, ao mesmo tempo, aborrecido, porque queria acreditar que fosse verdade.

— Então vamos ter de ser cuidadosos, não acha? — Ele a soltou e, em seguida, se levantou.

Mais lentamente, pois ainda não estava segura de ter recuperado o equilíbrio, ela também se levantou. Ele estava zangado. Apesar de tentar se controlar, a raiva transparecia no olhar.

— Não sou muito bom em ser cuidadoso.

Seu olhar lançou-se como um chicote na direção do dela. Charity conseguiu perceber um fogo nele, que surgiu repentinamente, mas que logo foi reprimido.

— Eu sou.

— Sei. — O olhar rápido e caloroso a alarmou, mas Charity sempre conseguira controlar seus sentimentos. Inclinou a cabeça para estudá-lo.

— Acho que tem de ser, com essa onda violenta com a qual tem que lidar. Com quem está zangado, Roman?

Ele não gostava de ser decifrado com tanta facilidade. Observando-a, baixou uma das mãos para acariciar Ludwig, que descansava as patas dianteiras em seus joelhos.

— No momento, com ninguém — disse ele, embora estivesse furioso consigo mesmo.

Ela apenas balançou a cabeça.

— Você tem todo o direito de ter segredos, mas não posso deixar de me perguntar por que está tão zangado consigo mesmo por reagir a mim.

Roman lançou um olhar preguiçoso para a estrada, para cima e para baixo. Era como se estivessem sozinhos na ilha.

— Gostaria que eu fizesse alguma coisa a respeito aqui e agora?

Ele poderia, percebeu Charity. E faria. Se fosse pressionado o suficiente, ele faria exatamente o que quisesse, quando quisesse. O arrepio de excitação que percorreu o corpo dela a aborreceu. Os tipos machões eram para outras mulheres, mulheres diferentes, não para Charity Ford. De propósito, olhou para o relógio de pulso.

— Obrigada. Tenho certeza de que é uma oferta deliciosa, mas preciso voltar para providenciar o café da manhã. — Lutando com o cachorro, ela iniciou o que esperava que fosse uma saída digna. — Eu aviso a você se puder dar um jeito, digamos, uns quinze minutos mais tarde.

— Charity?

Ela se voltou e lançou a Roman um olhar que pretendia ser frio.

— Sim?

— Seu tênis está desamarrado.

Ela apenas levantou o queixo e continuou a andar.

Roman riu às suas costas e enfiou os polegares nos bolsos. Sim, realmente, aquela mulher tinha um andar e tanto. Era uma pena mesmo que ele estivesse começando a gostar de Charity.

Ele estava interessado no grupo da excursão. Para Roman, era um simples ato de passar o tempo no primeiro andar durante uma segunda xícara de café na cozinha, conversando sobre um assunto qualquer com a rechonchuda Mae e a magrinha Dolores. Ele não esperava ser posto para trabalhar, mas, quando se viu com os braços cheios de toalhas de mesa, teve de fazer o melhor que podia.

Charity, que vestia um suéter de um vermelho brilhante, com o logotipo do hotel no peito, arrumava meticulosamente um guardanapo dobrado em um copo. Roman aguardou por um momento, observando os dedos ocupados, alisando e arrumando o tecido.

— Onde quer que eu ponha isto?

Ela o olhou, sem saber se ainda deveria ou não estar aborrecida com o rapaz e, então, decidiu não estar. Naquele momento, precisava de toda ajuda extra de que pudesse dispor.

— Sobre as mesas seria um bom começo. As brancas, embaixo, e as cor de pêssego, por cima, enviesadas. Entendeu? — Indicou uma das mesas que já estavam arrumadas.

— Claro. — E ele começou a dispor as toalhas. — Quantos hóspedes está esperando?

— Quinze, da excursão. — Levantou um copo para a luz e somente o recolocou na mesa depois de uma cuidadosa inspeção. — O café da manhã deles está incluído. Mais o dos hóspedes já registrados. Servimos entre sete e meia e dez horas. — Verificou outra vez o relógio, satisfeita, e partiu para outra mesa. — Recebemos também algumas pessoas extras. — Depois de colocar uma travessa lascada de pão ao lado, foi pegar outra. — Mas é no almoço e no jantar que isto aqui realmente fica agitado.

Dolores aproximou-se com uma pilha de louça e, em seguida, saiu novamente, quando Mae a chamou. Antes que a porta fosse totalmente fechada, a garçonete pela qual haviam passado na estrada no dia anterior surgiu correndo com uma bandeja de prataria reluzente.

— Tudo bem... — murmurou Roman.

Charity deu as instruções à garçonete e terminou de arrumar outra mesa. Depois, dirigiu-se rapidamente para um quadro-negro junto à entrada e começou a copiar o cardápio da manhã com uma letra fluente e elegante.

Dolores, cujos cabelos vermelhos espetados e lábios franzidos faziam com que Roman se lembrasse de uma galinha magricela, entrou atabalhoadamente pela porta e colocou as mãos nos quadris estreitos.

— Eu não tenho que aguentar isto, Charity.

Charity continuou a escrever calmamente.

— Aguentar o quê?

— Estou fazendo o melhor que posso e já lhe disse que não estou me sentindo muito bem.

Dolores nunca se sentia muito bem, pensou Charity, enquanto acrescentava uma omelete de queijo com presunto à lista. Especialmente quando as coisas não corriam como ela queria.

— Sim, Dolores.

— Meu peito está tão apertado que mal consigo respirar.

— Uhum, uhum...

— Fiquei acordada quase a noite inteira, mas vim trabalhar, como de costume.

— E agradeço muito, Dolores. Você sabe o quanto dependo de você.

— Bem... — Ligeiramente adoçada, Dolores segurou o avental. — Acho que podem contar comigo para fazer meu trabalho, mas pode dizer àquela mulher lá dentro... — E apontou o polegar na direção da cozinha. — Diga a ela para largar do meu pé.

— Vou falar com ela, Dolores. Só tente ser paciente. Estamos todos um pouco agitados esta manhã, com Mary Alice doente de novo.

— Doente... — Dolores fungou. — É assim que chamam essa coisa hoje em dia?

Sem prestar muita atenção ao que estava sendo dito, Charity continuou a escrever.

— Como assim?

— Não sei por que o carro dela passou a noite toda à porta do Bill Perkin de novo, se estava tão doente. Enquanto eu, no meu estado...

Charity parou de escrever. Roman ergueu a sobrancelha e percebeu a voz dela tomar um timbre ríspido.

— Falaremos sobre isso mais tarde, Dolores.

Decepcionada, Dolores mordeu o lábio inferior e entrou na cozinha.

Recolhendo a raiva, Charity digiriu-se à garçonete.

— Lori?

— Está quase pronto.

— Ótimo. Se você conseguir cuidar dos hóspedes registrados, eu volto para lhe dar uma ajudinha com o grupo da excursão.

— Sem problema.

— Estarei na recepção com Bob. — Com ar displicente, jogou o cabelo para as costas. — Se ficar ocupada demais, mande me chamar. Roman...

— Quer que eu sirva as mesas?

Ela lhe lançou um sorriso rápido e agradecido.

— Você sabe fazer isso?

— Posso aprender.

— Obrigada. — Verificou mais uma vez o relógio e saiu rapidamente.

Ele não esperava se divertir, mas era difícil isso não acontecer, pois a sra. Millie estava flertando com ele por cima da conserva de amoras. O cheiro do pão, um odor rico de maçã e canela, o som suave da música clássica e o murmúrio das conversas tornavam quase impossível que uma pessoa não relaxasse. Roman trazia e levava as bandejas para a cozinha. Percebeu que as conversas de Mae e Dolores eram mais engraçadas do que aborrecidas.

E se divertiu. E tirou vantagem de sua posição fazendo aquele serviço.

Quando limpou as mesas de perto da janela, viu uma van de excursão parar bem à porta da frente. Contou as cabeças e estudou os rostos do grupo. O guia era um homem alto de camisa branca, esticada em ombros largos. Tinha um rosto redondo, rosado e alegre, que sorria o tempo todo enquanto guiava os passageiros para dentro. Roman atravessou a sala para observá-los enquanto entravam pelo hall.

Era uma mistura de casais e famílias com crianças pequenas. O guia, Roman já sabia que se chamava Block, cumprimentou Charity com um grande sorriso, entregando-lhe, em seguida, uma lista de nomes.

Ela saberia que Block tinha uma passagem na prisão de Leavenworth por fraude? — perguntou-se. Estaria ela ciente de que aquele homem, com quem trocava palavras agradáveis, tinha escapado de uma segunda pena só por causa de um bom advogado?

O queixo de Roman enrijeceu-se, quando Block se aproximou e colocou o dedo no brinco de argola de ouro de Charity.

Enquanto ela entregava as chaves dos chalés, duas pessoas do grupo se aproximaram da mesa da recepção para trocar dinheiro. Cinquenta para uma, sessenta para outra... Roman percebeu que as notas canadenses eram passadas para a assistente de Charity e as norte-americanas eram postas atrás.

Dez minutos depois, todo o grupo estava sentado na sala de jantar, contemplando, feliz, o café da manhã. Charity foi para trás deles, colocando um avental. Abriu um bloco e começou a anotar os pedidos.

Não parecia estar com muita pressa, conforme percebeu Roman. O jeito como conversava, sorria e respondia às perguntas dos hóspedes fazia com que parecesse ter todo o tempo do mundo. Mas se movia como um raio. Carregava três travessas no braço direito, servia o café com a mão esquerda e brincava com um bebê, tudo ao mesmo tempo.

Algo a preocupava, e muito. Mal transparecia... Apenas um leve franzir da testa. Alguma coisa teria dado errado naquela manhã sem que Roman tivesse percebido? Se havia uma falha no sistema, era ele quem deveria descobrir e explorá-la. Esse era o motivo de estar infiltrado ali.

Charity serviu outra rodada de café para uma mesa de quatro pessoas, brincou com um homem careca que usava uma gravata estampada e, depois, dirigiu-se a Roman.

— Acho que a crise já passou. — Sorriu para ele, mas, mesmo assim, Roman conseguiu notar algo... Raiva? Decepção?

— Existe alguma coisa que você não faça por aqui?

— Tento ficar longe da cozinha. O restaurante foi agraciado com três estrelas. — Olhou, desejosa, para a cafeteira. Haveria tempo para isso mais tarde. — Quero agradecer a você por ter me ajudado esta manhã.

— Não há de quê. — Ele descobriu que queria vê-la sorrir. Sorrir de verdade. — As gorjetas foram boas. A sra. Millie me deu uma nota de cinco.

Charity sorriu para ele. Os lábios curvaram-se rapidamente e, fosse o que fosse que estivesse enevoando seus olhos, clareou por um momento.

— Ela gosta do jeito como você fica com o cinturão de ferramentas. Por que não faz uma pausa antes de começar na ala oeste?

— Está bem.

Ela fez uma careta quando ouviu o som de vidro se quebrando.

— Achei mesmo que o garoto dos Snyder não quisesse o suco de laranja. — Ela se apressou para limpar a sujeira e ouvir os pedidos de desculpas dos pais.

O balcão da entrada estava deserto. Roman concluiu que a assistente de Charity estaria trancada na sala contígua ou do lado de fora, levando a bagagem para os chalés. Ele chegou a considerar entrar atrás do balcão para dar uma olhada nos livros, mas decidiu que isso poderia esperar. Certos trabalhos eram feitos de maneira melhor no escuro.

Uma hora depois, Charity dirigiu-se à ala oeste. Conseguiu conter seu temperamento forte quando passou pelos hóspedes do primeiro andar. Sorriu e dirigiu algumas palavras a um casal mais velho, que estava ocupado com um jogo de tabuleiro na sala de estar. No entanto, quando a porta se fechou, soltou uma série de impropérios furiosos. Queria chutar alguma coisa.

Roman dirigiu-se para uma passagem e observou-a seguindo pelo corredor. A raiva deixava seus olhos escuros e brilhantes.

— Algum problema?

— Sim — retrucou ela. Deu uma meia dúzia de passos e, então, virou-se para ele. — Posso tolerar a incompetência e até certo grau de estupidez. Posso até mesmo tolerar um ataque ocasional de preguiça. Mas não tolero que mintam para mim.

Roman aguardou um instante. A raiva dela era enorme e violenta, mas não era dirigida a ele.

— Muito bem... — disse ele, esperando que Charity decidisse continuar.

— Ela poderia ter me dito que queria uma folga ou uma mudança de turno. Eu poderia até ter dado um jeito. Em vez disso, mentiu, dizendo estar doente no último minuto, durante cinco dias das últimas duas semanas. E eu, preocupada com ela. — Virou-se novamente, não conseguiu mais se controlar e chutou uma porta. — Odeio que me façam de boba. E odeio que mintam para mim.

Era uma simples questão de somar dois mais dois.

— Está falando da garçonete? Mary Alice?

— É claro. — E deu meia-volta. — Ela chegou há três meses, implorando por um emprego. Era o nosso período com menos movimento, mas tive pena. Agora, ela está dormindo com o Bill. Ou seria mais adequado falar que ela não anda dormindo ultimamente. E aí diz que está doente. Precisei demiti-la. — Ela suspirou, produzindo um som como o de uma locomotiva soltando o vapor acumulado. — Sinto dor de cabeça sempre que preciso demitir alguém.

— Era isso que a estava aborrecendo a manhã toda?

— Logo que Dolores mencionou o nome Bill, eu soube. — Já mais calma, esfregou a dor que insistia em se pronunciar entre os olhos. — Então, tive de fazer todas os check-ins e ficar no turno do café da manhã, antes de poder falar com ela. E ela chorou. — Lançou um longo e triste olhar para Roman. — Eu sabia que ela iria chorar.

— Olha, querida, o melhor que tem a fazer é tomar uma aspirina e esquecer essa história.

— Já tomei algumas.

— Então, deixe que façam efeito. — Antes que percebesse o que estava fazendo, levantou as mãos, envolvendo o rosto dela. Movendo os polegares em círculos lentos, massageou suas têmporas. — Há muita coisa se passando aí dentro.

— Onde?

— Na sua cabeça.

Ela sentiu os olhos pesarem e o sangue se aquecer.

— Não neste momento. — Inclinou a cabeça para trás e deixou que os olhos se fechassem. Mas, movendo-se por instinto, deu um passo à frente. — Roman... — Soltou um pequeno suspiro quando a dor se derreteu em sua cabeça e deslizou para o resto do corpo. — Eu também gosto do jeito como você fica com seu cinto de ferramentas.

— Você sabe o que está pedindo?

Ela estudou a boca dele. Era cheia e firme e, com toda certeza, seria rude sobre os lábios de uma mulher.

— Não exatamente. — Talvez fosse apenas um apelo, pensou enquanto olhava para ele. Ela não sabia. Mas sentia, e o que sentia era novo e emocionante. — Talvez seja melhor assim.

— Não. — Apesar de saber que tudo aquilo não passava de um engano, não conseguiu resistir a passar os dedos pelo queixo dela e, depois, pelos lábios. — É sempre melhor conhecer as consequências antes de se dar o passo.

— Então, seremos cuidadosos novamente.

Ele deixou as mãos penderem ao longo de seu corpo.

— É.

Ela deveria estar agradecida. Em vez de tirar vantagem de suas emoções confusas, Roman estava recuando, dando-lhe espaço. Ela queria estar grata, mas só conseguia sentir a picada da rejeição. Foi ele quem começou, pensou. Novamente. E parara. Novamente. Charity já estava ficando cansada de ser como um joguete de acordo com vontades dele.

— Você perde muito sendo assim, não acha, Roman? Muito calor, muita alegria.

— Muita decepção.

— Pode ser. Acho que deve ser mais difícil para alguns de nós viver nossas vidas afastados dos outros. Mas, se essa é sua escolha, ótimo. — Ela respirou profundamente. A dor de cabeça estava voltando. Dessa vez, com o dobro da intensidade. — Não me toque de novo. Tenho o hábito de terminar tudo o que começo. — Ela olhou para dentro do quarto que ficava atrás deles. — Você está fazendo um ótimo serviço — disse bruscamente. — Vou deixá-lo voltar a ele.

Roman a amaldiçoou enquanto arrumava a madeira para as bordas da janela. Charity não tinha o direito de fazê-lo se sentir culpado só porque ele queria manter distância. Não se envolver não era somente um hábito para ele; era uma questão de sobrevivência. Seria uma atitude autoindulgente e perigosa avançar todas as vezes que sentisse alguma atração por uma mulher.

No entanto, era mais do que uma atração e, com toda certeza, diferente de qualquer coisa que já sentira antes. Sempre que estava perto de Charity, suas intenções ficavam nubladas pelas fantasias de como seria estar com ela, abraçá-la, fazer amor com ela.

E tudo aquilo não passava de fantasia; teve de se lembrar. Se as coisas dessem certo, ele iria embora em questão de dias. E, antes de partir, poderia muito bem destruir a vida dela.

Era o trabalho dele, precisou lembrar a si mesmo mais uma vez.

Roman a viu caminhando em direção à van, com passadas largas e decididas, as chaves balançando na mão. Atrás dela estavam os recém-casados, de mãos dadas, apesar de cada um carregar uma maleta.

Charity os estava levando para a barca. Isso daria a ele uma hora para revistar seus aposentos.

Ele sabia como percorrer cada centímetro de um quarto sem deixar rastros. Concentrou-se primeiro no que era óbvio: o balcão no pequeno hall. Era comum que as pessoas se tornassem descuidadas na privacidade de suas próprias casas. Um pedaço de papel, um bilhete escrito, um nome em uma agenda telefônica muitas vezes eram esquecidos e vistos por um olho treinado.

A escrivaninha era antiga, de mogno maciço, com algumas argolas e arranhões. Dois dos puxadores de cobre estavam soltos. Como o resto do aposento, estava limpa e bem-organizada. Papéis pessoais, documentos de seguro, contas e correspondência estavam em fichários à esquerda. Os negócios do hotel ocupavam as três gavetas da direita.

Pôde ver, em uma olhada rápida, que o hotel estava dando um lucro razoável, sendo que a maior parte ela reinvestia no estabelecimento. Novos lençóis, toalhas de mesa e de banheiro, pintura. O fogão, com o qual Mae era tão possessiva, fora comprado havia apenas seis meses.

Ela tirava um salário para si mesma, surpreendentemente modesto. Não encontrou, nem mesmo após um estudo mais crítico, qualquer evidência de que ela usasse qualquer parte das finanças do hotel para facilitar a própria vida.

Uma mulher honesta, refletiu Roman. Pelo menos, aparentemente.

Havia uma jarra de *pot-pourri* de flores secas na escrivaninha, como em cada quarto do hotel. Ao lado, uma foto emoldurada de Charity de pé diante do moinho, com um homem de cabelo branco e aspecto frágil.

Era o avô, Roman constatou, mas era a imagem de Charity que ele estava estudando. O cabelo estava preso em um rabo de cavalo, e o macacão estava manchado nos joelhos. De jardinagem, deduziu ele. Segurava um grande ramo de flores de verão. Parecia não ter a menor preocupação no mundo, mas percebeu que o braço livre estava passado em torno do velho, apoiando-o.

Ficou imaginando o que ela estaria pensando naquele momento, depois que a foto tinha sido tirada. Ele se amaldiçoou e afastou os olhos.

Ela deixava lembretes para si mesma: devolver amostras do papel de parede. Blocos novos para o baú de brinquedos. Chamar o afinador de piano. Mandar arrumar o pneu.

Não encontrou nada que dissesse respeito ao motivo que ele tivera para ir ao hotel. Saindo de trás da escrivaninha, examinou meticulosamente o resto do hall.

Então, foi para o quarto adjacente. A cama de dossel estava coberta com uma colcha de renda branca e alguns travesseiros com fronhas de *petit point*. Ao lado da cama havia uma linda cadeira de balanço antiga, com braços gastos brilhando como vidro. Nela estava sentado um grande urso de pelúcia lilás, usando suspensórios amarelos.

As cortinas eram românticas. Ela deixara as janelas abertas, e a brisa entrava, inflando os cortinados. *Um quarto de mulher*, pensou Roman, sem a menor dúvida, bem feminino, com rendas e almofadas, perfumes delicados e cores suaves. Mesmo assim, de alguma maneira, ele dava as boas-vindas para um homem, fazendo-o desejar, fazendo-o querer. Aquele quarto fazia-o querer uma hora, uma noite, naquela maciez e naquele conforto.

Atravessou por sobre o tapete feito à mão e, tentando esquecer o desprezo que sentia por si mesmo, examinou a cômoda.

Encontrou poucas joias, que acreditou terem sido herdadas. Deveriam estar em um cofre, pensou, aborrecido com ela. Havia um vidro de perfume. Ele sabia exatamente qual seria o cheiro. O mesmo da pele dela. Quase o pegou, antes de interromper-se. Ele não estava interessado em perfume, mas nas evidências.

Um pacote de cartas chamou-lhe a atenção. Seria de um caso dela?, perguntou-se, afastando rapidamente a súbita onda de ciúme por achar o sentimento ridículo.

Aquele quarto o estava deixando louco, pensou, enquanto desamarrava cuidadosamente a delicada fita de cetim. Era impossível não imaginá-la ali, enroscada na cama, vestindo algo branco e transparente, com cabelo solto, e velas acesas em volta.

Afastou esses pensamentos enquanto abria a primeira carta. Um quarto com um ursinho de pelúcia lilás não pareceria nada sedutor.

A data informou-lhe que a carta fora escrita quando ela estava na universidade, em Seattle. Por seu avô, Roman descobriu enquanto as examinava. Todas elas. Foram escritas com afeto e humor e continham dúzias de pequenas histórias sobre a vida diária no hotel. Roman as colocou de volta do mesmo jeito como as encontrara.

As roupas eram casuais, a não ser por alguns vestidos pendurados no armário. Havia botas pesadas, tênis manchados com o que parecia ser resto de grama e dois pares de sapatos elegantes, de saltos altos, de cada lado das pantufas em formato de elefante. Como todos os outros quartos, estava meticulosamente arrumado. Nem mesmo no armário ele encontrou um vestígio de poeira.

Além do despertador e de um pote de creme para mãos, tinha dois livros na mesinha de cabeceira. Um era uma compilação de poesia; o outro, um livro de mistério com uma capa apavorante. Tinha ainda uma caixa de chocolates na gaveta e Chopin no pequeno rádio portátil. Havia velas, dúzias delas, queimadas, em vários tamanhos. Em uma das paredes, estava pendurada uma paisagem marinha em azul e cinza profundos, como se em um dia de tempestade. Em outra havia uma coleção de fotos, a maioria tirada no hotel, muitas do avô.

Roman examinou atrás de cada uma delas e descobriu que a pintura estava desbotando, só isso.

Os cômodos estavam limpos. Roman ficou parado no centro do quarto, inspirando os cheiros da cera das velas, do *pot-pourri* e do perfume. Não poderiam estar mais limpos, nem que ela soubesse que seriam revistados. Tudo o que ele ficou sabendo depois de uma hora foi que ela era uma mulher organizada, que gostava de roupas confortáveis, de Chopin e que tinha um fraco por chocolate e por romances policiais.

Por que isso a tornava tão fascinante?

Ele se concentrou e enfiou as mãos nos bolsos, lutando por objetividade como nunca tivera de lutar antes. Todas as evidências apontavam para o fato de ela estar envolvida em algum negócio escuso. E tudo o que Roman descobrira nas últimas 24 horas indicava que ela era uma mulher aberta, honesta e trabalhadora.

No que ele deveria acreditar?

Encaminhou-se para a porta na outra extremidade do quarto, que se abria para uma pequena varanda com uma longa escadaria que dava para o lago. Quis abrir a porta, respirar um pouco, mas se virou e voltou por onde tinha entrado.

O cheiro do quarto permaneceu com ele durante horas.

Capítulo Três

Eu disse a você que aquela garota não prestava.

— Eu sei, Mae.

— Eu disse que você estava cometendo um erro aceitando a garota daquele jeito.

— Sim, Mae. — Charity engoliu um suspiro. — Você me disse.

— Se continuar pegando cobras, vai acabar sendo mordida.

Charity mal conseguiu resistir à vontade louca de gritar.

— Eu sei que você me disse.

Com um grunhido satisfeito, Mae terminou de limpar seu orgulho e sua alegria: o fogão a gás de oito bocas. Charity podia comandar o hotel, mas Mae tinha as próprias ideias de quem era a chefe ali.

— Você tem o coração muito mole, Charity.

— Pensei que tivesse dito que sou cabeça-dura.

— Isso também. — Como tinha um carinho especial pela jovem patroa, Mae serviu-lhe um copo de leite e cortou uma fatia generosa do que havia sobrado do bolo de chocolate de duas camadas. Mantendo uma voz zangada, colocou os dois sobre a mesa. — Coma isto agora. Meus bolos sempre deixam você mais feliz.

Charity sentou-se e passou o dedo na cobertura.

— Eu teria dado uma folga para ela.

— Eu sei. — Mae esfregou a mão larga no ombro de Charity. — Este é o seu problema. Você é muito boazinha.

— Odeio que me façam de boba. — Ainda aborrecida, Charity abocanhou um grande pedaço do bolo. Chocolate, tinha certeza, seria um remédio muito melhor para dor de cabeça do que um vidro inteiro de aspirinas. Sua culpa era uma coisa diferente. — Acha que ela vai conseguir outro emprego? Sei que ela precisa pagar o aluguel.

— Gente do tipo de Mary Alice sempre consegue se virar. Não ficaria surpresa se ela se mudasse de mala e cuia para a casa do tal Bill. Então, não precisa se preocupar com gente como ela. Eu não lhe disse que ela não duraria seis meses?

Charity colocou outro pedaço de bolo na boca.

— Você disse? — murmurou Charity.

— Agora, me diga, quem é esse homem que você trouxe para casa?

Ela tomou um gole do leite.

— Roman DeWinter.

— Que nome mais estranho... — Mae olhou à volta, para toda a cozinha, surpresa e um pouco decepcionada por não ter mais nada a fazer. — O que sabe sobre ele?

— Ele precisava de um trabalho.

Mae enxugou suas mãos avermelhadas no avental.

— Imagino que existam muitos assaltantes, ladrões e serial killers precisando de trabalho.

— Ele não é um serial killer — declarou Charity. Achou que seria melhor reservar seu julgamento para as outras ocupações citadas por Mae.

— Talvez sim, talvez não.

— Ele é um andarilho. — Encolheu os ombros e engoliu mais um pedaço de bolo. — Só não diria que é sem destino. Ele sabe para onde vai. De qualquer maneira, desde que George foi para o Havaí dançar hula-hula, eu precisava de alguém. E ele trabalha bem, Mae.

A própria Mae tinha reconhecido isso, fazendo uma viagem rápida à ala oeste. Mas tinha outras coisas em mente.

— Ele olha para você.

Surpresa, Charity correu a ponta do dedo para cima e para baixo do lado do copo.

— Todos olham para mim. Estou sempre aqui.

— Não banque a boba comigo, mocinha. Já troquei muitas fraldas suas.

— E o que isso tem a ver com qualquer coisa? — Charity respondeu com um sorriso. — Ele me olha? — Deu de ombros. — Pois eu olho de volta. — Quando Mae levantou as sobrancelhas, Charity apenas sorriu. — Você não vive me dizendo que preciso de um homem em minha vida?

— Existem homens e homens — disse Mae, com sabedoria. — Esse não tem os olhos maus e não tem medo do trabalho. Mas demonstra ser muito tenso. Esse sujeito já fez das suas, minha menina. Não se iluda.

— Acho que você preferiria que eu passasse meu tempo com Jimmy Loggerman.

— Um verme covarde.

Charity deu uma gargalhada e, em seguida, segurou o queixo da amiga entre as mãos.

— Você tinha razão, Mae. Estou me sentindo melhor.

Contente, Mae desamarrou o avental da larga cintura. Não duvidava de que Charity fosse uma garota sensata, mas pretendia ficar de olho em Roman.

— Ótimo. Agora, não coma mais nem um pedaço desse bolo, se não vai ter dor de barriga a noite toda.

— Sim, senhora.

— E não deixe minha cozinha bagunçada — acrescentou, enquanto vestia um casaco marrom.

— Não, senhora. Boa noite, Mae.

Charity suspirou quando Mae fechou a porta. A saída da cozinheira geralmente indicava o fim do dia. Os hóspedes já estariam deitados em suas camas ou terminando um jogo de cartas. Tirando alguma emergência, não havia mais nada para Charity fazer até o nascer do sol.

Nada a fazer, a não ser pensar.

Ultimamente, andava brincando com a ideia de instalar uma banheira de hidromassagem. Isso poderia aumentar em pequena percentagem o número de frequentadores do resort. Tinha levantado o preço para a construção de um solário e já podia até imaginar o cômodo na ala sul do hotel. No inverno, os hóspedes poderiam voltar das caminhadas para uma banheira quente e borbulhante e encerrar o dia com um ponche de rum junto à lareira.

Ela mesma gostaria muito, especialmente em um daqueles raros dias de inverno, quando o hotel ficava vazio e não havia nada para fazer a não ser ficar andando por ali sozinha.

Depois, havia também seu plano em longo prazo de abrir uma loja de presentes, que teria objetos dos artistas e artesãos locais. Nada muito elaborado. Queria manter tudo simples, para não fugir ao espírito do hotel.

Ficou imaginando se Roman permaneceria por ali tempo suficiente para trabalhar no que estava pensando.

Não era sábio pensar nele ligado a qualquer de seus planos. Provavelmente, não era sábio pensar nele de maneira alguma. Ele era, como ela mesma dissera, um andarilho. E homens como Roman não ficavam em um lugar por muito tempo.

Ela parecia ser incapaz de parar de pensar nele. Quase que desde o primeiro momento, tivera sentimentos por ele. Atração, por exemplo. Afinal de contas, ele era um homem atraente, de uma maneira rude e perigosa. Mas havia mais. Algo em seus olhos? Em sua voz? No modo como se movia? Ela brincou com o resto do pedaço de bolo, desejando descobrir o que poderia ser. Podia ser simplesmente por ele ser tão diferente dela. Taciturno, desconfiado, solitário.

E, no entanto... Seria sua imaginação, ou havia algo nele que aguardava para se apegar a alguma coisa? Ele precisava de alguém, avaliou, apesar de talvez nem mesmo saber disso.

Mae tinha razão, pensou. Ela sempre tivera um fraco por errantes e histórias difíceis de vida. Mas aquele caso era diferente. Fechou os olhos por um momento, desejando conseguir explicar, mesmo que apenas para si mesma, por que era tão diferente.

Nunca vivenciara nada parecido com as sensações que surgiam nela por causa de Roman. Era mais do que físico. Podia admitir naquele momento. Mesmo assim, não fazia o menor sentido. Entretanto, Charity sempre pensara que os sentimentos não precisavam fazer sentido.

Por um momento, na estrada deserta, naquela manhã, ela sentira as emoções que jorravam dele. Eram quase assustadoras em sua velocidade e força. Emoções como aquelas podiam ferir... quem as sentisse, quem as recebesse. Elas a deixaram tonta e dolorida... e excitada, teve de admitir.

Pensou que sabia qual seria o gosto da boca dele. Não seria macia, nem doce, mas pungente e poderosa. Quando ele estivesse pronto, não pediria; tomaria. E ela ficou preocupada por não se ressentir disso. Crescera conhecendo a própria mente, fazendo as próprias escolhas. Um homem como Roman teria pouco respeito pelos desejos de uma mulher.

Seria melhor, muito melhor, que mantivessem o relacionamento, o relacionamento a curto prazo, em um nível puramente profissional. Algo amigável, mas cuidadoso. Afundou novamente o queixo nas mãos. Era uma pena que sentisse tanta dificuldade para combinar os dois.

Ele a observou brincando com as migalhas que restavam no prato. O cabelo estava solto e cacheado, como se tivesse desmanchado a trança com dedos impacientes. Os pés descalços estavam cruzados na altura dos tornozelos, descansando na cadeira que estava na frente dela.

Charity estava relaxada. Roman não tinha certeza de algum dia ter visto alguém tão completamente relaxado, a não ser dormindo. E era um contraste acentuado com a grande energia que a dominava durante todo o dia.

Desejou que ela estivesse em seus aposentos, deitada na cama e dormindo profundamente. Desejaria não ter que cruzar com ela. Era muito pessoal. Precisava que ela saísse de seu caminho, para que atravessasse o escritório vindo do hall. Tratava-se de trabalho.

Sabia que deveria recuar e ficar fora de vista até que ela se recolhesse.

Mas o que havia naquela cena de tão atraente, tão irresistível? A cozinha estava quente, e os odores da comida eram sentidos agradavelmente, sobrepujando os cheiros de pinho e limão da limpeza de Mae. Havia um vaso pendurado sobre a pia, que estava pesado, com uma planta verde e cheia de folhas. Cada superfície estava esfregada, limpa e brilhante. A geladeira enorme murmurava.

Ela parecia bastante confortável, como se estivesse esperando que ele entrasse e se sentasse ao lado dela, para conversar sobre coisas simples e sem grande significância.

Aquilo era loucura. Roman não queria que mulher alguma esperasse por ele, especialmente aquela.

Mas não recuou para as sombras da sala de jantar, apesar de poder ter feito isso com a maior facilidade. Andou em sua direção, na direção da luz.

— Pensei que as pessoas dormissem cedo no campo.

Ela se sobressaltou, mas se recuperou rapidamente. Já estava quase acostumada com a maneira silenciosa como ele se movia.

— Quase sempre. Mas aí Mae me ofereceu chocolate e um papo agradável. Quer um pedaço de bolo?

— Não.

— Melhor assim. Se você quisesse, eu ia comer outro pedaço também e ficar enjoada. Não tenho a menor força de vontade. Que tal uma cerveja?

— Sim, obrigado.

Ela se levantou preguiçosamente e foi até a geladeira, onde verificou as marcas disponíveis. Roman escolheu uma e a ficou observando enquanto servia a bebida em um copo comprido. Reparou que ela não estava zangada, apesar de ter estado na última vez em que haviam se visto. Então, Charity não guardava mágoas. Não guardaria, Roman concluiu, enquanto recebia o copo das mãos dela. Ela perdoaria quase qualquer coisa, confiaria em qualquer um e daria mais do que fosse pedido.

— Por que está me olhando desse jeito? — quis saber ela.

Ele se controlou e, em seguida, tomou um generoso gole da cerveja.

— Você tem um rosto lindo.

Charity levantou uma sobrancelha quando ele se sentou e pegou um cigarro. Depois de tirar um cinzeiro de uma gaveta, sentou-se ao lado dele.

— Gosto de aceitar elogios quando os recebo, mas acho que esse não era o motivo de estar me olhando desse jeito.

— É motivo suficiente para um homem olhar para uma mulher. — Tomou outro gole de cerveja. — Você teve uma noite agitada.

Isso mesmo, disse Charity para si mesma.

— Agitada o suficiente para contratar outra garçonete, e depressa. Ainda não tive a oportunidade de agradecer a você por ter me ajudado a servir o jantar.

— Tudo bem. Passou a dor de cabeça?

Ela olhou para Roman um pouco aborrecida. Mas não, ele não estava debochando de Charity. Parecia, embora ela não soubesse ao certo o porquê daquela impressão ser tão forte, que a pergunta era uma espécie de pedido de desculpas. Decidiu aceitá-lo.

— Sim, obrigada. Ficar zangada com você me fez deixar de pensar em Mary Alice, e o bolo de chocolate de Mae fez o resto. — Pensou em fazer um pouco de chá, mas decidiu que estava cansada demais para se incomodar com isso. — E como foi seu dia?

Sorriu para ele como se simplesmente oferecesse sua amizade, ao que ele achou difícil resistir e impossível aceitar.

— Foi tudo bem. A sra. Millie disse que a porta do quarto dela estava emperrada, e fingi colocar óleo.

— E ela ganhou o dia.

Ele não pôde deixar de sorrir.

— Acho que nunca fui tão convincente antes.

— Ah, imagino que sim. — Ela inclinou a cabeça para estudá-lo por outro ângulo. — Mas, mesmo tendo que me desculpar com seu ego, no caso da sra. Millie, trata-se mais de uma questão de miopia do que de luxúria. Ela é vaidosa demais para usar óculos na frente de qualquer homem com mais de vinte anos.

— Eu preferiria continuar pensando que ela estava flertando comigo — disse Roman. — Ela falou que vem duas vezes por ano para cá, desde 1952. — Ele pensou no caso por um instante, surpreso por alguém conseguir retornar sempre a um mesmo lugar por tanto tempo.

— Ela e a sra. Lucy já fazem parte do lugar. Quando eu era pequena, pensava que fôssemos parentes.

— Dirige o hotel há muito tempo?

— Entre idas e vindas, quase durante todos os meus 27 anos. — Sorrindo, afundou novamente na cadeira. Era uma mulher que relaxava com facilidade e que gostava de ver os outros relaxados também. Ele parecia estar com as pernas esticadas embaixo da mesa e um copo na mão. — Você não quer realmente ouvir a história da minha vida, não é, Roman?

Roman soprou uma baforada de fumaça.

— Não tenho nada para fazer. — E queria ouvir a versão dela daquilo que tinha lido em sua ficha.

— Muito bem. Eu nasci aqui. Minha mãe se apaixonou um pouco mais tarde do que era o costume na época. Tinha quase quarenta anos quando nasci e era muito frágil. Houve complicações no parto. Depois que ela morreu, meu avô me criou, e cresci aqui, no hotel, exceto durante os períodos em que ele me mandava para o colégio. Eu adorava este lugar. — Olhou pela cozinha. — No colégio, morria de saudade daqui e do vovô. Mesmo quando já estava na faculdade, sentia tanta falta que vinha para casa todos os fins de semana. Mas ele queria que eu conhecesse outras coisas antes de me estabelecer aqui. Eu iria viajar um pouco, ter novas ideias para o hotel. Conhecer Nova York, Nova Orleans, Veneza, sei lá... — Suas palavras desapareceram suavemente no ar.

— E por que não fez isso?

— Meu avô estava doente. Eu estava no último ano da faculdade quando soube o quanto ele estava doente. Quis desistir de tudo, voltar para casa, mas ele ficou tão incomodado com a ideia, que achei melhor me formar. Ele ainda resistiu durante três anos, mas foi muito... difícil. — Ela não queria falar das lágrimas e do terror, ou sobre a exaustão, de levar o hotel adiante ao mesmo tempo em que cuidava de um semi-inválido. — Ele foi o homem mais valente e gentil que conheci. Fazia tanto parte deste local que, às vezes, ainda espero entrar em um quarto e vê-lo verificando se há poeira nos móveis.

Ela ficou em silêncio por uns instantes, pensando tanto no que evitara falar quanto no que contara. Sabia que seu pai fora citado como desconhecido, um obstáculo difícil em qualquer lugar, mas principalmente em uma cidade pequena. Nos últimos seis meses da vida do avô, as despesas médicas quase haviam levado o hotel à falência. Mas ela não falou dessas coisas. Nem ele detectou qualquer sinal de amargura.

— Alguma vez pensou em vender o hotel, em ir embora daqui?

— Não. Ah, ainda penso em Veneza, às vezes. Existem dezenas de lugares aos quais eu gostaria de ir, contanto que tivesse o hotel para onde voltar. — Levantou-se para pegar outra cerveja para ele. — Quando você dirige um lugar como este, conhece pessoas de toda parte. Sempre há uma história de algum lugar novo.

— Viagens por tabela?

Ela se sentiu atingida, talvez porque aquela ideia estivesse próxima demais dos próprios pensamentos.

— Pode ser. — Colocou a garrafa perto do cotovelo dele e levou os pratos para a pia. Mesmo sabendo como era sensível àquele ponto, ela não conseguiu evitar de se zangar. — Alguns de nós fomos feitos para serem entediantes.

— Eu não disse que você era entediante.

— Não? Bem, imagino que seja, para alguém que pega suas coisas e parte sempre que decide partir. Simples, acomodada e ingênua.

— Está pondo palavras em minha boca, querida.

— É fácil fazer isso, querido, já que você raramente coloca alguma lá por si mesmo. Apague as luzes quando sair.

Ele a segurou pelos braços no momento em que ela ia sair, em um movimento reflexo, do qual se lamentou quase que antes mesmo de tê-lo feito. Mas já estava feito, e o olhar zangado e desafiador que ela lhe lançou desencadeou uma reação que percorreu todo o seu corpo. Havia coisas que Roman poderia fazer com ela, as quais ele ansiava por fazer, e que nenhum dos dois jamais esqueceria.

— Por que está zangada?

— Não sei. Não consigo conversar com você por mais de dez minutos sem ficar aborrecida. Como normalmente me dou bem com todo mundo, o problema deve ser seu.

— Você deve estar certa.

Ela se acalmou um pouco. E também não era culpa dele se Charity nunca fora a lugar algum.

— Você está aqui há pouco menos de 48 horas, e já discuti com você três vezes. Isso é um recorde para mim.

— Não estou anotando o placar.

— Eu acho que está. Duvido de que se esqueça de alguma coisa. Já foi policial?

Ele teve de se esforçar para manter o rosto impassível e evitar que seus dedos ficassem tensos.

— Por quê?

— Você disse que não era um artista, o que era minha primeira escolha. — Charity relaxou, apesar de Roman não ter tirado a mão do braço dela. A raiva era uma coisa de que ela gostava somente em demonstrações rápidas e passageiras. — É o jeito como você olha para as pessoas, como se estivesse preenchendo uma ficha de descrições e alguma marca especial. E, às vezes, quando estou com você, eu me sinto como se devesse me preparar para um interrogatório. Um escritor, então? Quando se trabalha em hotéis, fica fácil descobrir as profissões das pessoas.

— Pois errou desta vez.

— Então, o que você é?

— No momento, sou um faz-tudo.

Ela deu de ombros, deixando a conversa de lado.

— Outra característica dos funcionários de hotel é respeitar a privacidade, mas, se você for um serial killer, Mae jamais vai me deixar ouvir o final da história.

— Geralmente, só mato uma pessoa de cada vez.

— Esta é uma boa notícia. — Ela ignorou a ansiedade súbita que sentiu ao imaginar que Roman pudesse estar dizendo a verdade. — Ainda está segurando meu braço.

— Eu sei.

Então, era assim, pensou ela, esforçando-se para manter uma voz normal.

— Devo pedir para largá-lo?

— Eu não me daria a esse trabalho.

Charity respirou profundamente, tentando se acalmar.

— Muito bem. O que você quer, Roman?

— Tirar isto do caminho, por nós dois.

Ele se levantou. A moça recuou um passo instintivamente, o que a surpreendeu mais do que a Roman.

— Não acho que esta seja uma boa ideia.

— Nem eu. — Com a mão livre, segurou o cabelo dela. Era macio, como ele sabia que deveria ser. Espesso, cheio e tão macio que seus dedos se perderam entre os fios. — Mas prefiro me arrepender de algo que fiz a uma coisa que não fiz.

— Pois eu preferiria não precisar me arrepender de nada.

— Tarde demais. — Ele ouviu o suspiro profundo quando puxou seu corpo para junto do dele. — De uma maneira ou de outra, nós dois vamos ter muito do que nos arrepender.

Ele estava deliberadamente bruto. Sabia como ser gentil, apesar de raramente pôr esse conhecimento em prática. Com ela, poderia ter sido. Talvez exatamente por saber disso, tivesse afastado logo qualquer desejo de agir com ternura. Queria assustá-la, para ter certeza de que, quando a soltasse, Charity correria, fugiria dele. Porque o que mais desejava na vida era que corresse para ele.

Lá no fundo de sua mente havia a esperança de que ele pudesse assustá-la o suficiente, repeli-la o suficiente, para que ela o mandasse embora imediatamente. Se fizesse isso, estaria a salvo dele, e ele, dela. Pensou que conseguiria isso rapidamente. Mas, de repente, tornou-se impossível pensar em qualquer coisa.

O sabor dela era o do paraíso. Ele nunca acreditara no paraíso, mas o gosto estava em seus lábios, puro, doce e cheio de promessas. A mão tinha ido para o peito dele, em um gesto automático de defesa. Mesmo assim, não lutava com ele, como Roman tinha certeza de que faria. E ela retribuiu seu beijo quase brutal, com paixão entrelaçada à confiança.

A mente dele se esvaziou. Era uma experiência aterrorizante para um homem que mantinha os pensamentos sob estrito controle. Em seguida, seu vazio se encheu dela, do perfume, do toque, do sabor.

Ele se afastou, para seu próprio bem, não para o dela. Era e sempre tinha sido um sobrevivente. Sua respiração estava rápida e áspera. Uma das mãos continuava enroscada no cabelo dela, e a outra apertava o braço com força. Não conseguia se soltar. Apesar de insistir consigo mesmo que deveria soltá-la, se afastar e ir embora, não conseguia se mover. Olhando-a fixamente, viu seu reflexo nos olhos dela.

Amaldiçoou-a. Era a última tentativa de recusa, antes de amassar-lhe os lábios com os dele novamente. Não era para o paraíso que estava indo. Era para o inferno.

Charity queria acalmá-lo, mas ele não lhe deu a chance. Como antes, a enviou para um lugar quente e sem ar, onde havia espaço somente para sensações.

Ela estava certa. A boca de Roman não era macia; era dura, impiedosa e irresistível. Sem hesitação, sem um pensamento de autopreservação, entregou-se a ele, aceitando ansiosamente o que lhe era oferecido, desprendidamente dando o que lhe era exigido.

As costas estavam pressionadas contra a superfície lisa e fria da geladeira, encurralada ali pela força do corpo dele. Se fosse possível, ela o teria atraído para mais perto ainda.

O rosto de Roman era áspero e ele o roçou contra o dela, arranhando-a, e Charity tremeu com a emoção e o prazer que tudo aquilo lhe proporcionava. Já desesperada, mordeu seu lábio inferior e sentiu uma nova onda de excitação quando ele gemeu e aprofundou o beijo já tão exigente.

Ela queria ser tocada. Tentou murmurar essa nova necessidade contra sua boca, mas só conseguiu emitir um gemido. O corpo dela doía. Só a expectativa das mãos dele correndo por seu corpo já a fazia tremer.

Por um momento, seus corações bateram um contra o outro e no mesmo ritmo.

Ele se afastou, consciente de que tinha se aproximado perigosamente de um limite que não ousaria ultrapassar. Ele mal conseguia respirar, muito menos pensar. E, até ter certeza de que poderia fazer ambos, ficou em silêncio.

— Vá para a cama, Charity.

Ela permaneceu onde estava, certa de que, se desse um passo, as pernas cederiam. Roman ainda continuava perto o suficiente para que ela sentisse o calor que irradiava de seu corpo. Mas mirou em seus olhos e viu que ele já estava fora de seu alcance.

— Assim, sem mais nem menos?

Mágoa. Podia senti-la em sua voz e desejaria poder acreditar que ela mesma a teria causado. Ia pegar a cerveja, mas mudou de ideia quando percebeu que a mão não estava firme. Somente uma coisa estava clara. Roman tinha que se livrar dela depressa, antes de voltar a tocá-la.

— Você não é do tipo que faria sexo rápido no chão da cozinha. — A cor que a paixão provocara em seu rosto desapareceu.

— Não. Pelo menos nunca fiz. — Depois de respirar profundamente, avançou. Acreditava em encarar os fatos, mesmo os desagradáveis. — E isso seria tudo o que poderia ter acontecido, Roman?

Sua mão se fechou, formando um punho.

— Sim — disse. — O que mais?

— Entendo. — Ela manteve os olhos fixos aos dele, desejando conseguir odiá-lo. — Sinto muito por você.

— Não sinta.

— Você controla seus sentimentos, Roman, não os meus. E sinto muito por você. Algumas pessoas perdem uma perna, a mão ou o olho. Ou conseguem lidar com isso ou se tornam amargurados com a perda. Não vejo que parte sua está faltando, Roman, mas é tão trágico quanto. — Roman não respondeu, nem Charity esperava que ele o fizesse. — Não se esqueça de apagar a luz.

Esperou que ela saísse para pegar um fósforo. Precisava de tempo para recuperar o controle de sua mente e das mãos antes de encontrar o caminho para o escritório. Porém, o que mais o preocupava era que levaria tempo demais para recuperar o controle do coração.

Aproximadamente duas horas depois, ele caminhou dois quilômetros para usar o telefone público no posto de gasolina mais próximo. A estrada estava quieta; a pequena aldeia, escura. Um vento começara a soprar e tinha gosto de chuva. Roman desejou que ela só caísse depois que ele voltasse para o hotel.

Discou os números e esperou pela ligação.

— Conby?

— DeWinter.

— Está atrasado.

Roman não precisou olhar o relógio. Sabia que eram três horas da manhã na Costa Leste.

— Acordei você?

— Presumo que você já deve ter se estabelecido, não?

— Sim. Já estou lá. Banquei o faz-tudo e consegui um emprego. Trocar o pneu me deu a deixa. A srta. Ford... confia nas pessoas.

— É no que devemos acreditar. Mas não significa que não seja ambiciosa. O que você conseguiu?

Que terrível sensação de culpa!, pensou Roman, enquanto acendia o fósforo. Uma sensação muito forte.

— Os aposentos dela estão limpos. — Fez uma pausa e manteve a chama na ponta do cigarro. — Há um grupo de excursionistas lá agora, em sua maioria, canadenses. Alguns trocaram dinheiro. Nada acima de cem dólares.

A pausa foi muito breve.

— Isso é muito pouco para fazer com que o negócio valha a pena.

— Consegui uma lista no escritório. Os nomes e endereços dos hóspedes registrados.

Houve outra pausa, mais longa, e um ruído. Roman percebeu que seu contato estava procurando material para escrever.

— Deixe-me anotar isso.

Ele leu tudo o que havia copiado.

— Block é o guia turístico. Costuma ir lá uma vez por semana, para uma estada de uma ou duas noites, dependendo do pacote.

— Vision Tours.

— Exato.

— Temos um homem nesse ponto. Você se concentra em Ford e na equipe dela. — Roman escutou o leve *tap-tap-tap* do lápis de Conby ao telefone. — Não há como fazer nada sem ter alguém infiltrado. Ela é a resposta óbvia.

— Não se encaixa.

— Como disse?

Roman amassou o cigarro com o calcanhar da bota.

— Eu disse que não se encaixa. Eu a tenho vigiado. Verifiquei todas as contas pessoais dela, droga. Ela tem menos de três mil em dinheiro vivo. Todo o resto foi usado para comprar lençóis e sabonetes.

— Entendo. — Outra vez, a pausa. Era enlouquecedor. — Suponho que a nossa srta. Ford nunca tenha ouvido falar em bancos na Suíça.

— Já disse que ela não é desse tipo, Conby. É uma abordagem errada.

— Deixe que eu me preocupe com a abordagem, DeWinter. Você se preocupa em fazer o trabalho. Não preciso lembrar a você que levamos quase um ano para chegar perto dessa coisa toda. O Bureau quer esclarecer isso logo, e é o que espero de você. Se tiver um problema pessoal com isso, é melhor me dizer agora.

— Não. — Ele sabia que problemas pessoais não eram permitidos. — Se quer desperdiçar tempo, além do dinheiro dos contribuintes, tanto faz para mim. Voltarei a falar com você.

— Faça isso.

Roman desligou. Sentia-se um pouco melhor por ter desabafado ao telefone e por imaginar Conby perdendo uma noite de sono. Mas gente como ele raramente perdia o sono. Acordaria algum funcionário às 6h e mandaria que ele passasse a lista pelo computador. Conby tomaria seu café, assistiria ao programa *Today* e esperaria em sua confortável casa nos subúrbios de Washington D.C. pelos resultados.

O trabalho duro e sujo era deixado para os outros.

Era assim que o jogo funcionava. Roman se lembrou disso enquanto iniciava a longa caminhada de volta ao hotel. Mas, ultimamente, só ultimamente, começava a se cansar daquelas regras.

Charity ouviu quando ele entrou. Curiosa, olhou o relógio após ouvir a porta sendo fechada. Já passava de uma hora, e a chuva começara a cair havia quase trinta minutos, com um ruído suave e insistente, que prometia ganhar força ao longo da noite.

Perguntou-se aonde ele teria ido.

Problema dele, lembrou-se, enquanto rolava na cama e tentava deixar o barulho da chuva provocar-lhe o sono. Contanto que fizesse seu trabalho, DeWinter era livre para ir aonde quisesse. Se quisesse passear na chuva, ela não se importava.

Como ele poderia tê-la beijado daquele jeito e não sentir nada?

Charity fechou os olhos com força e recriminou a si mesma. Era com seus sentimentos que deveria se preocupar, não com os de Roman. O problema era que ela sempre sentia demais. E, daquela vez, não poderia se dar a esse luxo.

Algo acontecera com ela quando ele a beijara. Algo emocionante, algo que tinha penetrado em seu âmago e aberto possibilidades sem fim. Não, não possibilidades. *Fantasias*, pensou, balançando a cabeça. Se fosse esperta, receberia aquele momento de excitação e não desejaria mais nada. Andarilhos não corriam grandes riscos emocionais. Charity tinha o exemplo perfeito diante de si.

Sua mãe se apaixonara por um andarilho e dera o coração a ele, a confiança, o corpo. Terminara grávida e sozinha. Charity sabia que ela havia esperado por ele durante meses. Morrera no mesmo hospital em que seu bebê nascera, alguns dias depois. Traída, rejeitada e envergonhada.

Só descobrira a extensão da vergonha depois da morte do avô. Ele guardara o diário que a mãe escrevia. Charity o queimara, não por vergonha, mas por pena. Sempre pensaria na mãe como uma mulher trágica, que buscara o amor e nunca o encontrara.

Mas ela não era sua mãe, Charity se lembrou, enquanto ficava deitada acordada, ouvindo a chuva cair. Ela era muito, muito menos frágil. O amor fora o que a concebera, e ela sentia seu calor por toda sua vida.

Agora, um andarilho entrara em sua vida.

Tinha falado de arrependimentos, Charity se lembrou. E tinha medo de que, não importava o que acontecesse, ou não, entre os dois, ela também os teria.

Capítulo Quatro

A chuva continuou caindo durante toda a manhã, suave, lenta e constante. Com ela, vieram uma neblina e um vento frio, que eram tão atrativos quanto a luz do sol. As nuvens, paradas sobre a água, transformavam tudo em diferentes tons de cinza. As gotas de chuva tamborilavam no telhado e nas vidraças, fazendo com que o hotel parecesse ainda mais distante do que era. Ocasionalmente, o vento chiava, balançando as cortinas.

Ao amanhecer, Roman observou Charity, embrulhada em uma jaqueta com capuz, sair com Ludwig para levá-lo para seu passeio matinal. E a observou voltando, pingando água da roupa, quarenta minutos depois. Ouviu a música tocando em seu quarto, depois de ela entrar pela porta dos fundos. Dessa vez, ela escolhera uma música suave e flutuante, com muitos violinos. Roman ficou com pena quando a música acabou e ela desceu correndo pelo corredor para ir à sala de jantar.

De sua posição no segundo andar, ele não conseguia escutar o movimento da cozinha, que ficava embaixo, mas podia imaginar. Mae e Doroles estariam discutindo, enquanto os waffles e muffins eram assados. Charity teria se servido de uma rápida xícara de café, antes de correr para ajudar a garçonete a arrumar as mesas e escrever o cardápio matinal.

O cabelo dela estaria úmido, a voz, calma, calma, enquanto ouvia Dolores fazer as reclamações diárias. Ela estaria com cheiro de chuva. Quando os primeiros hóspedes entrassem na sala, ela sorriria, os cumprimentaria pelos nomes e faria com que se sentissem na casa de um amigo.

Esta era sua maior habilidade, pensou Roman: fazer com que um estranho se sentisse em casa.

Será que ela poderia ser tão descomplicada quanto parecia? Parte dele desejava ardentemente acreditar nisso. Outra parte achava impossível. Todos tinham alguma faceta oculta, desde o funcionário dos correios quando desejava sair das entregas para trabalhar no escritório até o diretor de empresas, ansiando fechar outro negócio. Ela não poderia ser diferente.

Ele não chamaria o beijo que haviam compartilhado de descomplicado. Sabia que havia camadas nele, que ele não tinha começado a compreender. Parecia contraditório que uma mulher de olhar tão calmo, voz tão suave, explodisse com tanta paixão. Mas era o que tinha acontecido. Talvez a paixão fizesse tanto parte dela quanto sua serenidade.

Isso o aborrecia. Só de lembrar sua reação a ela, já ficava furioso. Então, obrigou-se a dissecar mais o assunto. Se ele se sentia atraído pelo que ela parecia ser, isso seria bastante razoável. Ele vivia uma vida solitária e frequentemente turbulenta. Apesar de ter escolhido viver assim, e certamente era o que preferia, não seria incomum que, em determinado ponto, ele se sentisse atraído por uma mulher que representava tudo o que nunca tivera. *E que nunca desejara também,* lembrou-se Roman enquanto arrancava uma faixa da moldura.

Não ia fingir que descobrira qualquer resposta em Charity. As únicas respostas que buscava eram relativas ao trabalho.

Por enquanto, esperaria até que a pressa da manhã terminasse. Quando Charity estivesse ocupada no escritório, ele desceria e pediria o café da manhã para Mae. *Aquela era uma mulher que não confiava nele,* pensou Roman, sorrindo. Não havia nem um osso ingênuo naquele corpo pesado. E, com exceção de Charity, não havia mais ninguém, tinha certeza, que conhecesse tão bem o funcionamento do hotel.

Sim, ele se esforçaria para encantar Mae. E manteria alguma distância entre ele e Charity. Isso, por enquanto.

— Você está muito abatida esta manhã.

— Muito obrigada. — Charity conteve um bocejo enquanto se servia de uma segunda xícara de café. *Abatida não era bem a palavra,* pensou. Estava exausta até a alma. O corpo não estava acostumado a funcionar só com três horas de sono. *E deveria agradecer a Roman por isso,* pensou, afastando a xícara que acabara de encher.

— Sente-se. — Mae apontou para a mesa. — Vou preparar uns ovos para você.

— Não tenho tempo. Eu...

— Sente-se — repetiu Mae, sacudindo uma colher de pau no ar. — Precisa de energia.

— Mae tem razão — acrescentou Dolores. — Um corpo não pode funcionar só à base de café. Precisa de proteína e carboidratos — disse, colocando um bolinho de amora na mesa. — Se eu não cuido das proteínas que ingiro, fico tão fraca quanto uma ovelha. É claro que o médico não diz, mas acho que sou "hidroglicêmica".

— Hipoglicêmica... — murmurou Charity.

— Foi o que eu disse. — Dolores concluiu que gostava de como aquilo soava. Naquele momento, no entanto, era tão divertido se preocupar com Charity quanto consigo mesma. — Acho que umas fatias de bacon cairiam muito bem com aqueles ovos, Mae. É o que acho.

— Eu já ia botar mesmo.

Já que estava em minoria, Charity decidiu se sentar. As duas mulheres poderiam discutir durante dias, mas, quando tinham uma causa em comum, se uniam como se estivessem grudadas por uma espécie de cola.

— Não estou abatida — disse, em defesa própria. — Só não dormi bem a noite passada.

— Tome um banho morno antes de deitar — recomendou Mae, enquanto o bacon chiava na frigideira. — Mas não quente, veja bem. Só morninho.

— Com sais de banho. Nada de espuma ou óleo — acrescentou Dolores enquanto colocava sobre a mesa um copo de suco. — Os bons e velhos sais para banho. Não é mesmo, Mae?

— Mal não faz — resmungou Mae, preocupada demais para pensar em discutir. — Você tem trabalhado demais, garota.

— Eu concordo — disse Charity, pois era mais fácil concordar com as duas. — O motivo de não ter tempo para um café da manhã demorado e suculento é porque preciso contratar uma nova copeira, para não ter de trabalhar tanto. Coloquei um anúncio no jornal de hoje. Então, acho que logo vão começar a ligar.

— Disse a Bob para cancelar o anúncio — declarou Mae, quebrando um ovo na frigideira.

— Como? Por quê? — Charity começou a se levantar. — Mas que droga, Mae! Se acha que vou aceitar Mary Alice de volta depois de ela...

— Não é nada disso, e não brigue comigo, mocinha.

— Está nervosa — disse Dolores, estalando a língua. — Acontece quando você trabalha demais.

— Desculpe... — murmurou Charity, esforçando-se para não ranger os dentes. — Mas, Mae, eu esperava fazer as entrevistas nos próximos dias. Quero contratar alguém até o fim da semana.

— A filha do meu irmão largou aquele marido inútil dela e está voltando para casa. — Mantendo as costas viradas para Charity, Mae colocou o bacon para escorrer. Depois, dedicou sua atenção aos ovos. — Ela é uma boa garota... Bonnie. Trabalhou aqui alguns verões enquanto estava na escola.

— Sim, eu me lembro. Ela se casou com um músico que tocava em um dos resorts em Eastsound.

Mae fez uma careta e tirou os ovos da frigideira.

— Saxofonista — disse, como se isso explicasse tudo. — Ela se cansou de viver dentro de uma van e voltou para casa há algumas semanas. Está procurando trabalho.

Com um suspiro, Charity passou a mão no cabelo.

— Por que não me disse isso antes?

— Você não precisava de ninguém antes. — Mae colocou os ovos na frente dela. — E precisa de alguém agora.

Charity a ficou observando, enquanto Mae começava a limpar o fogão. O coração da cozinheira era tão grande quanto o resto dela.

— Quando ela pode começar?

Os lábios de Mae se curvaram, e ela pigarreou e limpou um pingo que caíra no fogão com mais energia.

— Eu disse para ela vir esta tarde, para você poder dar uma olhada. Não esperava que você a contratasse, a menos que ela suprisse suas necessidades.

— Muito bem, então. — Charity pegou o garfo. Feliz por ter um problema resolvido, ela esticou as pernas e descansou os pés sobre a cadeira vazia. — Acho que vou ter tempo para tomar um café com calma, afinal de contas.

Roman empurrou a porta e quase esbravejou em voz alta. A sala de jantar estava vazia. Tinha certeza de que Charity estaria lá fora realizando algumas das mil tarefas que costumava fazer. Em vez disso, estava sentada naquela cozinha quentinha e cheirosa, quase como estivera na noite anterior. Com uma única diferença perceptível, refletiu Roman: ela não estava relaxada agora.

O sorriso amplo de Charity desapareceu no momento em que ele entrou. Lentamente, escorregou os pés para fora da cadeira e esticou as costas. Ele podia ver que o corpo dela estava tenso, quase todos os músculos. O garfo parou a meio caminho dos lábios. Então, virou-se ligeiramente de costas para ele e continuou a comer. Aquilo era, ele supôs, a coisa mais próxima de um tapa no rosto que ela poderia lhe dar.

Ele mudou de ideia sobre o café e as fofocas na cozinha. No momento, a única coisa que aceitaria seria um café puro.

— Estava me perguntando aonde você teria ido — disse Mae, enquanto tirava o bacon da geladeira.

— Eu não queria incomodá-la. — Ele fez um gesto de cabeça na direção da cafeteira. — Pensei em levar uma xícara comigo.

— Precisa de energia. — Dolores começou a pôr um lugar bem em frente ao de Charity. — Não é mesmo, Mae? Um homem não pode trabalhar a menos que tome um café da manhã decente.

Mae serviu-lhe uma xícara.

— Pois parece que ele poderia sair correndo, mesmo estando vazio.

E era verdade, pensou Charity. Sabia a hora em que Roman voltara na noite anterior e que estivera acordado trabalhando quando ela saíra de sua ala para supervisionar o turno do café. Ele não poderia ter dormido muito mais do que ela, mas não parecia estar tão cansado.

— As refeições fazem parte de seu salário, Roman. — Apesar de ter perdido o apetite, Charity mordiscou um pedaço de bacon. — Acho que Mae ainda tem panquecas que sobraram, se preferir isso a ovos.

Foi um convite frio, tão frio que Dolores abriu a boca para comentar. Mae lançou-lhe um olhar de reprovação e uma careta. Ele aceitou o café que Mae servira e o tomou puro.

— Pode fritar uns ovos mesmo. — Mas ele não se sentou. A sensação de boas-vindas, que geralmente fazia parte daquela cozinha, não era evidente no momento. Roman apoiou-se no balcão e tomou o café, enquanto Mae cozinhava ao lado dele.

Ela não iria se sentir culpada, disse Charity a si mesma, ignorando o olhar de reprovação de Dolores. Afinal de contas, era a chefe, e seu relacionamento com Roman era... Bem, apenas profissional. Mas não conseguia suportar aquele silêncio longo e tenso.

— Mae, eu gostaria de biscoitinhos e sanduíches para o chá desta tarde. Deve chover o dia todo. Portanto, teremos música e dança na sala de estar. — Como o café da manhã parecia cada vez menos atraente, Charity puxou um bloco do bolso da saia. — Cinquenta sanduíches devem dar, se tivermos uma bandeja de queijos. Colocamos um bule de chá e um de chocolate quente.

— A que horas?

— Às três horas da tarde, acho. Depois, poderemos servir vinho às cinco para quem quiser ficar mais. Pode pedir para sua sobrinha ajudar.

E começou a tomar notas no bloco.

Parecia cansada, Roman pensou. Pálida, de olhos inchados e um aspecto surpreendentemente frágil. Aparentemente, tinha puxado o cabelo para trás e prendido em um rabo de cavalo rápido quando ainda estava úmido. Pequenos cachos haviam escapado quando o cabelo secara. Pareciam mais claros do que o resto, com uma cor mais delicada do que rica. Ele desejou afastá-los de suas têmporas e observar a cor voltar ao seu rosto.

— Termine de comer os ovos — ordenou Mae. Em seguida, dirigiu-se a Roman. — Os seus estão prontos.

— Obrigado. — Ele se sentou, desejando, talvez ainda com mais intensidade do que Charity, estar a uns vinte quilômetros de distância.

Dolores começou a se queixar de que a chuva começava a fazer sua sinusite incomodá-la.

— Passe o sal — murmurou Roman.

Charity empurrou o saleiro na direção dele. Seus dedos se tocaram ligeiramente, e Charity recolheu os dela.

— Obrigado.

— De nada. — Charity furou o ovo com o garfo. Sabia por experiência própria que seria difícil escapar da cozinha sem esvaziar o prato e pretendia fazer isso o mais rápido possível.

— Belo dia — disse ele, porque queria que ela o olhasse outra vez. Ela olhou, mas o que Roman viu foi uma raiva contida em seus olhos, porém descobriu que preferia isso à frieza que havia estado neles anteriormente. — Gosto de chuva. Como eu disse, está um belo dia — falou ele, partindo o bolinho ao meio.

Dolores assoou o nariz com um grande ruído. Charity deu um divertido sorriso de canto de boca, antes que ela conseguisse ocultá-lo.

— Você encontrará as tintas de que precisa para parede, teto, molduras no depósito do porão. Estão todas já identificadas com os números dos quartos a que são destinadas.

— Está bem.

— Os pincéis, as bandejas e os rolos também estão lá. Está tudo no banco da direita, logo que você descer as escadas.

— Eu encontro.

— Ótimo. A torneira do chalé quatro está vazando água.

— Eu cuido disso.

Não queria que ele concordasse com tudo com tanta facilidade. Queria que Roman estivesse tão tenso e descontrolado quanto ela.

— A janela da unidade dois da ala leste está emperrada.

Lançou um olhar tranquilo para ela.

— Vou desemperrá-la.

— Ótimo. — De repente, percebeu que Dolores parara de se queixar e que não tirava os olhos dela. Até mesmo Mae estava com as sobrancelhas franzidas, debruçada sobre a tigela. *Ora, e daí?*, pensou Charity enquanto afastava o prato. Reparou que estava dando ordens como um capitão.

Tirou um chaveiro do bolso. Ela o tinha colocado ali naquela manhã, pois pretendia resolver ela mesma as pequenas tarefas.

— Não se esqueça de trazer isto de volta para o escritório quando tiver terminado. Elas têm etiquetas marcando os quartos a que pertencem.

— Sim, senhora. — Mantendo os olhos fixos nos dela, jogou o chaveiro no bolso da camisa. — Mais alguma coisa?

— Eu aviso, se tiver. — Ela se levantou, levou o prato para a pia e saiu da cozinha.

— O que deu nela? — quis saber Dolores. — Ela parecia querer arrancar a cabeça de todo mundo.

— Só não dormiu bem. — Mais preocupada do que desejaria demonstrar, Mae largou a tigela em que estava batendo manteiga com açúcar. Sentia-se como a mãe de uma criança mal-educada, e resolveu levar a cafeteira para Roman. — Charity não está como de costume esta manhã — explicou enquanto o servia de mais uma xícara de café. — Ela tem trabalhado demais ultimamente.

— Não me ofendo facilmente. — Mas aquilo o atingira. — Talvez ela devesse delegar um pouco mais as tarefas.

— O quê? Aquela garota? — Feliz por Roman não ter se queixado, ela se tornou mais expansiva. — Não é do feitio dela. Ela se sente responsável até se um hóspede dá uma topada. Igualzinha ao avô. — Mae acrescentou um pouco de baunilha à tigela e continuou a bater o creme. — Não existe nada que aconteça aqui que não tenha o dedo dela... Mais precisamente, a mão inteira. Exceto na minha cozinha. — O rosto largo de Mae se iluminou com um enorme sorriso. — Eu a expulsava daqui quando ela era menina e posso expulsá-la ainda hoje, se for necessário.

— Essa garota não sabe nem ferver água sem queimar a panela — acrescentou Dolores.

— Conseguiria, se ela quisesse — disse Mae, em defesa de Charity, voltando a se dirigir a Roman com um fungado. — Ela não tem necessidade de cozinhar comigo aqui, e é esperta o suficiente para saber disso. Mas todo o resto, desde pintar a varanda a fazer os livros de contas, precisa ter o selo de aprovação dela. Ela é do tipo que leva a responsabilidade ao extremo.

Roman resolveu seguir com a deixa que ela lhe dera.

— Essa é uma qualidade admirável. Você trabalha com ela há muito tempo, não é?

— Entre Charity e o avô, trabalho neste hotel há 28 anos, completos no próximo mês de junho. — Fez um movimento com a cabeça na direção de Dolores. — Ela só está aqui há oito.

— Nove — disse Dolores. — Nove anos este mês.

— Parece que, quando as pessoas vêm trabalhar aqui, não saem mais.

— Você tem toda a razão — disse Mae.

— Parece que o hotel tem uma equipe trabalhadora e leal.

— Charity torna as coisas fáceis. — Demonstrando toda a competência, Mae mediu a farinha de trigo. — Ela só não estava muito bem esta manhã.

— Parecia um pouco cansada — disse Roman lentamente, ignorando uma ponta de culpa. — Talvez ela vá descansar um pouco hoje.

— Não é nada provável.

— A equipe da manutenção parece ser unida.

— Mesmo assim, ela vai encontrar uma cama para arrumar.

— Bob cuida das contas.

— Ela vai enfiar o nariz nos livros e verificar cada coluna. — Havia um orgulho simples na voz enquanto derramava a farinha na tigela. — Não que Charity não confie nas pessoas que trabalham para ela — acrescentou Mae. — Só que seu coração pararia de bater se tivesse de pagar uma conta atrasada ou confundisse um pedido. O fato é que é mais fácil ela se culpar do que culpar as outras pessoas, se acontecer um engano.

— Aposto que ela não deixa passar nada.

— Charity? — Com um sorrisinho, Mae ligou a batedeira elétrica. — Ela saberia se um guardanapo voltasse da lavanderia com uma mancha. Veja onde vai espirrar — acrescentou quando Dolores cobriu o rosto com um lenço de papel. — Beba um pouco de água quente com suco de limão.

— Chá quente com mel — disse Dolores.

— Limão. O mel vai fazer mal à sua garganta.

— Minha mãe sempre me deu chá quente com mel — replicou Dolores.

Ainda estavam discutindo sobre o assunto quando Roman escapou da cozinha.

Ele passava a maior parte do tempo trancado na ala oeste. Trabalhar o ajudava a pensar. Apesar de escutar quando Charity passava de um lado para o outro algumas vezes, nenhum dos dois procurou a companhia do outro. Conseguia ser mais objetivo, percebeu Roman, quando não estava perto dela.

Os comentários de Mae corroboraram ainda mais suas observações e a informação disponível. Charity Ford dirigia o hotel de alto a baixo. Qualquer coisa que entrasse nele ou estivesse por ali passava diretamente pelos olhos daquela mulher. Logicamente, isso significava que ela estaria totalmente envolvida, talvez até encarregada da operação que ele teria de destruir.

E, mesmo assim... O que ele tinha dito a Conby na noite anterior continuava sendo verdade. Não se encaixava.

A mulher trabalhava quase 24 horas por dia para que o hotel fosse um sucesso. Ele a tinha visto fazendo de tudo, desde plantar gerânios a cortar lenha para a lareira. E, a menos que fosse uma ótima atriz, gostava do que fazia.

Não parecia ser do tipo que queria ganhar dinheiro da maneira mais fácil. Nem parecia pertencer à espécie que desejava as coisas que o dinheiro fácil podia comprar. Mas isso era palpite, não um fato.

O problema era que Conby lidava com fatos. Roman sempre confiara mais nos instintos. Sua função seria provar que ela era culpada, não inocente. E, mesmo assim, em menos de dois dias, suas prioridades tinham mudado.

Não era só o fato de achá-la atraente. Ele tinha achado outras mulheres atraentes e as vencera sem o menor remorso. Tratava-se de justiça. E uma das poucas coisas em que ele acreditava sem reservas era na justiça.

Com Charity, precisaria ter certeza de que suas conclusões não estivessem baseadas somente nas emoções que ela provocava. Sentimentos e instintos eram diferentes. Se um homem em sua posição se permitisse ser levado pelos sentimentos, seria um inútil.

Então, o que seria? Mesmo pensando e examinando o caso por todos os ângulos e aspectos, não conseguia descobrir um motivo específico para estar tão certo da inocência dela. Porque aquilo era o cerne de tudo; Roman entendeu. Ela, o hotel, a atmosfera que a rodeava. Faziam com que ele desejasse acreditar que aquela gente e lugares como aquele existissem. E existissem intocados.

Ele estava amolecendo. Uma mulher bonita, com lindos olhos azuis, e ele começava a pensar em contos de fadas. Desgostoso, pegou os pincéis e as latas de tinta e as levou até a pia para limpá-los. Tiraria uma folga do trabalho e de seus próprios pensamentos confusos.

Na sala de estar, Charity pensava nele relutantemente enquanto arrumava uma pilha de discos sobre a mesa entre a sra. Millie e a sra. Lucy.

— Que ideia encantadora! — A sra. Lucy ajeitou os óculos e olhou os títulos. — Um chá dançante à moda antiga.

De uma das unidades da ala leste veio o choro de um bebê. A sra. Lucy lançou um olhar simpático na direção do som.

— Acho que isto vai manter todo mundo entretido.

— É difícil os jovens saberem o que podem fazer em um dia de chuva. Ficam extremamente entediados. Ah, veja. — A sra. Millie tinha tirado um 45 rpm. — Rosemary Clooney. Não é delicioso?

— Escolham seus favoritos. — Charity olhou em volta distraidamente. Como poderia preparar uma festa quando tudo em que conseguia pensar era Roman e o jeito como ele olhara para ela do outro lado da mesa no café da manhã? — Eu conto com vocês.

O longo bufê e uma mesinha foram esvaziados para acomodar os refrescos. Se pudesse contar com Mae, e sempre contaria, elas conseguiriam trazer as coisas da cozinha rapidamente.

Será que Roman viria?, perguntou-se. Será que ele ouviria a música e entraria silenciosamente na sala? Será que ele olharia para ela até seu coração disparar como um martelo e ela esquecer que havia mais alguém na sala além dele?

Estava ficando louca, concluiu Charity. Olhou para o relógio de pulso. Faltavam 15 minutos para as três da tarde. Todos os hóspedes já tinham sido avisados e, com um pouco de sorte, tudo estaria pronto quando chegassem. As senhoras discutiam calorosamente sobre Perry Como. Deixando-as com seu assunto, Charity começou a afofar o sofá.

— O que está fazendo?

Ela soltou um gritinho de susto e amaldiçoou Roman no instante seguinte.

— Se continuar se esgueirando desse jeito, vou ter de aceitar a ideia de Mae de que você deve ser um assaltante.

— Eu não estava me esgueirando. Você estava tão ocupada ajeitando tudo que não me ouviu entrar.

— Eu não estava arrumando tudo. — Jogou o cabelo por cima dos ombros e olhou para ele. — Mas estou ocupada. Portanto, se sair do meu caminho...

Ela abanou a mão, e Roman a segurou.

— Perguntei o que você estava fazendo.

Charity puxou a mão. Depois, puxou com mais força, lutando para controlar o temperamento. Se Roman queria brigar, ela ficaria feliz em fazer sua vontade.

— Estou fazendo um xale de tricô — respondeu. — O que lhe parece que estou fazendo? Estou movendo o sofá.

— Não, não está.

Ela conseguia, quando a ocasião assim o pedia, ser antipática.

— Como disse?

— Eu disse que não está movendo o sofá. É pesado demais.

— Obrigada por sua opinião, mas já o arrastei antes. — Ela baixou a voz quando percebeu os olhares interessados que as senhoras lhe endereçavam. — E, se você sair da minha frente, consigo movê-lo novamente.

Ele ficou onde estava, bloqueando a passagem.

— Você tem mesmo de fazer tudo sozinha, não é?

— O que quer dizer com isso?

— Onde está seu assistente?

— Deu um problema no computador. Como Bob sabe lidar com ele melhor do que eu, está mexendo nas peças, e eu estou arrastando o sofá. Agora...

— Onde você quer que ponha?

— Eu não lhe pedi para...

Mas ele já tinha ido para a outra ponta do sofá.

— Perguntei onde você quer que ponha.

— Contra a parede lateral. — Charity capitulou e tentou não ficar muito agradecida.

— O que mais?

Ela alisou a saia do vestido.

— Já lhe dei sua lista de obrigações.

Ele enfiou um polegar no bolso enquanto os dois continuavam parados, um em cada ponta do sofá. Estava louco de vontade de colocar a mão no rosto zangado dela e acariciá-lo.

— Já terminei tudo.

— A torneira do chalé quatro?

— Precisava de uma rosca nova.

— A janela da unidade dois?

— Um pouco de óleo.

Ela já estava perdendo as forças.

— A pintura?

— A primeira demão está secando. — Ele inclinou a cabeça. — Quer verificar?

Soltou um suspiro. Era difícil ficar zangada quando ele fizera tudo o que ela havia determinado.

— Você é eficiente, DeWinter.

— Sou mesmo. Conseguiu recuperar o fôlego?

— O que quer dizer?

— Você parecia um pouco cansada esta manhã. — Lançou um olhar para ela. O vestido cor de ameixa dançava em torno das pernas dela. Pequenos botões prateados desciam do alto do pescoço até a bainha, fazendo-o pensar em quanto tempo levaria para desabotoá-los. Estava também com brincos de prata, um belo trio de colunas que ele lembrava ter visto em sua gaveta. — Você não sabe — disse ele, levando seus olhos até os dela.

Sua respiração tornou-se difícil novamente, e ela subitamente ficou consciente de que estava prendendo o fôlego desde que ele começara sua inquisição. Charity lembrou-se de que não tinha tempo para deixar que ele, ou seus sentimentos por ele, a distraíssem.

— Estou ocupada demais para estar cansada. — Aliviada, fez um sinal para a camareira, que subia os degraus da escada de madeira. — Coloque no bufê, Lori.

— O segundo carregamento vem logo aí atrás.

— Ótimo. Eu só preciso... — Parou de falar quando os primeiros hóspedes molhados entraram pela porta dos fundos. Desistindo, virou-se para Roman. Se ele iria mesmo ficar no caminho, poderia pelo menos ser útil. — Eu agradeceria se você enrolasse o tapete e o pusesse na ala oeste. Depois, seria bem-vindo para se divertir com todos.

— Obrigado. Talvez eu faça isso.

Charity cumprimentou os convidados, pendurou suas jaquetas, ofereceu-lhes refrescos e ligou a música quase antes mesmo que Roman conseguisse tirar o tapete de vista. Quinze minutos depois, todo o grupo estava envolvido e integrado.

Ela foi feita para isso, notou Roman enquanto a observava. Foi feita para ficar no centro de tudo, para fazer com que as pessoas se sentissem bem. O lugar dele sempre tinha sido à margem.

— Ah, sr. DeWinter... — Perfumada de lavanda, a sra. Millie ofereceu-lhe uma xícara e um pires. — Precisa tomar um chá. Nada como o chá para afastar as tristezas em um dia de chuva.

Ele sorriu para seus olhos manchados de maquiagem. Mesmo que Charity pudesse ver que Roman estava aborrecido, seria melhor ele tomar cuidado.

— Obrigado.

— Adoro uma festa — disse ela alegremente, enquanto observava casais dançando uma balada lenta de Rosemary Clooney. — Quando eu era jovem, não pensava em outra coisa. Conheci meu marido em um chá como este. Isso foi há quase cinquenta anos. Dançamos durante horas.

Nunca se consideraria um homem galante, mas ela era difícil de resistir.

— Quer dançar agora?

Seu rosto ficou enrubescido.

— Eu adoraria, sr. DeWinter.

Charity observou Roman conduzir a sra. Millie para o salão. Seu coração abrandou-se. Tentou enrijecê-lo novamente, mas descobriu que já era uma causa perdida. *Que coisa mais simpática,* pensou, especialmente quando ele poderia ser qualificado de qualquer coisa, menos de gentil. Duvidava que chás e senhorinhas românticas fizessem o estilo de Roman, mas a sra. Millie iria se lembrar daquele dia por um longo tempo.

Que mulher não se lembraria?, perguntou-se Charity. Dançar com um homem forte, misterioso, em uma tarde chuvosa, era uma lembrança a ser guardada dentro de um livro, como uma rosa vermelha. Sentia-se feliz por ele não a ter convidado. Ela já havia arquivado lembranças suficientes de Roman. Com um suspiro, levou um grupo de crianças para a sala de televisão e colocou um filme de Disney para verem.

Roman a viu sair. E viu quando ela voltou.

— Foi encantador — disse-lhe a sra. Millie , quando a música parou.

— O quê? — Rapidamente, ele se transportou para o lugar onde estava de fato. — Foi um prazer. — Então, ele tornou seu prazer completo, beijando-lhe a mão. No momento em que ela voltava suspirando para contar tudo para a irmã, Roman já a tinha esquecido e pensava em Charity.

Ela estava rindo, enquanto um homem mais velho a levava para o salão. A música mudara. Agora, era uma música agitada, algo rápido e latino. *Um mambo*, pensou. Ou um merengue. Ele não saberia a diferença. Mas, aparentemente, Charity sabia, e muito bem. Movia-se seguindo o ritmo complicado e ligeiro como se tivesse dançado assim a vida toda.

A saia voava, enrolava-se em torno de suas pernas e, depois, voava novamente quando ela girava. Ela ria, com o rosto perto e na altura do de seu parceiro, enquanto combinavam os passos. A primeira pontada de ciúme enfureceu Roman e fez com que ele se sentisse como um tolo. O homem com que Charity trocava passos tinha idade suficiente para ser seu pai.

Quando a música terminou, ele conseguira afastar aquela emoção desagradável, mas outra surgiu para tomar seu lugar. O desejo. Ele a queria, queria tomá-la pela mão e puxá-la daquela sala lotada, levando-a para um local silencioso na penumbra, onde a única coisa que ouviriam seria a chuva. Queria ver seus olhos crescerem e saírem de foco, o que acontecia quando se beijavam. Queria a sensação incrível de sua boca derretendo-se e aquecendo-se sob a dele.

— É tão educativo observá-la, não é?

Roman virou-se quando ouviu a consideração de Bob, que tirava um sanduíche da bandeja.

— Hã? Como?

— Charity. Observá-la dançar é ter uma verdadeira aula. — Enfiou o pequeno sanduíche na boca. — Ela tentou me ensinar uma vez, na esperança de que eu pudesse entreter algumas das senhoras em ocasiões como esta. O problema é que não só tenho dois pés esquerdos, como duas pernas esquerdas também. — Ele encolheu os ombros com um sorriso e pegou outro sanduíche.

— Conseguiu consertar o computador?

— Consegui. Foram só alguns pequenos ajustes. — O pequeno triângulo de pão desapareceu. Roman percebeu um ligeiro tique nervoso quando a junta dos dedos de Bob tocou a bandeja. — Não consigo ensinar Charity sobre circuitos e software, assim como ela não consegue me ensinar samba. Como vai o seu trabalho?

— Vai bem. — Observou enquanto Bob se servia de uma xícara de chá e acrescentava três cubos de açúcar. — Devo terminar em duas ou três semanas.

— Ela encontrará outra coisa para você fazer. — Olhou para o lugar onde Charity e outro parceiro dançavam um foxtrote. — Ela sempre tem uma ideia nova para este lugar. Ultimamente, tem falado muito sobre fazer um solário e colocar uma banheira de hidromassagem.

Roman acendeu um cigarro. Observava os hóspedes, tomando notas mentais para passar a Conby. Havia dois homens que pareciam estar sozinhos, apesar de estarem conversando com outros membros do grupo de excursão. Block ficava próximo das portas, segurando um prato cheio de sanduíches, que distribuía gentilmente, e sorrindo para ninguém em especial.

— O hotel deve estar indo bem.

— Ah, é estável. — Bob dirigiu sua atenção aos *petit fours*. — Há alguns anos, as coisas estavam feias, mas Charity sempre consegue descobrir um meio de manter o barco flutuando. Nada é mais importante para ela.

Roman ficou em silêncio por um momento.

— Não entendo muito de hotelaria, mas ela parece saber o que está fazendo.

— Por dentro e por fora. — Bob escolheu um bolinho de cobertura rosa. — Charity é o hotel.

— Trabalha para ela há muito tempo?

— Há uns dois anos e meio. Na verdade, ela nem poderia me pagar na época, mas queria melhorar as coisas, modernizar os livros de contas. Dar vida nova ao local, foi o que disse. — Alguém colocou um *jitterbug* para tocar, e ele sorriu. — E foi o que ela fez.

— É o que parece.

— Então, você é lá do leste. — Bob fez uma pausa por um instante. Depois, continuou quando Roman não fez qualquer comentário. — Quanto tempo pretende ficar?

— O tempo que for preciso.

Tomou um gole de chá.

— O tempo que for preciso para quê?

— Para o trabalho. — Roman lançou o olhar para a ala oeste. — Gosto de terminar o que começo.

— Sim. Bem... — Arrumou vários *petit fours* em um prato. — Vou oferecer isto para as senhoras e espero que elas deixem tudo para mim.

Roman o observou passar por Block e trocar uma palavra rápida com ele, antes de cruzar a sala. Precisando de tempo para pensar, voltou para a ala oeste.

Ainda chovia quando retornou, horas mais tarde. A música continuava tocando. Dessa vez, era uma balada lenta, melódica, dos anos 1950. A sala estava na penumbra, iluminada apenas pela lareira e por um globo de vidro fosco. Estava vazia também, exceto por Charity, ocupada arrumando a sala e cantarolando com a música.

— A festa acabou?

Ela olhou em volta e, em seguida, retornou rapidamente à tarefa de recolher xícaras e pratos.

— Sim. Você não ficou muito tempo.

— Tinha trabalho a fazer.

Como ela queria continuar em movimento, passou a esvaziar os cinzeiros. Estava cansada de carregar a culpa.

— Eu estava cansada hoje de manhã, mas isso não era uma desculpa para ser rude com você. Desculpe se dei a impressão de que você não poderia se divertir por algumas horas.

Ele não queria aceitar uma desculpa que sabia que não merecia.

— Gosto de trabalhar.

Isso somente a fez sentir-se pior.

— Seja como for, não costumo ficar por aí gritando ordens. Eu estava zangada com você.

— Estava?

Ela olhou para cima, e seus olhos estavam claros e diretos.

— Estou. Mas isso é problema meu. Se isso ajudar, estou mais zangada comigo, por agir como uma criança, porque você não deixou as coisas correrem soltas ontem à noite.

Sentindo-se desconfortável, ele pegou a jarra de vinho e serviu-se de uma taça.

— Você não agiu como criança.

— Uma mulher rejeitada, então, ou qualquer outra coisa igualmente dramática. Tente não me contradizer quando eu estiver me desculpando.

Apesar de todos os esforços, os lábios dele se curvaram com força contra a borda do copo. Se não se cuidasse, poderia descobrir que estava louco por ela.

— Muito bem. Mais alguma coisa?

— Só um pouco. — Ela pegou um dos poucos *petit fours* que tinham sobrado, lutou por um instante consigo mesma e, depois, o colocou na boca. — Eu não deveria deixar que meus sentimentos pessoais interferissem na direção do hotel. O problema é que quase tudo o que penso ou sinto está ligado ao hotel.

— Nenhum de nós estava pensando no hotel ontem à noite. Talvez seja este o problema.

— Talvez.

— Quer que eu ponha o sofá no lugar?

— Sim. — *Negócios, como sempre,* disse Charity a si mesma enquanto se dirigia para a outra extremidade para ajudá-lo a levantar o sofá. No momento em que o puseram no lugar, ela deu a volta para afofar as almofadas. — Vi você dançando com a sra. Millie. Ela ficou emocionada.

— Gosto dela.

— Acho que sim — falou Charity lentamente, levantando o corpo e estudando-o. — Você não é do tipo de homem que gosta das pessoas com facilidade.

— Não.

Queria ir até ele, levar a mão a seu rosto. *Mas isso seria ridículo,* ela disse a si mesma. Mesmo tendo pedido desculpas, continuava zangada com ele por causa da noite anterior.

— Sua vida foi muito difícil? — quis saber.

— Não.

Ela balançou a cabeça com um risinho.

— Ora, você não me diria, mesmo que tivesse sido. Tenho de aprender a não lhe fazer perguntas. Por que não damos uma trégua, Roman? A vida é curta demais para maus sentimentos.

— Não tenho maus sentimentos com relação a você, Charity.

Ela sorriu um pouco.

— É tentador, mas não vou perguntar que tipo de sentimentos tem por mim.

— Eu não seria capaz de dizer a você, porque ainda nem sei direito. — Ficou surpreso pelas palavras terem saído tão facilmente. Depois de tomar todo o vinho, pôs a taça vazia sobre a mesa.

— Bem... — Distraída, ela puxou o cabelo para trás com as mãos. — Esta é a primeira coisa que você me diz que consigo compreender. Parece que estamos no mesmo barco. Devo acreditar que estamos dando uma trégua mesmo?

— Claro.

Ela olhou na direção do outro disco que caíra na vitrola.

— Este é um dos meus favoritos. *Smoke Gets In Your Eyes.* — Sorria novamente quando olhou para ele. — Você não me convidou para dançar.

— Não, não convidei.

— A sra. Millie disse que você é muito leve. — Esticou a mão para ele, mais como um gesto de paz do que um convite. Incapaz de resistir, ele a tomou entre as suas. Seus olhos permaneceram ligados enquanto Roman puxou-a lentamente para si.

Capítulo Cinco

O fogo ainda crepitava na lareira. A chuva batia contra as vidraças. O disco era velho e arranhado, e a música, incrivelmente triste. Quisessem eles ou não, seus corpos se juntaram. A mão dela deslizou suavemente pelo ombro de Roman e, a dele, em torno da cintura de Charity. Com os rostos colados, começaram a dançar.

Como estava um pouco mais alta por causa dos saltos, seus olhos ficaram ao nível dos dele. Roman sentia a suave fragrância que parecia fazer parte dela. Seduzido, puxou-a para mais junto de si, lentamente. As coxas dos dois se roçaram. Ainda estavam mais próximos. O corpo de Charity parecia derreter de encontro ao dele.

Estava tudo muito silencioso. Havia somente a música, a chuva, o estalar do fogo. Uma luz suave invadiu a sala. Roman sentia o coração de Charity batendo junto ao dele, rápido, já não tão firme.

O dele também não batia tão compassadamente.

Era só disso de que precisava?, perguntou-se. Só teria de tocá-la para pensar que ela era o início e o fim de tudo? E desejar... As mãos subiram pelas costas dela até que os dedos se entrelaçassem em seu cabelo. Como desejava que ela lhe pertencesse...

Não sabia exatamente quando esse pensamento tinha fincado raízes. Talvez tivesse começado no primeiro momento em que a vira. Ela era, deveria ter sido, inalcançável para ele. Mas, quando estava em seus braços, quente, prestes a se entregar, dúzias de possibilidades lhe atravessavam a mente.

Ela queria sorrir, fazer algum comentário leve, qualquer coisa. Mas não conseguia deixar as palavras saírem. Sua garganta estava trancada. O jeito como a fitava agora, como se ela fosse a única mulher que ele já vira, ou que já desejara ver, fazia com que esquecesse que aquela dança deveria ser um gesto de amizade.

Charity jamais poderia ser amiga dele, sabia disso, por mais que tentasse. Mas, com seus olhos presos aos dele, compreendeu que podia facilmente ser sua namorada.

Talvez fosse errado, mas isso não parecia importar muito enquanto deslizavam pelo salão. A canção falava de amor traído, mas ela só ouvia a poesia. Sentiu que a razão desaparecia, mesmo quando a música invadia sua mente. Não, não parecia importar. Nada parecia importar, desde que continuasse dançando em seus braços.

Sequer tentou pensar ou racionalizar. Seguindo o que o coração mandava, pressionou os lábios contra os dele.

Foi um instante. Irresistível. Definitivo. Emoções cruzavam de um para o outro e, depois, mergulhavam em uma torrente de necessidade. Não esperava que ele fosse gentil, apesar de seu beijo lhe oferecer conforto e, ao mesmo tempo, paixão. Mergulhou naquele beijo, mergulhou nela, com uma velocidade e uma força que a deixaram tonta e, depois, desejando mais.

Então, era isso o que levava as pessoas a cometer atos loucos, desesperados, pensou enquanto as línguas se enroscavam. O prazer selvagem, doloroso; uma vez experimentado, jamais seria esquecido, sempre seria desejado. Ela passou os braços em torno do pescoço dele e se deixou levar.

Com beijos rápidos e nervosos, ambos foram levados ao limite. Era mais do que desejo, ele sabia. O desejo nunca feria, não profundamente. Era como um arranhão, logo esquecido, facilmente curado. E esse era um ferimento dolorido, profundo.

O desejo nunca lhe apagara qualquer pensamento coerente. Mesmo assim, ele só conseguia pensar nela. E aqueles pensamentos eram loucos, todos proibidos. Desesperado, correu os lábios pelo rosto dela, enquanto, em sua mente, dançavam fantasias loucas de tocá-la, de provar cada centímetro de seu corpo. Mas isso não seria o suficiente. Nada seria suficiente. Não importaria o quanto ele tirasse dela. Ela sempre o atrairia de volta. Ela poderia fazê-lo implorar. E essa certeza o aterrorizou.

Charity tremia novamente, mesmo com o corpo apertado ao dele. Os suaves gemidos e suspiros dela faziam com que Roman, cada vez mais, perdesse a razão. Encontrou outra vez sua boca e a beijou com sofreguidão.

Ele mal reconhecia a mudança, não tinha motivos para isso. Repentinamente, Charity era como vidro em seus braços, algo precioso, frágil, algo que precisava ser protegido e defendido. Levou as mãos ao rosto dela com dedos leves, tocando-a com carinho. A boca, tão rude apenas um minuto antes, se suavizara.

Surpresa, ela perdeu o equilíbrio. Emoções novas, vibrantes, derramavam-se dentro dela. Sentindo-se fraca, deixou a cabeça pender para trás. Os braços escorregaram, como se não tivessem ossos, para os lados do corpo. Havia beleza naquele momento, uma beleza brilhante e suave, que ela jamais soubera que pudesse existir. A ternura fez o que a paixão ainda não tinha completado. Livre como um pássaro alçando voo, seu coração voou para o dele.

O amor, vivenciado pela primeira vez, era devastador. Sentiu lágrimas queimando o fundo de seus olhos, ouviu o próprio gemido suave de rendição. E sentiu a glória daquele momento, quando os lábios dele brincaram suavemente com os de Charity.

Ela sempre se lembraria daquele único instante, quando tudo tivesse mudado; a música, a chuva, o perfume de flores frescas. Nada seria o mesmo novamente. E nem Charity iria querer que fosse.

Trêmula, afastou-se para levar a mão à cabeça, que parecia girar.

— Roman...

— Venha comigo. — Sem querer pensar, ele a puxou outra vez para junto de si. — Quero saber como é estar com você, despir você, tocar você.

Com um longo gemido, rendeu-se aos lábios dele outra vez.

— Charity, Mae quer... — Lori parou no alto da escada. Pigarreou e fixou o olhar na pintura da parede oposta, como se estivesse fascinada por ela. — Desculpem. Eu não pretendia...

Charity saltou para trás como uma mola, tentando se recompor.

— Está tudo bem. O que foi, Lori?

— É, bem... Mae e Dolores... Acho que você deveria ir até a cozinha quando tiver um minuto. — Desceu as escadas correndo, sorrindo consigo mesma.

— Eu devia... — Charity fez uma pausa para tentar recuperar o fôlego, mas só conseguiu tremer mais. — Eu devia descer. — Deu um passo para trás. — Sempre que elas começam, precisam... — Afastou-se quando Roman segurou-lhe o braço. Esperou até que a moça levantasse a cabeça e olhasse outra vez para ele.

— As coisas já mudaram.

Parecia tão simples quando ele dizia:

— Sim, sim, mudaram.

— Certo ou errado, Charity, vamos até o fim disto.

— Não. — Ela não estava nada calma, mas estava determinada. — Se for certo, iremos até o fim. Não vou fingir que não quero você, mas tem razão quando diz que as coisas mudaram, Roman. Agora sei o que estou sentindo e tenho que me acostumar a isso.

Roman segurou seu braço quando ela se virou para sair.

— O que você está sentindo?

Ela não poderia ter mentido, nem se quisesse. Tinha horror à desonestidade. E, no que dizia respeito aos sentimentos, não tinha nem a habilidade nem o desejo de suprimi-los.

— Estou apaixonada por você.

Os dedos dele soltaram seu braço. Muito lentamente, cuidadosamente, como se estivesse se afastando de algum animal perigoso, ele a soltou.

Ela viu o choque em seu rosto. Era compreensível. E viu a desconfiança. Isso era doloroso. Lançou a ele um último olhar sério antes de sair dali.

— Parece que nós dois temos que nos acostumar a isso.

* * *

Ela estava mentindo. Roman repetiu isso para si mesmo muitas vezes enquanto andava de um lado para outro em seu quarto. Se não mentia para ele, com certeza mentia para ela. As pessoas achavam fácil mentir sobre o amor.

Parou junto da janela e ficou olhando para fora, para a escuridão. A chuva tinha parado, e a lua entrava e saía de trás das nuvens. Ele abriu completamente a janela e inspirou aquele ar frio e úmido. Precisava de alguma coisa para clarear a mente.

Mas ela continuava a afetá-lo. Aborrecido, ele se afastou daquela visão de árvores e flores, e recomeçou a andar. Os sorrisos fáceis, as boas-vindas de braços abertos, a amizade casual... Depois, a paixão, a reação desinibida, a sedução. Ele queria acreditar que tudo tinha sido uma armadilha, quando até mesmo sua mente bem-treinada achava a ideia absurda.

Não tinha o menor motivo para suspeitar dele. Seu disfarce era convincente. Charity pensava que ele era um andarilho, alguém de passagem, com tempo suficiente para ver alguma coisa e receber algum trocado. Era ele quem tinha armado uma armadilha.

Ele se deixou cair na cama e acendeu um cigarro, mais pelo hábito do que por desejá-lo. As mentiras faziam parte de seu trabalho, uma parte na qual ele era muito bom. Ela não mentira para Roman, refletiu enquanto inspirava a fumaça. Mas estava enganada. Ele fizera com que o desejasse. E ela justificava seu desejo por um completo estranho dizendo a si mesma que estava apaixonada.

Mas, se fosse verdade...

Ele não podia se permitir pensar assim. Reclinando-se contra a cabeceira, fixou os olhos na parede branca. Não podia se permitir o luxo de imaginar como seria ser amado e, especialmente, como seria ser amado por uma mulher para quem o amor significaria a vida inteira. Não podia se permitir sonhar em pertencer a alguém, em ter alguém que pertencesse a ele. Mesmo se ela não fizesse parte de sua tarefa, teria que esquecer Charity Ford.

Ela pensaria em amor e, depois, em cercas pintadas de branco, jantares de domingo e noites ao lado da lareira. Não servia para ela. Jamais serviria para ela. *Roman DeWinter*, pensou, com um sorriso desanimado, *sempre no caminho errado*. Um passado questionável, um futuro incerto. Não havia nada que pudesse oferecer a uma mulher como Charity.

Mas, Deus, como a desejava! O desejo devorava-lhe as entranhas. Sabia que ela estava lá em cima naquele instante. Imaginou-a encolhida em seu grande leito nupcial, sob cobertas brancas, talvez com uma vela branca queimando sobre a mesinha, lançando uma luminosidade suave no quarto.

Roman só teria que subir as escadas e abrir a porta. Ela não o mandaria embora. Se tentasse, ele só precisaria de alguns momentos para quebrar sua resistência. Como acreditava no amor, Charity reagiria um pouco e, depois, abriria os braços para ele. Ansiava muito por estar envolvido por eles, para afundar naquela cama, em Charity, e deixar que o esquecimento tomasse conta de ambos...

Mas ela pedira um tempo. E Roman não iria lhe negar algo de que ele também estava precisando. No tempo que dera a ela, usaria toda a sua habilidade para fazer a única coisa que sabia como fazer por Charity. Provaria a inocência dela.

Roman ficou observando enquanto o grupo de excursionistas pagava as contas para ir embora na manhã seguinte. Empoleirado em uma escada colocada no centro do hall, ele ocupou o tempo trocando lâmpadas do teto. O sol já brilhava, quente e forte, banhando o hall com sua luz, enquanto alguns poucos membros do grupo descansavam depois do café da manhã.

Na escrivaninha da portaria, Charity conversava com Block. Ele usava uma camisa branca e limpa e seu eterno sorriso. Tirando uma calculadora da carteira, verificou se as contas de Charity batiam com as dele.

Bob colocou a cabeça na porta do escritório e entregou a ela uma folha impressa do computador. Roman não deixou de perceber o olhar rápido e incerto que Bob lançou a ele antes de se fechar do lado de fora novamente.

Charity e Block comparavam suas listas. Ainda sorrindo, ele pegou um maço de notas da carteira. Pagou em dinheiro canadense. Já tendo feito a conversão para o câmbio, Charity trancou o dinheiro na gaveta, entregando, depois, um recibo para Block.

— É sempre um prazer, Roger.

— Sua festinha salvou o dia — disse ele. — Meu pessoal considerou a festa o ponto alto da excursão.

Encantada, Charity sorriu para ele.

— Eles ainda não viram o monte Rainier.

— Você vai conseguir que vários deles voltem depois disso — disse ele, com um tapinha amigável na mão dela, e, depois, verificou o relógio. — Hora de levá-los embora. Até a semana que vem.

— Boa viagem, Roger. — Ela se virou para dar o troco a um hóspede que partia e, depois, vendeu alguns cartões-postais e alguns chaveiros de lembrança, com baleias em miniatura.

Roman recolocou o globo na lâmpada do teto, demorando bastante, até o hall ficar vazio novamente.

— Não é estranho que um grupo como esse pague em dinheiro?

Já distraída de sua lista de reservas, Charity olhou para cima, para ele.

— Nunca recusamos dinheiro vivo. — Sorriu para ele, como prometeu que faria. *Os sentimentos eram seus, e também os problemas*, lembrou a si mesma, enquanto Roman descia da escada. Só esperava que as horas que passara dissecando sua alma na noite anterior resultassem em alguma solução.

— Tive a impressão de que emitiriam uma nota ou pagariam em cheque.

— Trata-se da política da companhia deles. Acredite em mim: em um hotel independente, um cliente que paga em dinheiro, como a Vision, faz toda a diferença.

— Aposto que sim. Você os recebe já há algum tempo?

— Há alguns anos. Por quê?

— Só curiosidade. Block não se parece muito com um guia de turismo.

— Roger? Não, acho que ele se parece mais com um lutador. — Ela voltou à papelada. Era difícil ficar jogando conversa fora, quando os sentimentos se encontravam à flor da pele. — Ele faz um bom serviço.

— É. Vou lá para cima.

— Roman... — Havia tanta coisa que ela queria dizer, mas podia sentir, mesmo estando a uma distância tão pequena, que se afastava dela. — Não falamos sobre sua folga — começou Charity. — Pode tirar o domingo, se quiser.

— Talvez eu faça isso.

— E, se der as suas horas extras para Bob no fim da semana, ele geralmente cuida do pagamento.

— Está bem. Obrigado.

Um casal jovem com um bebê saiu da sala de jantar. Roman a deixou respondendo suas perguntas sobre como alugar um barco.

Não seria fácil conversar com ele, concluiu Charity mais tarde. Mas teria de falar. Passara toda a manhã trabalhando. Verificara duas vezes a limpeza dos quartos, fizera todos os telefonemas de sua lista e, se os comentários de Mae continham alguma verdade, fizera a si mesma de boba na cozinha.

Ela estava hesitante.

Isso não era uma característica sua. Durante toda a sua vida, tivera o hábito de enfrentar os problemas na hora e descobrir logo a saída para eles. *Não apenas nos negócios*, pensava agora. Os problemas pessoais também sempre recebiam o mesmo tipo de abordagem. Tinha resolvido o fato de não ter pais. Mesmo quando criança, nunca fugia das perguntas muitas vezes dolorosas sobre seu passado.

Mas, na época, tinha seu avô. Ele era tão consistente, tão amoroso. Ajudara-a a compreender que ela era dona de si mesma. Da mesma maneira como a ajudara com sua primeira desilusão amorosa nos tempos de colégio, Charity se lembrou.

Ela não tinha mais 15 anos e não estava falando sobre o líder do grêmio estudantil. Mas, se aprendera alguma coisa com ele, era que não devia ficar envergonhada por ter sentimentos honestos.

Munida de uma garrafa térmica cheia de café, dirigiu-se à ala oeste. Desejou não se sentir como se fosse enfrentar um leão em sua caverna.

Ele terminara todo o hall. O cheiro de tinta fresca era forte, apesar de ter deixado uma janela aberta para a entrada do ar. As portas ainda teriam que ser repostas, e o chão, envernizado, mas Charity já conseguia imaginar o cômodo com cortinas alegres e o tapete com flores claras que estava guardado no sótão.

Do quarto ao lado, ela ouvia o som de uma serra elétrica. Um som bom de construção, pensou enquanto abria a porta e olhava para dentro.

Os olhos dele estavam contraídos pela concentração com que se inclinava sobre a madeira que tinha colocado sobre dois cavaletes. A serragem voava, como ouro dançando à luz do sol. As mãos e os braços, onde ele enrolara a camisa até acima do cotovelo, estavam cobertos com aquele pó. Usava uma bandana para que o cabelo não caísse nos olhos. Não cantarolava enquanto trabalhava, como ela fazia. Nem falava sozinho, como George fazia. Mas, observando-o, percebeu que ele demonstrava um prazer simples em fazer aquele serviço; e fazê-lo bem.

Ele sabia fazer as coisas, pensou enquanto o observava medindo a madeira para o próximo corte. Coisas boas, até mesmo coisas importantes. Tinha certeza disso. E não só porque estava apaixonada, percebia bem. Porque estava tudo dentro dele. Quando uma mulher passava a vida toda entretendo estranhos, aprendia a julgar e a ver.

Esperou até ele apoiar a serra elétrica para abrir a porta. Antes que falasse, Roman virou-se para ela. O passo que Charity deu para trás foi instintivo, defensivo. Era ridículo, disse a si mesma, mas pensou que, se aquele homem tivesse uma arma, teria atirado nela.

— Desculpe. — Os nervos que conseguira conter foram para o espaço naquele mesmo instante. — Deveria ter imaginado que o incomodaria.

— Está tudo bem. — Ele se acalmou, apesar de ser claramente visível que ficara aborrecido por ter sido apanhado desprevenido. Talvez, se não estivesse pensando nela, tivesse percebido sua entrada.

— Precisei fazer umas coisas aqui em cima e pensei em lhe trazer um café quentinho. — Colocou a garrafa térmica na escada, mas, em seguida, desejou ter ficado com ela, já que as mãos vazias a faziam parecer uma tola. — E queria também saber como as coisas estavam indo. O hall ficou ótimo.

— Está ficando. Você etiquetou a tinta?

— Sim. Por quê?

— Porque estava tudo escrito nas tampas com uma letra bonita e na cor de cada tinta. Parece algo que você faria.

— Sou obsessivamente organizada. — Ela fez uma careta. — Não consigo me livrar disso.

— Gostei do jeito como você arrumou os pincéis, de acordo com o tamanho.

Ela levantou a sobrancelha.

— Está se divertindo à minha custa?

— Estou.

— Bem, desde que eu saiba. — Ela já estava mais calma. — Vai querer tomar o café?

— Sim. Deixe que eu pego.

— Suas mãos estão cheias de pó. — Ela o afastou e desatarraxou a tampa. — Parece que nossa trégua voltou.

— Não tinha percebido que tinha acabado.

Olhou para ele por cima do ombro. Depois, deu uma olhada em volta e serviu o café na xícara de plástico.

— Deixei você sem jeito ontem. Desculpe.

Ele aceitou a xícara e a colocou sobre o cavalete.

— Está colocando palavras em minha boca outra vez, Charity.

— Não preciso fazer isso desta vez. Você reagiu como se eu fosse atingi-lo com um tijolo. — Agitada, deu de ombros. — Mas imagino que eu teria agido da mesma maneira se alguém me dissesse, assim do nada, que me amava. Devo ter parecido muito precipitada, já que nos conhecemos há tão pouco tempo.

Percebendo que não estava mais com vontade de tomar café, ele o colocou de lado.

— Você só reagiu àquele momento.

— Não. — Virou-se de frente para ele, sabendo como seria importante falar sobre aquilo cara a cara. — Achei que você fosse pensar isso. Na verdade, até cheguei a pensar que seria mais seguro deixá-lo pensar dessa maneira. Sou horrível com mentiras. Pareceu-me que seria mais justo dizer a você que não tenho o hábito de... Quer dizer, não me atiro em cima dos homens como regra. A verdade é que você foi o primeiro.

— Charity... — Ele levou a mão ao cabelo, retirando a bandana e espalhando mais um pouco daquela poeira dourada. — Eu não sei o que lhe dizer.

— Não precisa dizer nada. O fato é que vim até aqui com meu discursinho todo preparado. E era um discurso ótimo... Calmo, compreensivo, com alguns toques de humor para mantê-lo leve. E estou estragando tudo.

Ela chutou uma lasca de madeira para um canto quando se dirigiu para a janela. Aquilégias e campainhas cresciam bem abaixo da janela, em um leito onde as papoulas esperavam o momento de explodir em cores. Em um impulso, abriu a janela para respirar os suaves e delicados aromas.

— A questão é que não podemos fingir que eu não disse aquilo — começou, odiando-se por se manter de costas para ele. — Não posso fingir que não me sinto assim. Mas isso não significa que eu espere que você se sinta da mesma forma, porque não espero.

— E o que você espera?

Roman estava bem atrás dela. Charity saltou quando a mão dele lhe agarrou o ombro. Juntando toda a coragem, virou-se para ele.

— Que você seja honesto comigo. — Ela agora falava depressa e não percebeu que Roman recuou leve e automaticamente. — Aprecio o fato de você não fingir que me ama. Posso ser simples, Roman, mas não sou burra. Sei que seria mais fácil mentir, dizer o que pensa que quero ouvir.

— Você não é simples... — murmurou ele, acariciando-lhe o rosto com a mão. — Nunca conheci uma mulher mais confusa, mais complicada.

Primeiro, veio o choque; depois, o prazer.

— Esta é a coisa mais bonita que você já me disse. Nunca ninguém me acusou de ser complicada.

Roman pretendia baixar a mão, mas Charity já levantara a sua, segurando a dele.

— Não disse isso como um elogio.

Aquilo a fez sorrir. Novamente relaxada, sentou-se no peitoril da janela.

— Melhor ainda. Espero que isso signifique que podemos deixar de nos sentir esquisitos quando estamos juntos.

— Não sei o que sinto perto de você. — Roman correu as mãos pelos braços dela até os ombros, descendo, em seguida, para os cotovelos novamente. — Mas esquisito não é bem a palavra que descreve o que sinto.

Emocionada, ela se levantou.

— Preciso ir.

— Por quê?

— Porque estamos no meio do dia e, se você me beijar, posso me esquecer disso.

Já excitado, chegou para junto dela.

— Sempre organizada.

— Sim. — Ela colocou a mão no peito dele, para mantê-los separados.

— Tenho algumas tarefas para fazer lá em cima. — Prendendo a respiração, dirigiu-se para a porta. — Eu o quero mesmo, Roman. Só não sei se consigo lidar com isso.

Nem eu, foi o que Roman pensou quando ela fechou a porta. Com qualquer outra mulher, teria a certeza de que o alívio físico encerraria a tensão. Com Charity, sabia que fazer amor significaria dar mais poder àquela mulher.

E ela já o dominava. Era hora de admitir e lidar com isso.

Talvez tivesse reagido tão fortemente à sua declaração de amor porque tinha medo de estar se apaixonando e nunca tivera medo de nada na vida.

— Roman! — Ouviu a felicidade no som da voz de Charity quando ela o chamou. Abriu a porta e a viu parada no alto das escadas. — Venha cá! Depressa! Quero que você veja isto!

Charity desapareceu, deixando-o com o desejo de que ela o tivesse chamado a qualquer lugar, menos para aquele quarto inocentemente sedutor.

Quando Roman entrou no hall, ela o chamou de novo; naquele instante, com impaciência na voz.

— Depressa! Não sei quanto tempo vão ficar.

Ela estava sentada no parapeito da janela, com a parte superior do corpo para fora, suas longas pernas cruzadas pouco acima dos tornozelos. Havia música tocando, algo vibrante, apaixonante. Como ele nunca pensara em música clássica como algo apaixonante?

— Depressa, Roman. Você vai perder. Não fique parado na porta. Não chamei você para amarrá-lo aos pés da cama.

Como se sentia como um tolo, foi até ela.

— Lá se vai a minha noite...

— Engraçadinho. Olhe. — Ela segurava um binóculo de cobre e o apontava para o mar. — Orcas!

Ele se debruçou na janela e acompanhou a mão que o guiava. Conseguiu ver um par de formas a distância, cortando a água enquanto nadavam. Fascinado, ele tirou o binóculo das mãos de Charity.

— São três — disse ele. Encantado, juntou-se a ela no parapeito. Suas pernas estavam juntas, e ele descansou a mão distraidamente sobre o joelho dela. Agora, em vez do fogo, só havia um calor morno.

— Sim, é uma fêmea. Acho que é a mesma que vi há alguns dias. — Ela fechou a mão sobre a dele enquanto olhavam o mar. — Maravilhosas, não são?

— Sim, são mesmo. — Ele focalizou sua visão na fêmea, que mal estava visível entre os dois grandes machos. — Nunca pensei que conseguiria ver uma.

— Por quê? A ilha tem esse nome por causa delas. — Ela apertou os olhos, tentando seguir seu caminho. Não teve coragem de pedir o binóculo para Roman. — Minha primeira lembrança mais nítida de ter visto uma delas foi quando eu tinha quatro anos. Vovô me levou com a desculpa de dar um passeio de barco de pesca. Só entramos um pouco na água. Ficamos perto da praia. Eu gritava como uma louca. — Rindo, ela se apoiou na moldura da janela. — Pensei que elas fossem nos engolir inteiros, como Jonas ou Pinóquio.

Roman baixou o binóculo por um momento.

— Pinóquio?

— É. Não conhece a história do boneco de madeira que queria ser um menino de verdade? O Grilo Falante, a Fada Madrinha. Bom, finalmente, vovô conseguiu me acalmar. A orca nos acompanhou durante dez ou quinze minutos. Depois disso, eu sempre implorava para que ele me levasse lá novamente.

— E ele levava?

— Todas as manhãs de domingo naquele verão. Nem sempre víamos alguma coisa, mas foram dias maravilhosos; os melhores dias da minha vida. Acho que éramos um cardume também, vovô e eu. — Ela virou o rosto para receber a brisa. — Tive sorte de tê-lo pelo tempo que tive, mas existem momentos, como este, quando não posso deixar de desejar que ele estivesse aqui.

— Como este?

— Ele adorava olhar as orcas — disse ela, suavemente. — Mesmo quando estava doente, muito doente, ficava sentado diante da janela durante horas. Uma tarde, eu o encontrei sentado lá com o binóculo no colo. Pensei que tivesse dormido, mas tinha partido. — Ela soltou um profundo suspiro ao pensar no avô tão querido. — Ele teria desejado que fosse assim mesmo, enquanto estivesse olhando as baleias. E eu nunca mais consegui sair de barco depois que ele morreu. — Balançou a cabeça. — Bobagem.

— Não. — Ele buscou a mão dela pela primeira vez e entrelaçou seus dedos. — Não é, não.

Charity virou o rosto para ele outra vez.

— Você consegue ser um homem gentil. — O telefone tocou. Ela resmungou, mas desceu rapidamente da janela para atendê-lo.

— Alô? Sim, Bob. Como assim ele não vai entregar? Que a nova diretoria vá para o inferno. Negociamos com a companhia deles há dez anos. Sim, está bem. Já vou até aí. Ah, espere. — Levantou os olhos do telefone. — Roman, elas ainda estão lá?

— Sim. Indo para o sul. Não sei se estão se alimentando ou só dando um passeio.

Ela riu e recolocou o fone no ouvido.

— Bob... O quê? Sim, é Roman. — Levantou a sobrancelha. — Isso mesmo. Estamos no meu quarto. Chamei-o aqui porque vi um grupo de baleias da janela do meu quarto. Você pode contar para os hóspedes que viu isso. Não, não há motivo para você ficar preocupado. Por que haveria? Já vou descer.

Ela desligou, balançando a cabeça e sorrindo.

— É como se tivesse uma casa cheia de babás — explicou.

— Algum problema?

— Não. Bob percebeu que você estava no meu quarto... Ou melhor, que estávamos sozinhos em meu quarto... E ficou parecendo um irmão mais velho. É típico. — Ela abriu uma gaveta e tirou um elástico coberto com tecido. Com alguns movimentos ligeiros, prendeu o cabelo em um rabo de cavalo, afastando-os do rosto. — No ano passado, Mae ameaçou envenenar um hóspede que passou uma cantada em mim. Parece até que tenho 15 anos.

Ele se virou para estudá-la. Usava jeans e um suéter com um mapa da ilha em *silk screen* estampado no peito.

— Sim, parece mesmo.

— Não aceito isso como elogio. — Mas não tinha tempo para discutir. — Preciso cuidar de uma pequena crise lá embaixo. Pode continuar aqui observando as baleias. — Encaminhou-se para a porta, mas, em seguida, parou. — Ah, quase ia esquecendo. Você sabe fazer gavetas?

— Provavelmente.

— Ótimo. Acho que a antessala da suíte familiar está precisando de umas. Depois falamos sobre isso.

Ele a ouviu descer as escadas correndo. Fosse qual fosse a crise existente do outro lado do hotel, tinha certeza de que ela a resolveria. Enquanto isso, deixara-o sozinho no quarto. Seria uma simples questão de examinar sua escrivaninha novamente, para ver se Charity deixara alguma coisa que o ajudasse a avançar em sua investigação.

De qualquer maneira, seria simples. Roman olhou para o mar outra vez. Deveria ser uma coisa que ele fizesse sem a menor hesitação. Mas não conseguia. Charity confiava nele. Em algum momento durante as últimas 24 horas, ele chegara a um ponto no qual não poderia mais violar aquela confiança.

Isso o tornava inútil. Xingando-se em voz baixa, Roman recostou-se outra vez na moldura da janela. Ela conseguira, mesmo sem ter a menor consciência disso, minar sua capacidade de cumprir a própria função. Seria melhor que ligasse para Conby para pedir que o afastasse do caso. Seria apenas uma questão de entregar agora ou no final do caso o seu pedido de demissão. Tratava-se de uma questão de dever.

Mas também não faria isso.

Precisava ficar. Não tinha nada a ver com o fato de ser amado, de sentir-se em casa. Precisava acreditar nisso. Precisava também terminar o serviço e provar, sem qualquer sombra de dúvida, a inocência de Charity. Era uma questão de lealdade.

Conby diria que sua lealdade pertencia ao Bureau, não a uma mulher que conhecia havia menos de uma semana. *E Conby estaria errado,* pensou Roman enquanto largava o binóculo. Existiam momentos, raros momentos, em que aparecia uma chance de fazer algo bom, algo certo. Algo que provasse que não se era indiferente. Isso nunca lhe importara antes, mas importava agora.

Se a única coisa que poderia dar a Charity era limpar o nome dela, pretendia fazer isso. E, depois, sair de sua vida.

Levantou-se e olhou em volta do quarto. Queria ser apenas o andarilho desempregado que Charity recebera em casa. Se fosse, talvez tivesse o direito de amá-la. Mas, do jeito que as coisas iam, a única coisa que poderia fazer era salvá-la.

Capítulo Seis

A temperatura começava a subir. A primavera avançava, solta, cheia de glória, cor e perfumes. A ilha era como um tesouro de flores selvagens, árvores frondosas e cantos de pássaros. Ao amanhecer, com finas faixas esparsas de neblina sobre a água, transformava-se em um lugar místico e atemporal.

Roman ficou parado ao lado da estrada e observou o nascer do sol, já que tinha tão poucos dias diante de si. Não sabia o nome das flores que cresciam nas laterais da estrada. Não sabia distinguir o canto de um gaio do de um pardal. Mas sabia que Charity estava correndo com o cachorro e que passaria pelo lugar onde ele estava quando voltasse.

Precisava vê-la, falar com ela, estar com ela.

Na noite anterior, arrombara sua gaveta de dinheiro e examinara as contas que ela mantinha arrumadas e separadas para o depósito que faria naquele dia. Havia mais de dois mil dólares canadenses em notas falsas. Seu primeiro impulso fora contar para ela, abrir-se sobre tudo o que sabia e que precisava saber, mas não conseguia. Contar a Charity não provaria a inocência dela para homens como Conby.

Tinha o suficiente para pegar Block. E quase o suficiente, pensou, para pegar Bob junto com ele. Mas não podia pegá-los sem lançar sombras sobre Charity. Como ela própria admitira, e segundo suas declarações sobre ter uma equipe leal, não poderia cair um alfinete no hotel sem que ela tivesse conhecimento disso.

Se fosse assim, como ele poderia provar que havia uma rede de falsificação e contrabando acontecendo debaixo do nariz dela, durante quase dois anos?

Acreditava nela, tão firmemente como jamais tinha acreditado em qualquer outra coisa. Conby e os outros do Bureau queriam os fatos. Roman pegou um cigarro e ficou admirando a neblina se desfazer com o nascer do sol. Ele teria que lhes dar fatos. Até que isso fosse possível, não daria nada.

Poderia esperar para ter certeza de que Conby deixaria o machado cair sobre a cabeça de Block na próxima viagem do guia ao hotel. Isso daria tempo a Roman. Tempo suficiente, prometeu a si mesmo, para que Charity não fosse apanhada no meio daquela confusão. Quando tudo fosse descoberto, ela ficaria surpresa e magoada. Mas se recuperaria. Quando tudo terminasse, e Charity soubesse do papel dele nisso tudo, ela o odiaria. Ele se recuperaria. Teria que se recuperar.

Ouviu um carro se aproximando e levantou os olhos. Em seguida, dirigiu seu olhar para a água. Ficou imaginando se um dia poderia voltar e ficar naquele mesmo ponto, esperando por Charity, que viria correndo pela estrada em sua direção.

Fantasias, disse a si mesmo jogando fora o cigarro ainda inteiro. Andava perdendo muito tempo com fantasias.

O carro vinha depressa, o motor protestava, o acelerador rateava. Olhou novamente para a estrada, aborrecido por sua manhã e seus pensamentos terem sido perturbados.

Seu aborrecimento salvou-lhe a vida.

Ele levou somente um instante para perceber o que estava acontecendo e só um piscar de olhos para escapar. Como o carro foi direto para cima dele, Roman deu um salto para o lado, atirou-se e rolou pelo mato. Uma onda do ar que tinha sido deslocado pelo vento achatou a grama antes que os pneus traseiros do carro guinchassem e ele voltasse para a estrada. A arma de Roman já estava na mão quando ele se levantou de um salto. Conseguiu ver a traseira do carro ao virar correndo uma curva. Não teve nem tempo de xingar antes de ouvir o grito de Charity.

Ele correu, sem sentir a ardência na coxa onde o carro tinha batido, nem o sangue que saía de seu braço, devido à queda sobre a rocha. Já havia enfrentado a morte. Já havia matado. Mas jamais conhecera o terror até aquele momento, com o grito de Charity ainda ecoando em sua cabeça. Não tinha sentido agonia até ver Charity caída ao lado da estrada.

O cão estava deitado ao lado dela, ganindo, lambendo seu rosto e seu nariz. Virou-se quando Roman se aproximou e começou a rosnar, mas, em seguida, ficou só latindo.

— Charity... — Roman agachou-se do lado dela e sentiu seu pulso com a mão tremendo. — Pronto, querida. Você vai ficar bem... — murmurou para ela, enquanto verificava se havia algum osso quebrado.

Ela teria sido atingida? Uma visão terrível dela sendo lançada para o ar quando o carro a atingira fez a cabeça dele latejar. Usando cada milímetro de controle que possuía, bloqueou esse pensamento. Ela respirava. Manteve suas esperanças presas a esse fato. O cachorro ganiu quando Roman virou a cabeça dela e examinou o corte na testa. Era o único ponto de cor em seu rosto. Ele estancou o sangue com sua bandana, amaldiçoando o motorista quando sentiu o calor em seus dedos.

Sombrio, ele guardou a arma e depois levantou Charity em seus braços. Seu corpo parecia não ter um osso sequer. Roman apertou-a, temendo que ela pudesse derreter e cair de seus braços. Falou com ela durante os oitocentos metros que levavam de volta ao hotel, apesar de Charity permanecer pálida e imóvel.

Bob correu até a porta da frente.

— Meu Deus! O que aconteceu? O que foi que você fez com ela?

Roman fez uma pausa, longa o suficiente para enviar-lhe um olhar ameaçador e furioso.

— Acho que você sabe melhor do que eu. Dê-me as chaves da van. Ela precisa ir para um hospital.

— O que está havendo? — Mae atravessou a porta, enxugando as mãos no avental. — Lori disse que viu... — Ela ficou pálida, mas, em seguida, começou a se mover com uma velocidade surpreendente, empurrando Bob para o lado com o cotovelo, para chegar até Charity. — Leve-a para cima.

— Vou levá-la para um hospital.

— Para cima — repetiu Mae, afastando-se para abrir a porta para ele. — Vamos chamar o dr. Mertens. Isso será mais rápido. Vamos, rapaz. Chame o doutor, Bob. Diga a ele para vir correndo.

Roman passou pela porta com o cachorro em volta de seus pés.

— E chame a polícia — acrescentou. — Diga que tivemos um atropelamento seguido de fuga.

Sem perder tempo com palavras, Mae foi na frente, abrindo o caminho. Arquejou um pouco quando chegaram ao segundo andar, mas não fraquejou nem um minuto. Quando entraram no quarto de Charity, a cor tinha voltado a seu rosto.

— Coloque-a na cama, com bastante cuidado — disse, puxando a colcha de renda para o lado e, em seguida, com a mesma eficiência, afastando Roman também. — Pronto, minha garotinha. Você vai ficar boa. Vá ao banheiro — disse para Roman. — Traga uma toalha limpa para mim. — Mal recostando o quadril sobre a cama, levantou o rosto de Charity com sua larga mão e examinou o ferimento da cabeça. — Parece pior do que realmente é. — E soltou um longo suspiro. Pegou a toalha que Roman lhe trouxe e a pressionou na têmpora de Charity. — Ferimentos na cabeça sangram muito, dão trabalho. Mas não foi muito profundo.

A única coisa que ele sabia era que o sangue dela continuava em suas mãos.

— Ela já devia estar recobrando os sentidos.

— Dê um tempo para ela. Quero que você me conte o que aconteceu, mas depois. Vou despi-la agora, ver se tem algum ferimento em algum outro lugar. Você pode esperar lá embaixo.

— Não vou abandoná-la.

Mae levantou os olhos para ele. Os lábios estavam franzidos, e rugas de preocupação surgiam de seus olhos. Depois de um momento, ela simplesmente concordou.

— Está bem, então, mas vai ter de me ajudar. Pegue a tesoura na escrivaninha. Quero cortar a saia dela.

Então, era assim que teria que ser, pensou Mae enquanto desamarrava os tênis de Charity. Sabia reconhecer um homem completamente apavorado e lutando interiormente quando via um. Pois bem, ela só teria que fazer com que aquela garota conseguisse ficar novamente em pé. Não duvidava nem por um momento que Charity saberia lidar com alguém como Roman DeWinter.

— Pode ficar — disse, quando ele lhe entregou a tesoura. — Mas, seja o que for que tenha acontecido entre vocês dois, você vai virar de costas até ela estar decente.

Ele fechou as mãos em punhos impotentes e os enfiou nos bolsos ao se virar de costas.

— Quero saber onde ela está ferida.

— Pois vá ficando calminho aí. — Mae arrancou a saia e conteve a emoção enquanto examinava os arranhões e os ferimentos. — Abra a gaveta direita da cômoda e pegue uma camisola. Uma que tenha botões. E não ouse olhar para cá, ou expulso você daqui.

Em resposta, ele jogou uma camisola branca e fina em cima da cama.

— Não me importa o que ela vai vestir. Só quero saber se ela está muito ferida.

— Eu sei, garoto. — A voz de Mae suavizou-se enquanto passava o braço nu de Charity por uma manga. — Ela tem alguns hematomas e arranhões. Só isso. Nada quebrado. O corte da cabeça vai precisar levar uns pontos, mas os cortes saram. Ora, ela se feriu muito mais quando caiu de uma árvore há algum tempo. Esta é a minha menina. Ela está voltando a si.

Ele se virou para olhá-la, com ou sem blusa. Mas Mae já havia abotoado tudo. Controlou sua ânsia de ir correndo para ela, muito mal, e, mantendo distância, observou os cílios de Charity tremerem.

O vazio que sentiu no estômago foi de puro alívio. Quando ela gemeu, ele enxugou as mãos úmidas de sangue nas coxas.

— Mae? — Enquanto lutava para focalizar o olhar, Charity esticou a mão. Conseguia distinguir a forma enorme da cozinheira, mas pouco mais do que isso. — O que... Ai, meu Deus, minha cabeça!

— Está latejando bastante, não é? — Mae falava bruscamente, mas aninhava a mão de Charity entre as suas. Ela teria beijado sua testa se soubesse que ninguém estaria vendo. — O médico vai consertar isso tudo.

— Médico? — Ainda tonta, Charity tentou se sentar, mas a dor explodiu em sua cabeça. — Não quero médico.

— Nunca quis, mas vai precisar de um assim mesmo.

— Não vou... — Discutir exigia muito esforço. Em vez disso, ela fechou os olhos e se concentrou em clarear a mente. Era evidente que estava na cama, mas como teria ido parar ali?

Estava passeando com o cachorro, disso ela se lembrava, e Ludwig, de repente, achara uma árvore irresistível do lado da estrada. Então...

— Havia um carro — disse ela, abrindo os olhos novamente. — O motorista devia estar bêbado ou drogado. Ele parecia vir direto em minha direção. Se Ludwig já não estivesse me puxando para fora da estrada, eu... — Charity ainda não se sentia suficientemente pronta para considerar aquela hipótese. — Eu tropecei, acho. Não sei.

— Isso não importa agora — afirmou Mae. — Vamos descobrir tudo mais tarde.

Depois de uma batida brusca, a porta foi aberta. Um homem baixinho, com um punhado de cabelo branco, entrou rapidamente. Carregava uma maleta preta e usava um macacão enorme e botas sujas de lama. Charity deu uma olhada e fechou os olhos outra vez.

— Vá embora, dr. Mertens. Não estou me sentindo bem.

— Ela não muda nunca. — Mertens cumprimentou Roman com um aceno de cabeça e, em seguida, foi examinar sua paciente.

Roman saiu silenciosamente para a antessala. Precisava de um momento para se acalmar, para controlar a raiva que crescia agora que ela ficaria boa. Ele perdera os pais e enterrara seu melhor amigo, mas nunca sentira aquela espécie de pânico que experimentara ao ver Charity sangrando e inconsciente do lado da estrada.

Pegou um cigarro e foi até a janela aberta. Ficou pensando no motorista do Chevrolet velho e enferrujado que a atropelara. Enquanto sua raiva diminuía, Roman compreendeu uma coisa com uma clareza perfeita. Seria um prazer se ele pudesse matar quem a ferira.

— Com licença. — Lori estava parada na porta do corredor, esfregando as mãos. — O xerife chegou. Ele quer falar com você. Por isso, eu o trouxe para cima. — Ela segurou o avental e ficou olhando para a porta fechada do outro lado do quarto. — Charity?

— O médico está lá dentro. Ela vai ficar boa.

Lori fechou os olhos e respirou profundamente.

— Vou dizer aos outros. Pode entrar, xerife.

Roman estudou aquele homem barrigudo, que, nitidamente, tinha sido tirado da cama. A camisa estava parcialmente enfiada dentro das calças, e ele tomava uma xícara de café quando entrou no aposento.

— Você é Roman DeWinter?

— Exatamente.

— Xerife Royce. — Sentou-se, com um suspiro, no braço da cadeira Queen Anne cor-de-rosa de Charity. — Que história foi aquela de atropelamento seguido de fuga?

— Há uns vinte minutos, alguém tentou matar a srta. Ford.

Royce virou-se para olhar para a porta fechada, da mesma maneira que Lori tinha feito.

— Como ela está?

— Machucada. Levou uma pancada na cabeça e tem alguns hematomas.

— Você estava com ela? — Tirou um bloco e um lápis rombudo.

— Não. Eu estava a uma distância de uns quatrocentos metros. O carro foi lançado contra mim e, depois, seguiu a toda velocidade. Ouvi Charity gritar. Quando cheguei até ela, estava inconsciente.

— Imagino que não deve ter prestado atenção ao carro.

— Era um Chevrolet azul-escuro. Sedan, 1967 ou 68. O amortecedor estava ruim. O para-lama dianteiro direito estava todo enferrujado. Placa de Washington; Alfa Foxtrot Juliet, 847.

Royce levantou as duas sobrancelhas enquanto anotava todos aqueles dados.

— Você tem bons olhos.

— Concordo.

— Bons o suficiente para saber se ele ia atropelá-lo de propósito?

— Não preciso adivinhar. Ele mirou em mim.

Sem um piscar de olhos, Royce continuou a tomar notas. Pôs um adendo para ele mesmo se lembrar, mais tarde, de fazer uma verificação de rotina com Roman DeWinter.

— E ele? Você viu o motorista?

— Não — disse Roman, rapidamente. Ainda não conseguia deixar de se culpar por isso.

— Há quanto tempo está na ilha, sr. DeWinter?

— Quase uma semana.

— É um período muito curto para fazer inimigos.

— Não tenho nenhum aqui... Que eu saiba.

— Isso torna sua teoria bastante estranha. — Ainda escrevendo, Royce deu uma olhada em seu interlocutor. — Não existe ninguém nesta ilha que conheça Charity e tenha algo contra ela. Se o que você diz é verdade, estamos falando de uma tentativa de homicídio.

Roman jogou o cigarro pela janela.

— É exatamente disso que estamos falando. Quero saber quem é o dono daquele carro.

— Vou verificar.

— Você já sabe.

Royce bateu com o bloco em seu joelho.

— Sim, senhor. Você tem bons olhos. Dá para perceber. Talvez eu conheça alguém que tenha um carro que se encaixe em sua descrição. Se conhecer, sei que essa pessoa seria incapaz de atropelar um coelho de propósito e, muito menos, uma mulher. E também não é preciso ter um carro para dirigi-lo.

Mae abriu a porta de ligação, e ele levantou os olhos.

— E agora, Maeflower?

Os lábios de Mae contorceram-se ligeiramente antes de virarem uma linha fina outra vez.

— Se não sabe sentar direito em uma cadeira, pode ficar de pé, Jack Royce.

Royce levantou-se, sorrindo.

— Mae e eu frequentamos a escola juntos — explicou ele. — Ela já gostava de implicar comigo naquela época. Será que você tem waffles no seu cardápio de hoje, Maeflower?

— Talvez eu tenha. Se descobrir quem machucou minha menina, pode ser que eu faça para você.

— Estou trabalhando nisso. — Seu rosto ficou sério novamente quando apontou para a porta. — Ela pode falar comigo?

— Não fez outra coisa a não ser falar desde que voltou a si. — Mae piscou para soltar uma torrente de lágrimas de alívio. — Pode entrar.

Royce virou-se para Roman.

— Manteremos contato.

— O médico disse que ela podia tomar chá com torradas. — Mae fungou e, em seguida, limpou o nariz ruidosamente. — É rinite alérgica — alegou. — Que bom que você estava por perto quando ela se machucou.

— Se eu estivesse mais perto, ela não teria se machucado.

— E, se ela não tivesse levado o cachorro para passear, estaria na cama. — Fez uma pausa e olhou Roman nos olhos. — Acho que nós dois poderíamos matá-lo.

Ficou surpresa com o pequeno riso que arrancou dele.

— Charity poderia não gostar muito disso.

— Ela também não gostaria de saber que você está aqui fora machucado também. Seu braço está sangrando, rapaz.

Ele olhou para baixo, sem a menor emoção, para a manga da camisa toda rasgada e manchada de sangue.

— Um pouco.

— Não posso deixar você sujar meu chão com sangue. — Ela se encaminhou para a porta, fazendo um sinal com a mão. — Vamos descer. Vou limpar você. Depois, você pode trazer o café da manhã para a menina. Não tenho tempo para ficar subindo e descendo estas escadas o dia inteiro.

Depois que o médico terminou o exame, e o xerife, o interrogatório, Charity ficou olhando para o teto. Tinha machucado todos os lugares que poderiam ser machucados. Especialmente, a cabeça, mas o resto do corpo estava todo latejando.

A medicação a doparia um pouco, mas ela queria manter a mente clara até ter desvendado tudo. Foi por isso que pôs sob a língua a pílula que o dr. Mertens tinha lhe dado. Depois de organizar os pensamentos, ela a engoliria e aproveitaria o alívio durante horas.

Tinha visto o carro somente de relance, mas ele lhe parecera familiar. Lembrou-se enquanto falava com o xerife. O carro que quase a tinha atropelado pertencia à sra. Norton, uma senhora meiga e desligada, que fazia toalhas e roupinhas de bonecas de crochê para as lojas de artesanato locais. Charity nunca pensara que a sra. Norton pudesse dirigir a mais de quarenta quilômetros por hora. E, naquela manhã, quando a atropelara, a velocidade era bem maior.

Ela não vira o motorista, pelo menos não claramente, mas tinha a impressão de que se tratava de um homem. E a sra. Norton já estava viúva havia seis anos.

Então, era mais simples, concluiu Charity. Alguém ficara bêbado, roubara o carro da sra. Norton e resolvera dar uma volta pela ilha. E, provavelmente, nem a tinha visto no lado da estrada.

Satisfeita, ajeitou-se melhor na cama. O xerife era quem deveria se preocupar com o resto. Ela já tinha problemas demais.

O turno do café da manhã, com certeza, seria um caos. Ela pensou que poderia contar com Lori para manter todos calmos. Depois, viria o açougueiro. E ainda tinha de completar a lista de pedidos para o dia seguinte. E escolher as fotos que usaria no anúncio para o catálogo de viagens. O depósito não tinha sido pago, e a lareira do chalé três estava soltando fumaça.

Ela precisava, no momento, de um bloco, um lápis e um telefone. Era bastante simples. Encontraria os três na escrivaninha da sala de estar. Cuidadosamente, girou as pernas pelo lado da cama. Nada mal, percebeu, mas se permitiu um momento para se adaptar antes de tentar se levantar.

Aborrecida consigo mesma, segurou uma das colunas da cama. As pernas pareciam estar recheadas com o creme que Mae fazia, em vez de músculos e ossos.

— O que está fazendo?

Ela piscou quando ouviu a voz de Roman. Depois, balançando, virou a cabeça na direção da porta.

— Nada — disse, e tentou sorrir.

— Volte já para essa cama.

— Só tenho que fazer umas coisinhas.

Ela cambaleava, tão pálida quanto a camisola que estava modestamente abotoada até o pescoço e que era, sedutoramente, da altura de suas coxas. Sem uma palavra, ele depositou a bandeja que carregava, foi até ela e a levantou nos braços.

— Roman, não. Eu...

— Cale-se.

— Eu ia voltar a deitar em um minuto — começou. — Logo depois...

— Cale-se — repetiu ele. Deitou-a na cama e, em seguida, descontrolou-se. Mantendo os braços em torno dela, enterrou o rosto contra seu pescoço. — Ah, meu Deus... Minha querida...

— Está tudo bem. — Ela acariciou seu cabelo. — Não se preocupe.

— Pensei que você estivesse morta. Quando a encontrei, pensei que estivesse morta.

— Ah, sinto muito. — Ela massageou o ponto tensionado em sua nuca, tentando imaginar como ele deveria ter se sentido. — Deve ter sido horrível, Roman. Mas só estou com alguns galos e hematomas.

Daqui a alguns dias, eles terão desaparecido e teremos esquecido tudo isto.

— Jamais esquecerei. — Roman afastou-se dela. — Nunca.

A violência que ela viu nos olhos dele fez com que seu coração disparasse.

— Roman, foi um acidente. O xerife Royce vai cuidar de tudo.

Ele engoliu as palavras que desejava dizer. Seria melhor que ela pensasse tratar-se de um acidente. Por enquanto. Levantou-se para pegar a bandeja.

— Mae disse que você poderia comer.

Charity pensou nas listas que precisava fazer e achou que teria mais chance de Roman fazer o que ela queria se cooperasse com ele.

— Vou tentar. Como está Ludwig?

— Bem. Mae o colocou para fora e deu um osso de presunto para ele.

— Ah, é o preferido dele. — Ela mordiscou uma torrada e fingiu estar morta de fome.

— Como está a cabeça?

— Não está muito ruim. — Não se tratava exatamente de uma mentira, pensou. Tinha certeza de que uma pancada com um martelo deveria ser muito pior. — Nem precisei levar pontos. — Puxou o cabelo para trás para mostrar-lhe as ataduras. Um hematoma começava a escurecer em torno do machucado. — Quer levantar alguns dedos e perguntar quantos eu vejo?

— Não. — Ele se virou de costas, com medo de explodir. E a última coisa de que Charity precisava seria de uma explosão da parte dele, lembrou a si mesmo. Ele não era do tipo de desmoronar; pelo menos não era até conhecê-la.

Roman começou a mexer em vidros e vasilhas que havia no quarto. Ela adorava coisinhas inúteis, pensou enquanto pegava um comprido cristal de ametista. Sentindo-se desajeitado, colocou-o no mesmo lugar em que o achara.

— O xerife disse que o carro esbarrou em você. — Ela tomou o chá de camomila, calmante, sentindo-se quase humana outra vez. — Que bom que você não se feriu.

— Mas que droga, Charity! — Ele deu meia-volta e, depois, fez um grande esforço para conter o temperamento explosivo. — Não, eu não me feri. — E decidiu que ela jamais seria ferida novamente. — Desculpe. Essa coisa toda me deixou nervoso.

— Sei o que quer dizer. Quer um pouco de chá? Mae mandou duas xícaras.

Ele lançou um olhar para a bonita chaleira florida.

— Não, a menos que você tenha uísque para colocar nele.

— Desculpe, mas não tenho. — Sorrindo de novo, ela deu palmadinhas na cama, a seu lado. — Por que não vem sentar aqui?

— Porque estou me esforçando para manter minhas mãos longe de você.

— Ah... — Seu sorriso se alargou. Ficou satisfeita por ainda ser capaz de sentir um ligeiro toque de desejo. — Gosto de suas mãos em mim, Roman.

— A hora não é boa. — Como não conseguiria resistir, dirigiu-se para a cama e segurou-lhe a mão. — Eu me preocupo com você, Charity. Quero que acredite nisso.

— Acredito.

— Não. — Seus dedos apertaram os dela com mais força. Ele sabia que não era bom com as palavras, mas precisava que ela compreendesse. — É diferente com você do que com qualquer outra pessoa. — Lutando contra uma nova onda de frustração, relaxou os dedos. — Não posso lhe dizer mais nada.

Ela sentiu o coração subir até a garganta.

— Se eu soubesse que arrancaria tanto de você, teria batido com a cabeça em uma pedra antes.

— Você merece mais. — Ele se sentou e passou o dedo delicadamente no machucado da testa.

— Concordo. — Charity levou a mão dele aos lábios e observou seus olhos escurecerem. — Sou paciente.

Alguma coisa se movia dentro dele, algo que ele se sentia incapaz de impedir.

— Você não sabe o bastante sobre mim. Não sabe nada sobre mim.

— Sei que amo você. Imaginei que você fosse me contar o resto mais cedo ou mais tarde.

— Não confie em mim, Charity. Não tanto assim.

Havia um problema agora. Queria apagar o rosto dele, mas não sabia como.

— Você fez algo tão imperdoável assim, Roman?

— Espero que não. Agora, você deve descansar. — Sabendo que já tinha falado demais, ele afastou a bandeja.

— Eu ia mesmo fazer isso, verdade. Logo depois de cuidar de algumas coisas.

— A única coisa de que deve cuidar hoje é você.

— Isso é muita gentileza sua, já que eu...

— Você não vai sair desta cama por, pelo menos, 24 horas.

— Esta é a coisa mais ridícula que já ouvi na vida. Que diferença pode fazer se eu estiver deitada ou sentada?

— Segundo o médico, bastante. — Ele pegou um comprimido na mesinha. — Este foi o remédio que ele receitou?

— Foi.

— O mesmo remédio que você deveria ter tomado antes de ele sair?

Ela se esforçou para mentir.

— Eu ia tomar logo depois de dar alguns telefonemas.

— Nada de telefonemas hoje.

— Escute aqui, Roman, fico feliz com sua preocupação, mas não aceito ordens suas.

— Eu sei. É você quem dá ordens aqui.

Antes que ela pudesse responder, Roman baixou seus lábios para os dela. Neles, havia carinho novamente, a suavidade, o calor quase doloroso. Com um pequeno gemido de prazer, Charity entregou-se a ele.

Roman pensara que seria fácil dar só um beijinho, de leve. Mas as mãos se fecharam para resistir ao desejo de exigir mais. Ela estava muito frágil naquele instante. Queria acalmá-la, não excitá-la... Confortá-la, não seduzi-la. Mas, em segundos, ele estava excitado e seduzido.

Quando ele começou a se afastar, Charity soltou um murmúrio de protesto e o pressionou junto a seu corpo. Precisava do carinho dele, precisava mais daquilo do que de qualquer remédio.

— Calma... — disse ele, tentando manter o controle. — Sou um pouco fraco em força de vontade, e você precisa descansar.

— Prefiro você.

Charity sorriu para ele, e seu estômago começou a dar nós.

— Você deixa todos os homens loucos?

— Acho que não. — Sentindo-se no topo do mundo, ela tirou o cabelo de Roman de seus olhos. — De qualquer maneira, você é o primeiro a pedir.

— Conversaremos sobre isso mais tarde. — Determinado a fazer o melhor possível por ela, segurou o comprimido. — Tome isto.

— Mais tarde.

— Nada disso. Agora.

Ligeiramente desgostosa, ela jogou o comprimido dentro da boca e, depois, tomou o chá, que já tinha esfriado, para engoli-lo.

— Pronto. Satisfeito?

Ele teve de rir.

— Nunca fiquei mais satisfeito desde que botei os olhos em você, minha querida. Levante a língua.

— Como disse?

— Você me ouviu. Você é muito boa nisso. — Colocou a mão sob o queixo dela. — Mas eu sou melhor. Vamos tomar esse comprimido.

Ela soube que fora vencida. Tirou o remédio da boca. Depois, fez uma grande encenação para engoli-lo. Tocou os lábios com a ponta da língua.

— Ainda pode estar aqui dentro. Quer procurar em mim?

— O que eu quero... — e beijou-a suavemente — é que você fique na cama. — Ele passou os lábios em seu pescoço. — Nada de telefonemas, nada de papelada, nada de ficar olhando lá para baixo. — Roman mordeu o lóbulo de sua orelha e sentiu que Charity tremia ao mesmo tempo em que ele. — Promete?

— Sim. — Seus lábios se abriram quando os de Roman tocaram neles. — Prometo.

— Ótimo. — Roman sentou e pegou a bandeja. — Vejo você depois.

— Mas... — Ela mostrou a língua enquanto ele se dirigia para a porta. — Você jogou sujo, DeWinter.

— É... — disse, olhando para ela. — E para vencer.

Roman a deixou, sabendo que ela não quebraria mais a palavra, a não ser que saísse voando pela janela. Ele tinha assuntos particulares a resolver.

Capítulo Sete

Uma parte muito importante do treinamento de Roman foi aprender a completar o trabalho para o qual fora designado de maneira objetiva e cuidadosa. E ele sempre achara natural agir de tal modo. Até então. No entanto, por muitos motivos pessoais, ele desejava ser totalmente cuidadoso.

Quando deixou Charity, esperava encontrar Bob no escritório, e contava com encontrá-lo sozinho. Não ficou decepcionado. Bob estava com o fone de ouvido e o monitor do computador brilhando acima dos dedos. Depois de acenar ligeiramente na direção de Roman, continuou com a conversa.

— Ficarei muito feliz em fazer essa reserva para o senhor e sua mulher, sr. Parkington. O senhor quer um quarto duplo para as noites de 15 e 16 de julho.

— Desligue — disse Roman.

Bob simplesmente levantou um dedo, pedindo que esperasse um pouco.

— Sim, está disponível, com um banheiro particular e com o café da manhã incluído. Pode deixar que providenciaremos os aluguéis dos caiaques para a sua estadia. Seu número de confirmação é...

Roman bateu com a mão no telefone, interrompendo a ligação.

— Mas o que está fazendo?

— Pensando se devo me dar ao trabalho de falar com você ou apenas matá-lo.

Bob saltou de sua cadeira e conseguiu colocar a escrivaninha entre ele e Roman.

— Escute, sei que você teve uma manhã movimentada...

— Sabe mesmo? — Roman nem se preocupou em responder. Simplesmente ficou no lugar onde estava, observando Bob suar. — Movimentada... É uma palavra bonita e educada para o que aconteceu. Mas você é um homem simpático e educado, não é, Bob?

Bob olhou para a porta e se perguntou se teria alguma chance de chegar até ela.

— Todos estamos um pouco nervosos por causa do acidente de Charity. Acho que está precisando de uma bebida.

Roman foi até uma pilha de manuais de informática e pegou um pequeno frasco de prata.

— É seu? — perguntou. Bob ficou olhando para ele, sem saber o que responder. — Imagino que mantenha isto aqui, para aquelas noites longas em que fica trabalhando até tarde, sozinho. Está se perguntando como descobri isso? — Colocou o frasco de lado. — Eu passei por aqui quando invadi esta sala há algumas noites e examinei os livros.

— Você invadiu? — Bob passou as costas da mão nos lábios, que tinham, repentinamente, ficado muito secos. — É uma bela maneira de retribuir a Charity por ela ter lhe dado um emprego.

— É. Tem razão nesse aspecto. Quase tão ruim quanto usar o hotel dela para passar dinheiro falsificado e contrabando para dentro e fora do país.

— Não sei do que está falando. — Bob deu um passo cauteloso em direção à porta. — Quero que saia já daqui, DeWinter. Quando eu contar para Charity o que você fez...

— Mas você não vai contar para ela. Não vai contar nada para ela... ainda. Mas vai contar para mim. — Diante do olhar frio e decidido de Roman, Bob ficou paralisado. — Tente alcançar a porta e quebro sua perna. — Roman bateu um cigarro sobre o maço. — Senta aí.

— Não vou aceitar isto. — Mas deu um passo para trás, para longe da porta e de Roman. — Vou chamar a polícia.

— Vá em frente. — Roman acendeu o cigarro e observou Bob, através de um véu de fumaça. Foi uma pena ele ter sido tão facilmente amedrontado. Roman adoraria uma desculpa para machucá-lo. — Fiquei tentado a contar para Royce esta manhã tudo o que já sei. Não fiz isso porque estragaria o prazer que teria em lidar com você e com as pessoas a quem está ligado. Mas vá em frente. Pode chamá-lo. — Roman jogou o telefone para o lado de Bob. — Posso descobrir um jeito de resolver meu assunto com você quando estiver preso.

Bob não pediu que explicasse. Quase ouvira a porta da cela bater no momento em que Roman entrara.

— Olha, sei que você está nervoso...

— Pareço nervoso? — perguntou Roman, em voz baixa.

Não, pensou Bob, sentindo um aperto no estômago. Ele parecia frio; frio o suficiente para matar. Ou coisa pior. Mas tinha de haver uma saída. Sempre havia.

— Você disse alguma coisa sobre falsificação. Por que não me conta do que se trata e tentamos acertar tudo com calma...? — Antes que ele conseguisse dizer a última palavra, engasgou-se, com Roman arrancando-o de sua cadeira pelo colarinho.

— Você quer morrer?

— Não. — Os dedos de Bob escorregaram inutilmente pelos punhos de Roman.

— Então, sem enrolação. — Aborrecido, Roman o jogou de volta na cadeira. — Existem duas coisas que Charity não faz por aqui. Só duas. Ela não cozinha e não trabalha no computador. "Não sabe" seria uma expressão melhor. Ela não sabe cozinhar, porque Mae nunca lhe ensinou. Bastante fácil de se adivinhar por quê. Mae queria governar a cozinha, e Charity queria deixá-la fazer isso.

Encaminhou-se para a janela e, casualmente, baixou as persianas. A sala ficou na penumbra e completamente particular.

— E também é bastante simples adivinhar por que ela não sabe usar um simples computador de escritório. Você não ensinou a ela, ou tornou as lições tão complicadas que Charity nunca chegou a compreender. Quer que eu lhe diga por que você fez isso?

— Ela nunca esteve muito interessada. — Bob engoliu em seco, com a garganta apertada. — Ela sabe fazer o básico quando necessário, mas você conhece Charity. Ela é mais interessada em gente do que em máquinas. Mas eu mostro todas as impressões para ela.

— Todas? Você e eu sabemos que você não mostrou todas para ela. Quer que eu lhe diga o que acredito que esteja nos disquetes que você mantém escondidos na gaveta de arquivos?

Bob pegou um lenço com dedos trêmulos e enxugou o suor que perolava sua testa.

— Não sei do que está falando.

— Você mantém os livros do hotel e do negócio que você e seus amigos têm por fora. Imagino que um homem como você mantenha cópias de segurança, uma pequena precaução para o caso de as pessoas com quem trabalha decidirem tirá-lo da jogada. — Abriu uma gaveta e retirou um disquete. — Examinaremos isto mais tarde — disse, e o jogou sobre a mesa. — De dois a três mil dólares por semana são lavados usando este lugar. Cinquenta e duas semanas por ano dá um dinheiro muito bom. Acrescentando o salário que cobra para atravessar alguém pela fronteira, misturado aos grupos de excursionistas, você recebe uma quantia bem substancial.

— Que loucura! — Mal conseguindo respirar, Bob passou a mão na garganta. — Deve saber que isso não passa de uma loucura.

— Você sabia que suas referências continuam no arquivo aqui? — perguntou Roman, em um tom de conversa amena. — O problema é que ninguém verifica. Você nunca trabalhou em um hotel em Fort Worth ou em São Francisco.

— Isso quer dizer que forcei um pouco a barra, mas não prova nada.

— Acho que vamos encontrar algo mais interessante quando verificarmos suas impressões digitais.

Bob fixou os olhos no disquete. Às vezes, podia-se blefar, e, às vezes, era preciso abrir o jogo.

— Posso tomar uma bebida?

Roman pegou o frasco, jogou-o para ele e esperou calmamente que desatarraxasse a tampa.

— Você me tomou por um policial, não foi? Ou estava suficientemente ocupado mantendo o ouvido colado ao chão. Você me ouviu fazendo as perguntas erradas, teve medo de que eu falasse sobre a operação para Charity e passou a informação para seus amigos.

— Achei que havia alguma coisa errada. — Bob enxugou a vodca dos lábios e, depois, bebeu novamente. — Reconheço uma armadilha quando a vejo, e você me deixou nervoso no minuto em que o vi.

— Por quê?

— Quando se está em meu negócio, é o que se sente quando se percebe um policial. No supermercado, na rua, comprando cuecas em uma loja de departamentos. Não importa onde, a gente fica nervoso, com medo de ser apanhado.

Roman pensou em si mesmo e em todos os anos que passara do outro lado do jogo. Tinha feito sua cota como policial e ainda podia fazê-lo.

— Muito bem. E o que você fez?

— Disse para Block que achava que você tinha sido plantado, mas ele pensou que eu estivesse louco. Eu queria dar uma parada até você ir embora, mas ele não quis me ouvir. Na noite passada, quando você desceu para o jantar, revistei seu quarto. Encontrei uma caixa de balas. Não havia arma, só as balas, o que significava que ela estaria com você. Liguei para Block e disse ter certeza de que você era um policial. Passava muito tempo com Charity, e imaginei que ela estivesse trabalhando com você no caso.

— Por isso, tentou matá-la.

— Não. Eu, não. — Em pânico, Bob pressionou o corpo mais ainda contra a cadeira. — Juro que não sou um homem violento,

DeWinter. Droga, eu gosto de Charity! Eu queria cair fora, dar um tempo. Já tínhamos escolhido outro lugar, nas Montanhas Olímpicas. Imaginei que levaria algumas semanas para nos mudarmos daqui. Block disse que cuidaria de tudo, e pensei que ele queria dizer que cuidaríamos da excursão da semana que vem já nesse aspecto. Isso me daria tempo para consertar tudo aqui e ir embora. Se eu soubesse o que ele planejava...

— O quê? Você a teria prevenido?

— Não sei. — Bob esvaziou o frasco, mas a bebida não serviu para acalmar-lhe os nervos. — Escute, eu estou envolvido com golpes, com trapaças, mas não mato gente.

— Quem estava dirigindo o carro?

— Não sei. Juro — disse. Roman deu um passo em sua direção, e ele agarrou os braços da cadeira. — Olha, entrei em contato com Block no instante em que aquilo aconteceu. Ele disse que tinha contratado uma pessoa. Não poderia ter cuidado disso pessoalmente, porque estava no continente. Ele disse que o sujeito não estava tentando matá-la. Block só queria que ficasse fora do caminho por alguns dias. Tínhamos um carregamento grande chegando e... — Ele parou, sabendo que se afundava cada vez mais.

Roman simplesmente assentiu com a cabeça.

— Você vai descobrir quem estava dirigindo aquele carro.

— Sim, claro. — Ele fez a promessa sem saber se poderia cumpri-la. — Vou descobrir.

— Você e eu vamos trabalhar juntos durante os próximos dias, Bob.

— Mas... você não vai chamar Royce?

— Deixa que eu me preocupo com Royce. Você vai continuar a fazer o que faz melhor: mentir. Só que, agora, vai mentir para o Block. Se fizer exatamente o que eu disser, continuará vivo. Se fizer um bom serviço, recomendo você para meu superior. Talvez possa fazer um acordo, tornar-se uma testemunha do Estado.

Depois de descansar o quadril na escrivaninha, Roman reclinou-se para mais perto.

— Se tentar cair fora, eu caço você até o fim do mundo. Encontro você onde quer que esteja escondido, e, quando terminar, você vai desejar ter sido morto por mim.

Bob olhou dentro dos olhos de Roman. Acreditava nele.

— O que quer que eu faça?

— Você vai me contar sobre o próximo carregamento.

Charity estava enjoada de ficar no quarto. Já tinha sido ruim o suficiente ter dado sua palavra de que não sairia da cama o dia inteiro a Roman. Não podia nem usar o telefone para ligar para o escritório e saber o que estava acontecendo no mundo.

Tentou manter o bom humor, folheando os livros e revistas que Lori levara para ela. Chegou até a admitir para si mesma que, em determinados momentos, quando as coisas ficaram enlouquecidas no hotel, se imaginara tendo o luxo de passar um dia inteirinho na cama, sem fazer nada.

Agora que podia fazer isso, estava odiando.

O comprimido que Roman insistira para que ela tomasse a deixara tonta. Dormia a intervalos, só para acordar depois, aborrecida por não ter se controlado o suficiente para ficar desperta e entediada. Como ler piorava a dor de cabeça, tentou descobrir algo interessante na televisão portátil que ficava na prateleira do outro lado do quarto.

Quando descobriu que passavam *Relíquia macabra*, em preto e branco, chegou a sentir prazer misturado com alívio. Se tinha que ficar presa à cama, pelo menos que fosse com Humphrey Bogart. Mas até mesmo Sam Spade sucumbiu à droga dada pelo gorducho. A medicação de Charity arrasara com ela. Acordara de mau humor para assistir a uma reprise de um seriado qualquer.

Ele a fizera prometer que ficaria na cama, pensou, apoiando um cotovelo sobre o travesseiro. E nem ao menos tivera a decência de passar cinco minutos lhe fazendo companhia. Aparentemente, devia estar ocupado demais para encaixar uma visita a uma doente em sua agenda. Para ele, isso era ótimo, pois deveria estar correndo de um lado para outro, fazendo alguma coisa útil, enquanto ela mofava entre os lençóis. Não era da natureza dela ficar sem fazer nada e, se tivesse que fazer isso por mais cinco minutos, gritaria.

Charity sorriu quando considerou essa hipótese. O que Roman faria se ela desse um daqueles gritos bem agudos? Poderia ser interessante descobrir. Com certeza, mais interessante, concluiu, do que assistir a uma loura boba dando risadinhas em cena para despertar o riso do telespectador. Aceitando a ideia, ela tomou todo o fôlego de que foi capaz.

— O que está fazendo?

Ela soltou todo o ar de uma vez quando Roman abriu a porta. O prazer chegou em primeiro lugar, mas Charity o enterrou rapidamente no ressentimento.

— Você vive me perguntando isso.

— Vivo? — Ele trazia outra bandeja. Charity sentiu o cheiro da maravilhosa canja de galinha de Mae e dos biscoitos. — Vamos, diga. O que estava fazendo?

— Morrendo de tédio. Acho que prefiro levar um tiro. — Depois de olhar a bandeja, ela resolveu ser um pouco simpática. Mas não por estar contente por vê-lo, pensou. Já estava escuro, e ela não comia havia horas. — Isso é para mim?

— Possivelmente. — Ele colocou a bandeja sobre o colo dela, depois, ficou bem perto e olhou-a profundamente nos olhos. Não havia palavras com que pudesse descrever a fúria que sentiu ao ver os hematomas e as ataduras. Como também não havia palavras que descrevessem a sensação de prazer e alívio que experimentou ao ver vida nos olhos dela e cores no rosto. — Acho que você está errada, Charity. Vai sobreviver.

— Não graças a você. — E mergulhou na canja. — Primeiro, você arranca uma promessa de mim e, depois, me deixa apodrecendo nas 12 horas seguintes. Poderia ter subido por um minuto para ver se eu tinha entrado em coma.

Roman havia subido, no momento em que Sam Spade desembrulhava o pássaro misterioso, mas ela estava dormindo. Mesmo assim, tinha permanecido lá durante cerca de meia hora, apenas olhando para ela.

— Tenho andado um pouco ocupado — disse. Quebrou metade do biscoito e comeu.

— Aposto que sim. — Não se sentindo nada generosa, tirou o biscoito dele. — Bem, já que você está aqui agora, poderia me dizer como estão indo as coisas lá embaixo?

— Estão sob controle... — murmurou ele, pensando em Bob e nos telefonemas que já tinham sido feitos.

— É o segundo dia de Bonnie. Ela não tem...

— Ela está se saindo muito bem — disse ele, interrompendo-a. — Mae a está vigiando como uma águia. De onde veio tudo isto? — perguntou, fazendo um gesto na direção de meia dúzia de vasos cheios de flores frescas.

— Ah, Lori trouxe as margaridas com as revistas. Depois, as senhoras subiram para me visitar. Não deveriam ter subido toda essa escadaria. Elas trouxeram as violetas. — E continuou listando os nomes das pessoas que tinham ido ou mandado flores.

Ele também devia ter comprado, pensou Roman, levantando-se e enfiando as mãos nos bolsos. Mas isso não tinha nem passado por sua cabeça. Não conseguia pensar em coisas desse tipo, admitiu. Não se lembrava de coisas pequenas e românticas que mulheres como Charity mereciam ganhar.

— Roman?

— O quê?

— Você veio até aqui em cima só para zombar das minhas peônias?

— Não. — Ele nem sabia o nome daquelas flores. E deu as costas para os botões grandes e rosados. — Quer comer mais alguma coisa?

— Não. — Ela bateu com a colher em seu prato vazio. — Não quero comer mais nada. Não quero mais revistas e não quero que mais ninguém entre aqui, me dê tapinhas na mão e diga que tenho que descansar. Portanto, se é isso que tem em mente, pode sair.

— Você é uma paciente encantadora, Charity. — Controlando o próprio humor, retirou a bandeja.

— Não, sou uma paciente infeliz. — Furiosa, ela se descontrolou e, ainda mais furiosa, atirou um livro na cabeça dele. Felizmente, para os dois, não tinha a menor pontaria. — E estou cansada de ficar trancada aqui dentro, como se fosse portadora de alguma doença contagiosa. Só tenho um galo na cabeça, droga, não um tumor no cérebro.

— Não acho que um tumor no cérebro seja contagioso.

— Não banque o espertinho comigo. — Olhando fixamente para ele, cruzou os braços sobre o peito. — Estou cansada de ficar aqui, e mais cansada ainda de ouvir o que devo fazer.

— Você não recebe bem essas coisas, não é? Mesmo que sejam boas para você.

Quando ela não tinha razão, não havia nada que quisesse ouvir menos que a verdade.

— Tenho um hotel para gerenciar e não posso fazer isso da cama.

— Não. Esta noite, não vai gerenciar nada.

— É o meu hotel, assim como o meu corpo e a minha cabeça. — Lançou as cobertas para o lado. Mas, quando já começava a sair da cama, o peso de sua promessa caiu sobre ela como uma corrente. Balançou as pernas de novo e deixou-se cair contra os travesseiros.

Com os polegares enfiados nos bolsos, ele a mediu de alto a baixo.

— Por que não se levanta?

— Porque prometi. Agora, saia daqui, droga. Saia daqui e me deixe sozinha.

— Tudo bem. Vou dizer para Mae e o resto do pessoal que você está voltando a ser com antes. Todos estão muito preocupados com você.

Charity atirou outro livro nele, mais pesado. Porém, só teve a pequena satisfação de ouvi-lo bater contra a porta que se fechava.

Que ele fosse para o inferno, pensou enquanto apoiava o queixo sobre as mãos, com os cotovelos nos joelhos. Para o inferno com tudo mais!

Para o inferno com ela. Roman não subira para provocar uma briga e não tinha de tolerar uma mulher mal-humorada jogando coisas nele, especialmente quando não podia atirá-las de volta. Já estava no meio da escada quando deu meia-volta e subiu de novo.

Charity estava triste quando ele abriu a porta. Ela sabia o que devia fazer, e odiava, e desejava que todos a deixassem em paz para sofrer sozinha.

— O que foi agora?

— Levante-se.

Ela esticou a coluna contra a cabeceira da cama.

— Por quê?

— Levante-se — repetiu Roman. — Vista-se. Deve haver um chão a ser lavado ou alguma lata de lixo para ser esvaziada.

— Eu disse que não ia me levantar — Apoiou o queixo de novo sobre as mãos. — E não vou.

— Você consegue se levantar da cama sozinha. Ou devo arrastá-la para fora?

A raiva fazia com que os olhos dela escurecessem e o queixo se projetasse mais à frente.

— Você não ousaria. — Charity lamentou as palavras no exato momento em que as pronunciou. Já concluíra que ele era um homem que ousaria qualquer coisa.

E tinha razão. Roman foi até a cama e agarrou-a pelo braço. Charity segurou-se em uma das colunas. Apesar de toda a força que fazia, Roman conseguiu puxá-la até ela ficar de joelhos, antes de Charity afundar. Antes que aquela luta fosse muito mais adiante, começou a rir.

— Que coisa mais boba. — Ela sentiu que sua mão ia escorregando e enganchou, então, seu braço na coluna. — É bobo mesmo, Roman. Pode parar. Vou acabar caindo de cara no chão e fazendo outro buraco na cabeça.

— Você queria se levantar. Então, levanta.

— Não, eu queria sentir pena de mim mesma. E estava conseguindo muito bem. Roman, você está prestes a deslocar meu ombro.

— Você é a mulher mais teimosa e cabeça-dura que já conheci — disse. Mas a largou.

— Tenho de concordar com isso, mas geralmente não sou irracional. — Oferecendo-lhe um sorriso, sentou de pernas cruzadas. A tempestade passara. Pelo menos a dela, pensou. Reconheceu a raiva que ainda brilhava nos olhos dele e soltou um longo suspiro. — Acho que dá para dizer que eu estava na fossa quando você entrou. Sinto muito por ter descontado em você.

— Não preciso de desculpas.

— Sim, precisa. — Ela teria lhe oferecido a mão, mas ele não parecia pronto para assinar qualquer tratado de paz. — Não estou acostumada a ignorar o que se passa à minha volta. Dificilmente, fico doente. Então, não tenho muita prática em aceitar ordens como se fosse um soldadinho. — Mexia sem perceber o lençol entre os dedos enquanto lançava um olhar para ele. — Desculpa mesmo, Roman. Você vai continuar zangado comigo?

— Esta pode ser a melhor solução. — A raiva não tinha nada a ver com o que sentia naquele momento. Ela estava muito atraente com aquele meio sorriso em seu rosto, o cabelo despenteado, a camisola abotoada até o queixo e revelando suavemente as coxas.

— Quer me amarrar?

— Talvez. — Não adiantava, ele não conseguia sentir raiva de Charity. Sorriu e se sentou ao lado dela. Fechou a mão em punho e fingiu dar um soquinho em seu queixo. — Quando estiver de pé novamente, eu lhe dou outro golpe.

— Foi muita gentileza sua me trazer o jantar. Nem cheguei a agradecer.

— Não, não chegou.

Ela baixou seu corpo para lhe dar um beijo no rosto.

— Obrigada.

— De nada.

Depois de afastar o cabelo dos olhos, decidiu recomeçar tudo.

— Temos muita gente esta noite?

— Arrumei trinta mesas.

— Vou ter que lhe dar um aumento. Aposto que Mae fez mousse de chocolate.

— Fez. — Roman lambeu os lábios.

— E aposto que não sobrou nada.

— Nem uma migalha. Estava ótima.

— Você comeu?

— As refeições fazem parte do meu pagamento.

Sentindo-se arrasada, Charity recostou-se contra os travesseiros.

— Entendi...

— Vai ficar zangada de novo?

— Só por um minuto. Queria perguntar se o xerife tinha alguma novidade sobre o carro.

— Não muita. Ele o encontrou a uns 16 quilômetros daqui, abandonado. — Ele parou um pouco para alisar uma ruga entre os olhos dela. — Não se preocupe com isso.

— Não me preocupo. Não mesmo. Só fico contente porque o motorista não machucou mais ninguém. Lori disse que você tem um corte no braço.

— É pequeno. — Estavam de mãos dadas. Roman não sabia se Charity teria segurado as dele, ou ele, as dela.

— Você estava dando uma volta?

— Estava esperando por você.

— Ah... — E ela sorriu de novo.

— É melhor você descansar um pouco. — Ele se sentia esquisito de novo, esquisito e desajeitado. Nenhuma outra mulher jamais lhe causara aquela reação.

Relutante, Charity soltou a mão dele.

— Amigos outra vez?

— Acho que podemos dizer que sim.

— Boa noite, Charity.

— Boa noite.

Ele se dirigiu à porta e a abriu. Mas não conseguia passar do patamar. Ficou parado ali, lutando consigo mesmo. Apesar de ser apenas uma questão de segundos, pareceram horas para os dois.

— Não consigo. — Ele se virou para ela, fechando a porta.

— Não consegue o quê?

— Não consigo sair.

O sorriso dela desabrochou, nos olhos, nos lábios. Abriu os braços para ele, como sabia que faria. Andar em sua direção era quase tão difícil quanto se afastar dela. Pegou-lhe as mãos e segurou-as fortemente entre as suas.

— Não sirvo para você, Charity.

— Acho que serve muito bem para mim. — E levou suas mãos unidas ao rosto. — Isso significa que um de nós está errado.

— Se eu pudesse, sairia por aquela porta e seguiria andando.

Ela sentiu uma pontada e a aceitou. Nunca pensara que amar Roman não fosse doloroso.

— Por quê?

— Por motivos que não consigo nem começar a explicar para você. — Ele fixou os olhos em suas mãos entrelaçadas. — Mas não consigo ir embora. Mais cedo ou mais tarde, você vai desejar que eu tivesse ido.

— Não. — Ela o puxou para a cama. — Aconteça o que acontecer, sempre vou ficar feliz por você ter ficado. — Dessa vez, foi ela quem alisou as rugas da testa dele com os dedos. — Eu lhe disse que isso não aconteceria a não ser que estivesse certo. E falei sério. — Levantando as mãos, cruzou-as atrás da nuca de Roman. — Eu amo você, Roman. Esta noite é algo que desejo, algo que escolhi.

Beijá-la era como mergulhar em um sonho. Suave, atraente e impossivelmente belo para ser verdade. Queria tomar conta dela, por completo, dar muito carinho, não mais magoá-la, sabendo que não teria outra escolha senão magoá-la mais cedo ou mais tarde.

Mas, naquela noite, durante algumas preciosas horas, não haveria futuro. Com ela, poderia ser o que nunca tentara ser antes. Gentil, amoroso, carinhoso. Com ela, poderia acreditar que isso fosse possível, que o amor seria suficiente.

Roman a amava. Apesar de não acreditar que um dia fosse capaz de sentir aquela emoção forte e frágil, sentia isso por ela. Percorria o seu corpo, doce e sem dor, curando ferimentos que esquecera que um dia tivera, atenuando as dores com as quais ele viveria para sempre. Como ele poderia saber que, quando entrasse na vida dela, Charity seria sua salvação? No curto período de tempo que lhe restava, mostraria para ela. E mostraria a ela que daria a si mesmo algo jamais esperado.

Ele fazia com que se sentisse linda. E delicada, pensou Charity, enquanto Roman murmurava coisas perto de sua boca. Era como se ele soubesse que aquela primeira vez juntos deveria ser saboreada e lembrada. Ela ouviu o próprio suspiro e, depois, o dele, e suas mãos correram pelas costas de Roman. Qualquer coisa que ela tivesse desejado não era nada comparada com aquilo.

Deitou-a delicadamente, mal a tocando, enquanto seu beijo se aprofundava. Mesmo amando-o como ela o amava, não sabia que Roman tinha tanto carinho. Nem poderia saber que ele também só descobrira isso naquele instante.

A luz da lâmpada era âmbar. Ele não pensara em acender as velas. Mas podia vê-la sob o brilho daquela luz, os olhos escuros fixos no dele, os lábios curvados quando Roman aproximou os seus. Ele não pensara em colocar música. Mas o tecido da camisola sussurrava enquanto Charity passava os braços em torno dele. Era um som do qual ele sempre se lembraria. O ar soprava pela janela aberta, espalhando o perfume das flores que outros tinham levado para ela. Mas era a fragrância da pele de Charity que lhe enchia a cabeça. Era aquele o gosto pelo qual tanto ansiara.

Suavemente, quase temendo machucá-la com seu toque, segurou-lhe carinhosamente os seios entre as mãos. Charity prendeu o fôlego, soltando um gemido contra o pescoço dele. E ele sabia que nada o tinha excitado mais.

Em seguida, suas mãos estavam na camisa dele, desabotoando-a, enquanto seus olhos permaneciam nos dele. Estavam tão escuros, tão profundos, tão vibrantes quanto a água que circundava a casa. Ele podia ler neles tudo o que Charity estava sentindo.

— Quero tocar você — disse ela, enquanto afastava a camisa dos ombros dele. O coração começou a saltar enquanto olhava para ele, para seus músculos fortes, sua pele firme.

Havia uma força em Roman que a excitava, talvez por Charity compreender que ele poderia ser cruel. Havia uma rigidez em seu corpo, uma rigidez que a fazia perceber que ele era um homem que tinha lutado, um homem que ainda lutaria. Mas as mãos eram gentis sobre ela, quase hesitantes. A excitação chegou a um ponto quase insuportável, e ela não sentiu medo.

— Parece que eu quis tocar você assim durante toda a minha vida. — Ela correu as pontas dos dedos suavemente sobre a bandagem do braço. — Está doendo?

— Não. — Cada músculo de seu corpo se contraiu, quando ela passou as mãos da cintura para o peito. Era impossível para ele compreender como alguém poderia lhe trazer paz e tormento ao mesmo tempo. — Charity.

— Beije-me de novo, Roman.

Ele se sentia incapaz de recusar. Perguntava-se o que Charity pediria a ele, pois se encontrava sem a menor força para recusar-lhe qualquer coisa naquele momento. Lutando contra a maré de desespero, ele manteve as mãos leves, deslizando e acariciando-a até sentir que os tremores começavam.

Roman sabia que podia lhe dar prazer. A necessidade de proporcionar esse prazer pulsava ferozmente dentro dele. Poderia acender sua paixão. A necessidade que crescia dentro dele rugia por todo o corpo, como uma onda de fogo. Quando a tocava, sabia que podia torná-la fraca ou forte, selvagem ou delicada. Mas não era o poder que preenchia seu corpo. Era o desejo.

Charity lhe daria o que ele pedisse, sem perguntas, sem restrições. Aquela mulher forte, linda e excitante pertencia a ele. Aquilo não era um sonho do qual iria acordar frustrado no meio da noite. Não era um desejo que ele teria de fingir nunca ter tido. Tudo era real. Ela era real e estava esperando por ele.

Roman poderia ter arrancado sua camisola fina com um simples puxão. Em vez disso, desabotoou botão por botão, escutando a respiração se apressar, acompanhando aquele estreito caminho com beijos suaves e delicados. Os dedos dela se enterraram nas costas dele e, depois, ficaram suaves quando seu mundo se acalmou um pouco. Charity só conseguia gemer quando a língua dele umedecia sua pele, provocando-a e aquecendo-a. O ar noturno sussurrou sobre seu corpo enquanto ele a despia. Em seguida, Roman a levantou e a aninhou em seus braços.

Charity estava enroscada em torno dele, o coração batendo freneticamente contra seus lábios. Ele precisava de um momento para se controlar um pouco, para achar a contenção de que necessitava para poder tomá-la de novo, para poder tomá-la para si. Murmurando em seu ouvido, ele usou toda sua habilidade para deixá-la no limite da razão.

O corpo de Charity estava rígido contra o dele. Roman observou seus olhos se arregalarem. Ela sussurrou seu nome e aquele homem cobriu-lhe a boca com os lábios para capturar seu longo gemido enquanto todo o corpo ficava leve.

Ela parecia escorregar como água por entre suas mãos quando a deitou novamente. Para o encanto dele, a excitação de Charity cresceu e libertou-se outra vez ao seu toque mais leve.

Era impossível. Era impossível sentir tanto e ainda precisar de mais. Cegamente, ela o buscou. Um prazer novo derramou-se dentro dela até que seus braços ficaram pesados demais para se moverem. Charity era uma prisioneira, uma gloriosa prisioneira voluntária das sensações frenéticas que Roman lhe enviava através do corpo. Ela queria se prender em torno dele, mantê-lo preso ali, sempre ali. Ele a estava levando em uma viagem longa, lenta, a lugares que ela nunca tinha visto, lugares dos quais nunca queria sair.

Quando ele a penetrou, Charity ouviu seu gemido baixo e resfolegante. E percebeu que Roman estava tão cativo quanto ela.

Com o rosto pressionado contra o pescoço dela, Roman lutou contra a necessidade de explodir em um alívio. Estava encurralado entre o céu e o inferno, e sentia-se glorioso naquele lugar. Nela. Neles. Ouviu-a soluçar seu nome em voz alta e sentiu a força jorrar dentro dela. Charity estava com ele como ninguém jamais estivera antes.

Charity enlaçou Roman com os braços para evitar que ele saísse.

— Não se mexa.

— Estou machucando você.

— Não. — E ela soltou um suspiro muito longo. — Não, não está.

— Sou pesado demais — insistiu ele, e apertou-a com mais força, girando seu corpo para que invertessem as posições.

— Está bem. — Satisfeita, Charity repousou a cabeça no ombro dele. Então, disse: — Você é o amante mais incrível.

Ele nem tentou impedir o sorriso.

— Obrigado. — Passou uma possessiva mão sobre seu quadril. — Você teve muitos?

Foi a vez de Charity sorrir. O pequeno traço de ciúme na voz dele era um acréscimo tremendo a uma noite já gloriosa.

— Defina muitos.

Ignorando o ligeiro toque de aborrecimento que sentiu, ele entrou na brincadeira.

— Mais do que três. Três é pouco. Qualquer coisa acima de três é muito.

— Ah... Bem, nesse caso... — Ela quase desejou poder mentir e inventar uma porção. — Acho que tive menos que poucos. O que não significa que não reconheça um que seja incrível quando o encontro.

Ele levantou o rosto para fitá-la.

— Não fiz nada em minha vida para merecer você.

— Não seja bobo. — Ela elevou o corpo para beijá-lo rapidamente. — E não mude de assunto.

— Que assunto?

— Você é esperto, DeWinter, porém não o mais esperto. — Ela elevou uma sobrancelha e o estudou à luz do abajur. — É a minha vez de perguntar se você teve muitas namoradas.

Ele não sorriu desta vez.

— Demais. Mas só uma que significou alguma coisa.

A brincadeira desapareceu dos olhos dela quando os fechou.

— Você vai me faz chorar... — murmurou, descendo sua cabeça para repousá-la novamente no peito dele.

Ainda não, pensou ele, acariciando seu cabelo. Em breve, mas ainda não.

— Por que não se casou? — perguntou ele em voz alta. — Não teve filhos?

— Que pergunta estranha... Não amei ninguém o suficiente antes. — Ela hesitou ao som das próprias palavras e, depois, forçou-se a sorrir enquanto levantava a cabeça. — Não falei sério.

Mas era exatamente o que ele queria ouvir. Sabia que era loucura se permitir pensar daquela maneira, mesmo durante algumas poucas horas, mas queria imaginá-la amando-o o suficiente para perdoar, aceitar e prometer.

— E quanto à viagem que você disse que queria fazer? Isso viria primeiro?

Charity encolheu os ombros e apoiou-se nele de novo.

— Talvez eu não tenha viajado porque sabia que odiaria ir a todos aqueles lugares sozinha. De que adiantaria estar em Veneza se não tivesse alguém para andar de gôndola comigo? Ou em Paris, se não tiver ninguém para segurar minha mão?

— Você poderia ir comigo.

Já meio adormecida, ela sorriu. Imaginava que Roman tivesse pouco mais que o dinheiro para um bilhete de balsa.

— Está bem. Avise quando for para eu fazer as malas.

— Você iria? — Ele levantou o queixo para olhar dentro de seus olhos sonolentos.

— Claro que sim. — Charity o beijou, recostou a cabeça contra o ombro dele e dormiu.

Roman desligou o abajur ao lado da cama. Durante um longo tempo, ficou abraçado com ela, com o olhar fixo na escuridão.

Capítulo Oito

Charity abriu os olhos lentamente, perguntando-se por que não conseguia se mover. Tonta, olhou o rosto de Roman. Estava a poucos centímetros do dela. Ele a tinha puxado para perto enquanto também dormia, entrelaçando seus braços e pernas aos dele. Apesar do braço dele ser um pouco como o de um guardião, ela o considerou incrivelmente meigo.

Ignorando o desconforto, ficou deitada, quieta, aproveitando aquele momento tão aguardado.

Sempre pensara que as pessoas ficavam mais suaves, mais vulneráveis enquanto dormiam. Roman, não. Tinha o corpo de um lutador e os olhos de um homem que estava pronto para qualquer eventualidade. Os olhos, agora, estavam fechados, e o corpo, relaxado. Ou quase.

Mesmo assim, estudando-o, concluiu que, dormindo ou acordado, ele parecia duro como pedra. Teria sido sempre assim? Ficou imaginando. Ele teria que ser assim? Era verdade que sorrir dava um certo encanto e meiguice a seu rosto. Aliviava a preocupação em seus olhos. Na opinião de Charity, Roman sorria muito pouco.

Ela daria um jeito naquilo. Seus próprios lábios se curvaram enquanto o observava. Com o tempo, Charity o ensinaria suavemente a relaxar, a aproveitar, a confiar. Ela o faria feliz. Era impossível amar como ela o amava e não receber nada em troca. E não era possível compartilhar o que tinham compartilhado durante aquela noite sem que o coração dele ficasse tão perdido quanto o dela.

Mais cedo ou mais tarde, se ela pudesse escolher, Roman passaria a aceitar como seria bom estarem os dois juntos. E como as coisas se tornariam muito melhores em todos os anos que se seguiriam. Então, haveria tempo para promessas, famílias e futuros.

Não vou deixar você ir embora, disse silenciosamente para ele. Você ainda não percebeu, mas tenho um poder sobre você, e vai ser muito difícil neutralizá-lo.

Ele tinha bastante potencial para se doar, ela pensou. Não só fisicamente, apesar de ela não ter vergonha de admitir que sua habilidade no amor a tinha enlouquecido e deliciado. Roman era um homem cheio de emoções, muitas delas ainda reprimidas. O que teria acontecido com ele para fazê-lo temer tanto o amor e ter tanto medo de dá-lo?

Charity o amava demais para exigir uma resposta. Era uma dúvida que ele teria de sanar sozinho... Uma questão que ela sabia que ele responderia, desde que confiasse suficientemente nela. E, quando isso acontecesse, iria lhe mostrar que nada disso importava. Tudo o que contava, a partir daquele momento, era o que sentiam um pelo outro.

Afastando-se um pouco, ela deu um beijinho nos lábios dele. Os olhos de Roman abriram-se instantaneamente. Só foi preciso mais uma fração de segundo para que ficassem atentos. Fascinada, Charity observou a expressão dele mudar da suspeita para o desejo.

— Você tem o sono leve — começou ela. — Eu só...

Antes que pudesse completar o pensamento, a boca de Roman, faminta e insistente, já estava sobre a dela. Charity conseguiu emitir um suave gemido enquanto se derretia com o beijo.

Essa era a única maneira que ele conhecia de dizer a Charity o quanto significava para ele acordar e encontrá-la tão perto, terna e cheia de desejo. Quantas manhãs ele acordara sozinho, em camas estranhas, em quartos vazios?

E era o que ele esperava. Durante anos, tinha se mantido deliberadamente separado de qualquer pessoa que tentara se aproximar mais. O trabalho. Ele dizia a si mesmo que era por causa do trabalho. Mas era uma mentira, uma entre muitas. Preferira permanecer sozinho porque não queria se arriscar a perder novamente. Sofrer novamente. Agora, da noite para o dia, tudo mudara.

Ele se lembraria daquilo tudo, dos dedos pálidos de luz entrando pelo quarto, do som alto e do eco dos primeiros pássaros cantando para o sol que nascia, do cheiro da pele de Charity enquanto ela se aquecia contra a dele. E de sua boca... Ele se lembraria do gosto de sua boca quando se abria ansiosamente.

Havia muitos desejos obscuros e profundos nele. Ela os sentia, compreendia e atendia sem qualquer questionamento. Quando o nascer do sol afastou a noite, Roman provocou os desejos dela até os dois ficarem espelhados um no outro.

Lenta e facilmente, enquanto os lábios passavam pelo rosto dela, penetrou-a com carinho. Com um suspiro e um murmúrio, ela lhe deu as boas-vindas.

Ela se sentia tão forte quanto um touro e tão contente quanto um gato com leite nos bigodes. Com os olhos fechados, Charity esticou os braços para o teto.

— E pensar que eu achava que correr era a melhor maneira de começar o dia. — Rindo, ela se enroscou nele novamente. — Tenho que lhe agradecer por ter me mostrado como eu estava errada.

— Foi um prazer. — Ele ainda sentia o próprio coração batendo como um pica-pau contra suas costelas. — Só mais um minuto e vou mostrar para você o melhor motivo para permanecer na cama pela manhã.

Meu Deus, como aquilo era tentador! Antes que seu sangue começasse a se aquecer, ela sacudiu a cabeça. Deu uma mordidinha no queixo dele antes de se sentar.

— Talvez, se você ainda tiver tempo quando eu voltar.

Ele segurou seu punho, mas sem força.

— De onde?

— Do passeio de Ludwig.

— Não.

A mão que tinha levantado para afastar o cabelo parou no ar. Continuou seu movimento, afastando o cabelo do rosto com os dedos.

— Não o quê?

Ele reconheceu aquele tom. Ela era a chefe novamente, apesar de seu rosto ainda estar brilhando do amor e de estar nua até onde os lençóis se prendiam em sua cintura. Era aquela mulher que não aceitava ordens. Roman concluiu que teria que lhe mostrar novamente que estava enganada.

— Não, você não vai levar o cachorro para dar uma volta.

Como ela queria ser razoável, deu um sorriso.

— Claro que vou. Cumpri minha promessa e fiquei na cama ontem o dia inteiro. E toda a noite, para falar a verdade. Agora, vou voltar para o meu trabalho.

Pelo hotel, não faria mal. De fato, quanto mais cedo tudo voltasse ao normal, melhor. Mas de maneira alguma ele iria deixá-la sair sozinha para a estrada deserta.

— Você não está em condições para uma caminhada de 1,5 quilômetro.

— São 4,5 quilômetros. E sim, estou.

— Quatro? — Levantando a sobrancelha, acariciou-lhe a coxa. — Não é de admirar que tenha um tônus muscular tão maravilhoso.

— Não se trata disso. — Ela se afastou antes que o toque a enfraquecesse.

— Você tem um corpo fantástico.

Charity estremeceu sob as mãos dele.

— Roman... Tenho mesmo?

Os lábios dele se curvaram. Era desse jeito que Charity gostava deles.

— Absolutamente. Deixe-me mostrar a você.

— Não, eu... — Ela segurou as mãos dele enquanto acariciavam suas coxas. — Na certa, vamos matar um ao outro se fizermos isso de novo.

— Prefiro arriscar.

— Roman, falo sério. — Sua cabeça tombou para trás e Charity engoliu em seco, enquanto ele passava os dentes por sua pele. Era impossível, pensou ela, impossível que tudo isso acontecesse novamente. — Roman...

— Pernas fabulosas... — murmurou ele, passando a língua por trás do joelho dela. — Não dei muita atenção a elas na noite passada.

— Sim, você... — Charity pressionou a mão contra o colchão, pois perdia o equilíbrio. — Você está tentando me distrair.

— Estou.

— Não pode. — Ela fechou os olhos. Ele podia, e faria. — Ludwig precisa correr — disse ela. — Gosta disso.

— Ótimo. — Ele se sentou e envolveu a cintura dela com as mãos. — Eu o levo.

— Você? — Querendo recuperar o fôlego, ela virou a cabeça para evitar o beijo, depois, estremeceu quando os lábios desceram por seu pescoço. — Não é necessário. Estou perfeitamente... Roman... — Ela disse seu nome fracamente, quando os polegares fizeram círculos em seus seios.

— É, um corpo verdadeiramente incrível... — murmurou ele. — Esguio, ágil e que reage inacreditavelmente. Não consigo tocar você e não desejá-la.

Charity ficou de joelhos quando ele lhe arrancou outro suspiro.

— Você está tentando me seduzir.

— Você não deixa passar nada, não é?

Ela estava perdendo, enfraquecendo vergonhosamente. Sabia que isso a deixaria furiosa mais tarde, mas, por enquanto, tudo o que podia fazer seria se pendurar nele e deixá-lo fazer o que quisesse.

— Esta é sua resposta para tudo?

— Não. — Ele ergueu os lábios e a trouxe até eles. — Mas vai servir.

Incapaz de resistir, Charity passou as pernas em torno dele e deixou que a paixão os tomasse. Quando tudo tinha acabado, escorregou, exausta, para a cama. E não discutiu quando ele puxou as cobertas até seus ombros.

— Fique aqui — disse ele, beijando-lhe o cabelo. — Voltarei.

— A coleira está em um gancho embaixo da escada... — murmurou Charity. — Ele come duas tigelas de ração quando volta. E toma água fresca.

— Acho que sei cuidar de um cachorro, Charity.

Ela bocejou e puxou as cobertas para cima.

— Ele gosta de perseguir o gato dos Fitzsimmons. Mas não se preocupe. Ele não consegue pegá-lo.

— Isso me deixa mais tranquilo. — Amarrou os cadarços dos sapatos. — Mais alguma coisa que eu deva saber?

— Hummm... — Ela se ajeitou contra o travesseiro. — Eu amo você.

Como sempre, aquilo o amoleceu. Ouvi-la dizer e saber que era verdade. Em silêncio, saiu do quarto.

Ela não estava cansada, pensou enquanto se espreguiçava sob os lençóis. Mas Roman tinha razão. Dormir não era o melhor motivo para continuar na cama pela manhã. Apesar dos galos e hematomas, sabia que jamais se sentira melhor em sua vida.

Então, concedeu-se esse prazer, esticando-se na cama, meio adormecida, até que a culpa fez com que se levantasse.

Automaticamente, ligou seu aparelho de som e, depois, arrumou a cama. Na saleta, deu uma olhada nas anotações que fizera para si mesma e fez mais algumas. Depois, dirigiu-se para o chuveiro. Cantarolava junto com o "Concerto para violino", de Tchaikovsky, quando a cortina se abriu.

— Roman! — Ela apertou o peito com ambas as mãos e recostou-se contra os ladrilhos. — Você poderia ter me matado de susto! Nunca ouviu falar no Motel Bates, de *Psicose*?

— Deixei minha faca de açougueiro na minha outra calça. — Ela estava com o cabelo preso no alto da cabeça e um sabonete de perfume delicioso e bem feminino na mão. Sua pele molhada brilhava e já estava ensaboada. Ele arrancou a camisa e jogou-a para o lado. — Já pensou em ensinar aquele cachorro a obedecer?

— Não. — Ela sorria enquanto observava Roman desabotoando o jeans. — Acho que precisa tomar um banho. — Sem dizer nada, ele jogou o jeans em cima da camisa. Charity levou um momento para fazer uma longa e cuidadosa inspeção. — Bem, aparentemente, a corrida não... cansou você. — Ela ria quando ele entrou no chuveiro com ela.

Quase uma hora depois, Charity desceu para o vestíbulo.

— Posso comer um pedaço de tudo. — Levou a mão ao estômago. — Bom dia, Bob. — Fez uma pausa na portaria e sorriu para ele.

— Charity! — Bob sentiu o suor molhando as mãos quando viu Roman atrás dela. — Como está se sentindo? Acho que ainda é muito cedo para estar de pé e andando por aí.

— Estou bem. — Olhou preguiçosamente para os papéis sobre a escrivaninha. — Desculpe por ter deixado você na mão ontem.

— Não seja boba. — O medo tomou seu estômago quando viu o ferimento na testa dela. — Estávamos preocupados com você.

— Agradeço muito, mas não precisam mais se preocupar. — Lançou um sorriso para Roman. — Nunca me senti tão bem em minha vida.

Bob percebeu o olhar e seu estômago afundou. Se o policial estivesse apaixonado por ela, pensou, as coisas ficariam ainda piores.

— Fico feliz por saber. Mas...

Ela impediu seu protesto levantando a mão.

— Alguma coisa urgente?

— Não. — E ele olhou de novo para Roman. — Não, nada.

— Ótimo. — Depois de recolocar os papéis no lugar, Charity estudou o rosto dele. — Qual o problema, Bob?

— Nada. Que problema poderia haver?

— Você está um pouco pálido. Não aconteceu nada por aqui, aconteceu?

— Não. Está tudo bem. Muito bem. Temos algumas novas reservas. Julho já está quase lotado.

— Ótimo. Examinarei as coisas depois do café da manhã. Tome um pouco de café. — Deu um tapinha amigável em sua mão e encaminhou-se para a sala de jantar.

Três mesas já estavam ocupadas; os homens se deliciando com o bolo de café de Mae antes de a refeição ser servida. Bonnie estava ocupada anotando os pedidos. O cardápio do café da manhã já estava listado no quadro, e a música tocava ao fundo, suave e delicada. As flores estavam frescas, e o café, quente.

— Algo errado? — perguntou Roman.

— Não. — Charity abriu um pouco a gola da blusa. — O que poderia estar errado? Parece que tudo está perfeito. — Sentindo-se inútil, dirigiu-se à cozinha.

Não havia nenhuma discussão. Mae e Dolores trabalhavam lado a lado, e Lori enchia uma bandeja com seu primeiro pedido.

— Precisamos de mais manteiga para as torradas — avisou Mae.

— Já está chegando. — Alegre como um pássaro, Dolores começou a arrumar perfeitas bolinhas de manteiga. Quando entregou a vasilha cheia para Lori, viu Charity parada à porta. — Ora, bom dia! — Seu rosto magro enrugou-se com um sorriso. — Não esperava ver você de pé.

— Já estou bem.

— Pode sentar aí, garota. — Mal olhando em volta, Mae continuou a espalhar queijo ralado em uma omelete. — Dolores vai lhe servir um chá.

Charity sorriu com os dentes trincados.

— Eu não quero chá.

— Querer e precisar são duas coisas bem diferentes.

— É bom ver que você está se sentindo melhor — Lori disse enquanto saía rapidamente com a bandeja.

Bonnie entrou, com um pano de prato na mão.

— Oi, Charity. Pensamos que você fosse descansar mais um dia. Está se sentindo melhor?

— Estou ótima — disse Charity, rapidamente. — Estou muito bem.

— Ótimo. Duas omeletes com bacon, Mae. E uma porção de torradas com salsicha. Dois chás de ervas, um muffin inglês... torradinho. E o café está acabando. — Depois de enfiar a comanda de pedidos em um gancho junto ao fogão, ela pegou a cafeteira com café fresco que Dolores lhe entregou e saiu, apressada.

Charity aproximou-se para pegar um avental e Mae lhe deu um tapa na mão.

— Já mandei você se sentar.

— E eu disse que estava bem. Estou bem. E vou ajudar a atender os pedidos.

— Os únicos pedidos que você vai atender hoje são os meus. Agora, pode sentar. — Passou a mão pelo braço de Charity. Ninguém sabia como lidar com aquela menina teimosa melhor do que Mae. — Agora, seja uma boa menina. Não vou me preocupar tanto se você tomar um bom café da manhã. E você não quer que eu me preocupe, quer?

— Não. É claro que não, mas...

— Isso mesmo. Agora, vamos sentando. Vou preparar umas torradas francesas para você. São as suas favoritas.

Ela se sentou. Dolores colocou uma xícara de chá na sua frente e deu um tapinha na sua cabeça.

— Você nos deu um grande susto ontem. Pode se sentar também, Roman. Vou lhe dar um café.

— Obrigado. Você está aborrecida — disse ele, baixinho, para Charity.

— Não estou.

— O médico vem hoje de manhã para dar outra olhada em você.

— Ah, pelo amor de Deus, Mae...

— E você não vai fazer nada até ele dizer que pode. — Com um aceno de cabeça, começou a preparar o pedido de Bonnie. — Você só vai poder fazer o que lhe der na telha se estiver cem por cento. Já chega toda a confusão que passamos ontem.

Charity parou de olhar para o chá e levantou os olhos.

— É mesmo?

— Todo mundo fazia perguntas e ninguém tinha uma resposta. E toda uma pilha de lençóis foi perdida.

— Perdida? Mas...

— Nós encontramos. — Mae deixou um espaço perto do fogão para Dolores.

— Mas ficou tudo muito confuso por um tempo. Então, o turno do jantar... Poderíamos muito bem ter mais um par de mãos. — Mae piscou para Roman, por cima da cabeça de Charity. — Todos vamos ficar muito contentes quando o doutor lhe der alta. Deixe esse bacon torrar, Dolores.

— Está torradinho.

— Não o bastante.

— Quer que eu deixe queimar?

Charity sorriu e tomou o chá. Era bom estar de volta.

Já estavam no meio da tarde quando viu Roman de novo. Ela estava com um lápis atrás da orelha, um bloco no bolso e uma flanela no outro, enquanto andava quase correndo pelo corredor em direção a seu quarto.

— Está com pressa?

— Ah. — Parou o tempo suficiente para sorrir para ele. — Sim, tenho uma papelada no meu quarto que deveria estar no escritório.

— O que é isso? — perguntou ele, apontando para a flanela.

— Uma das arrumadeiras está com uma virose, e eu a mandei para casa. — Ela olhou para o relógio de pulso e franziu a testa. Achou que podia gastar dois minutos conversando com ele. — Espero que não seja isso que está afetando Bob.

— O que há com Bob?

— Não sei. Ele não me parece bem. — Jogou o cabelo para trás, fazendo com que os cachos dourados sobre as orelhas dançassem no ar. — De qualquer maneira, estamos com uma arrumadeira a menos e temos hóspedes chegando para as unidades três e cinco hoje. Os

Garson saíram às cinco horas de hoje. E eles não ganham nenhum prêmio de limpeza.

— O médico disse que você deveria descansar por uma hora esta tarde.

— Sim, mas... Como você sabia?

— Perguntei para ele. — Roman puxou a flanela do bolso dela. — Eu limpo a cinco.

— Não seja ridículo. Isto não é sua função.

— Minha função é arrumar as coisas. Eu arrumo a cinco. — Segurou seu rosto entre as mãos antes que ela protestasse. — Quando eu terminar, vou lá para cima. Se não estiver na cama, vou atrás de você.

— Isso está soando como uma ameaça.

Ele se inclinou e a beijou com força.

— E é.

— Estou apavorada — disse ela, e subiu as escadas correndo.

Não era o caso de ela querer ignorar as ordens do médico. Não mesmo. Só que uma soneca era a última coisa da sua lista de afazeres. Todo telefonema que dera, tivera de incluir uma explicação de cinco minutos sobre seu acidente.

Não, ela estava mesmo muito bem. Sim, fora horrível que alguém tivesse roubado o carro da pobre sra. Norton e saído com ele dirigindo com tão pouco cuidado. Sim, tinha certeza de que o xerife iria até o fundo da questão. Não, não tinha quebrado as pernas... Nem o braço... Nem o ombro... Sim, pretendia se cuidar bem, muito obrigada.

A boa vontade e a preocupação dos outros a teriam deixado muito reconfortada, se não estivesse tão atrasada em seu serviço. Para piorar as coisas, Bob estava distraído e desorganizado. Preocupada com a possibilidade de o funcionário estar doente ou com um problema pessoal, Charity resolveu fazer o trabalho dele.

Duas vezes pensou em fazer uma pausa e subir para o quarto, e duas vezes foi interrompida por hóspedes chegando. Confiando que

Roman tivesse limpado e arrumado a unidade cinco, ela acompanhou um casal de recém-casados para lá.

— Vocês terão uma vista linda do jardim deste quarto — disse Charity para disfarçar, enquanto espiava se as toalhas limpas estavam no lugar. Roman as havia pendurado no porta-toalhas, exatamente no lugar onde deveriam estar. A cama, com sua cabeceira branca em forma de coração, estava arrumada com uma precisão militar; nada havia que ela pudesse censurar. Custou-lhe um pouco, mas resistiu à tentação de levantar a colcha e verificar os lençóis.

— Servimos vinho na sala de estar, todos os dias, às 17h. Recomendamos que façam uma reserva para o jantar, se pretenderem se juntar a nós, especialmente porque se trata de uma noite de sábado. O café da manhã é servido entre as 7h30 e as 10h. Se quiserem... — Interrompeu-se quando Roman entrou no quarto. — Falo com você em um minuto — disse para ele, e se virou para os recém-casados para continuar sua explicação.

— Com licença. — Roman os cumprimentou com um movimento de cabeça, educadamente, antes de puxar Charity pelo braço. — A srta. Ford está sendo requisitada em outro lugar. Espero que aproveitem sua estada.

Depois de passado o choque inicial, ela começou a resistir.

— Você ficou maluco? Quer me largar?

— É o que vou fazer... Quando puser você na cama.

— Você não pode... — As palavras se transformaram em um gemido quando ele a carregou no colo pela sala de estar.

Dois homens, que estavam sentados no sofá, pararam de contar suas histórias de pescadores. Uma família que chegava de um passeio parou, espantada, na porta. A sra. Millie e a sra. Lucy interromperam sua partida diária de Scrabble, perto da janela.

— Não é a coisa mais romântica que você já viu? — disse a sra. Millie quando os dois desapareceram na ala oeste.

— Você me envergonhou na frente de todos.

Roman ajeitou o peso em seus braços e subiu as escadas.

— Está com sorte por eu só ter feito isso.

— Você não tem o direito de me interromper quando estou dando as boas-vindas aos hóspedes. Depois, para piorar as coisas, resolve bancar o Rhett Butler.

— Segundo me lembro, ele tinha em mente uma coisa completamente diferente quando carregou aquela outra teimosinha para a cama. — Ele a soltou, não tão delicadamente, sobre o colchão. — Você vai descansar.

— Estou tentada a mandar você para o inferno.

Roman inclinou-se para segurar o rosto de Charity com as duas mãos.

— Fique à vontade.

Ela não se perdoaria se sorrisse naquele momento.

— Minha educação foi boa demais para me permitir isso.

— Não sou um homem de sorte? — Ele se aproximou mais um pouco. Seus olhos apresentavam um ar divertido agora, e ela teve de morder o lábio para evitar sorrir. — Não quero que você saia desta cama durante sessenta minutos.

— Ou?

— Ou... mando Mae vir aqui dar uma surra em você.

— Que golpe baixo, DeWinter.

Ele deu um beijinho um pouco abaixo da atadura em sua cabeça.

— Ponha o despertador para daqui a uma hora, meu bem. Isso não vai matar você.

Charity começou a brincar com o botão superior da camisa dele.

— Preferia que você ficasse aqui comigo.

— Eu disse para você apagar, não para acender. — Quando o telefone da antessala tocou, ele a segurou com uma das mãos. — Sem chance. Fique aqui que eu atendo.

Ela o acompanhou com os olhos quando Roman se virou para atender o telefone na sala ao lado.

— Sim?... Ela está descansando. Diga a ele que a srta. Ford retorna o telefonema daqui a uma hora. Segure os telefonemas para ela até as quatro horas... Isso mesmo. — Ele olhou distraidamente para um catálogo que ela deixara aberto na escrivaninha. Havia uma pulseira de ouro com uma pedra roxa de corte quadrado. — Você cuida do que for preciso durante a próxima hora. Isso mesmo.

— O que era? — perguntou Charity do quarto ao lado.

— Eu lhe digo daqui a uma hora.

— Mas que droga, Roman!

Ele parou à porta.

— Se quiser saber, conto para você daqui a uma hora.

— Mas, se for importante...

— Não é.

Ela lhe enviou um olhar raivoso.

— Como é que você sabe?

— Sei que não é mais importante do que você. Nada é. — E fechou a porta diante da expressão atônita dela.

Ele precisava manter Bob a rédeas curtas, pensou enquanto descia para o térreo. Contanto que Bob sentisse mais medo dele do que de Block, tudo estaria bem. Só teria que manter a pressão sobre ele durante mais alguns dias. Block e a Vision Tours chegariam na terça-feira. Quando saíssem na quinta, ele fecharia a jaula.

Roman empurrou a porta do escritório e encontrou Bob com os olhos fixos no monitor do computador, tomando café.

— Para alguém acostumado a viver de golpes, você está um lixo.

Bob engoliu mais café.

— Nunca trabalhei com um policial olhando por cima do meu ombro antes.

— Pois pense em mim como seu novo parceiro — aconselhou Roman. Tirou a caneca de sua mão e a cheirou. — E pare de beber.

— Dê um desconto.

— Estou dando mais do que você merece. Charity anda preocupada. Acha que você está com algum problema... Qualquer problema, que não seja a prisão federal. Não quero que ela fique preocupada.

— Olha, você quer que eu continue a trabalhar como se tudo estivesse normal? Estou mentindo para Block, armando para ele. — A mão tremia quando ele a passou pelo cabelo. — Você não sabe do que ele é capaz. Eu não sei do que ele é capaz. — Olhou para a caneca, que Roman colocara fora de seu alcance. — Preciso de algo em que me apoiar nos próximos dias.

— Pois use isto, então. — Roman acendeu calmamente um cigarro. — Se conseguir executar nosso plano, eu cuido de você. Se melar as coisas, darei um jeito de você ficar na jaula por muito tempo. Agora, faça uma pausa.

— O quê?

— Eu disse para fazer uma pausa; vá dar uma volta, tomar um café de verdade. — Roman jogou a cinza do cigarro em um pequeno cinzeiro de mosaico.

— Claro. — Quando se levantou, Bob esfregou as mãos nas coxas. — Escute, DeWinter, estou jogando limpo com você. Quando tudo isto terminar, espero que você mantenha Block longe de mim.

— Eu cuido de Block. — Era uma promessa que ele pretendia manter. Quando a porta se fechou, Roman pegou o telefone. — Aqui é DeWinter — disse quando a ligação foi completada.

— Seja breve — disse Conby. — Estou com amigos.

— Vou tentar evitar que seu martíni esquente. Só quero saber se localizou o motorista.

— DeWinter, um subalterno não tem a menor importância neste momento.

— É importante para mim. Você o localizou?

— Um homem que se encaixava na descrição de seu informante foi detido esta manhã em Tacoma. Foi detido para ser interrogado pela polícia local. — Conby colocou a mão sobre o fone. Roman o ouviu murmurando alguma coisa que foi respondida com um riso alegre. — Estamos usando nossa influência para acelerar o procedimento — continuou Conby. — Vou pegar um voo para aí na segunda-feira. Na terça, à tarde, me hospedarei no hotel. Disseram que vou ter um quarto que dá para o lago de pesca. Parece muito interessante.

— Quero que me dê sua palavra de que Charity vai ficar fora disso.

— Como expliquei antes, se ela for inocente, não tem com que se preocupar.

— Não é uma questão de se... — Esforçando-se para manter a calma, Roman apagou o cigarro. — Ela é inocente. Temos tudo registrado.

— Pelas palavras de um contador corrupto.

— Ela quase foi morta e nem sabe por quê.

— Então, fique de olho nela. Não temos o menor desejo de ver a srta. Ford ferida ou envolvê-la no caso mais do que necessário. Há um agente da lei aí que compartilha da mesma opinião apaixonada que você tem dela. O xerife Royce descobriu que você trabalha para nós.

— Como?

— Ele é um policial esperto, com boas conexões. Tem um primo ou um cunhado, ou outro parente, no Bureau. E não gostou nada de não ser informado de tudo.

— Aposto que sim.

— Imagino que ele vá visitá-lo em breve. Trate-o com cuidado, DeWinter, mas cuide dele.

No momento em que Roman escutou o telefone sendo desligado, a porta se abriu. Dessa vez, pensou, Conby acertou direto no alvo. Recolocou o fone no gancho antes de se recostar na cadeira.

— Xerife?

— Quero saber o que está acontecendo por aqui, agente DeWinter.

— Feche a porta. — Roman recostou-se mais ainda na cadeira e considerou meia dúzia de maneiras diferentes de cuidar de Royce. — Agradeceria muito se não me chamasse de agente por enquanto.

Royce, como resposta, apenas apoiou as mãos sobre a mesa.

— Quero saber o que um agente federal está fazendo secretamente em minha jurisdição.

— Cumprindo ordens. Quer se sentar? — Indicou uma cadeira.

— Quero saber em que caso está trabalhando.

— O que foi que eles lhe disseram?

Royce reagiu, aborrecido.

— Chegamos a um ponto em que até mesmo meu primo começou a disfarçar, DeWinter, mas tenho certeza de que sua estada aqui tem algo a ver com Charity quase ser morta por atropelamento ontem.

— Estou aqui porque me designaram para cá. — Roman esperou por um momento, enviando um olhar direto e demorado para Royce. — Mas minha prioridade é manter Charity a salvo.

Royce não trabalhava com a lei havia quase vinte anos sem ser capaz de analisar um homem. Conseguia analisar Roman agora, e ficou satisfeito.

— Ouvi um monte de besteira de Washington sobre ela estar sendo investigada.

— E estava. Agora, não está mais. Mas pode estar correndo perigo. Vai querer me ajudar?

— Conheço essa garota desde pequena. — Royce tirou o chapéu e correu os dedos pelo cabelo. — Por que não para de fazer perguntas bobas e me diz logo o que está acontecendo?

Roman resumiu o caso, parando apenas uma ou duas vezes para permitir que Royce fizesse perguntas.

— Não tenho tempo para entrar em detalhes. Só quero saber quantos homens você pode me emprestar na quinta-feira de manhã.

— Todos eles — disse Royce imediatamente.

— Só quero os mais experientes. Tive informações de que Block não vai trazer só o dinheiro da falsificação, mas também um homem que vai se registrar como Jack Marshall. Seu nome verdadeiro é Vincent Dupont. Há uma semana, ele assaltou dois bancos em Ontário, matou um guarda e feriu um civil. Block vai transferi-lo para fora do Canadá no grupo de excursão, mantê-lo aqui durante alguns dias e depois enviá-lo em viagens curtas para a América do Sul. E, para fazer esse serviço de viagem para tipos como Dupont, ele recebe uma boa quantia. Tanto Dupont quanto Block são homens perigosos. Temos agentes aqui no hotel, mas também temos civis. Não há um jeito de limpar este lugar sem fazer com que percebam que há algo errado.

— É um jogo arriscado.

— Eu sei. — Ele pensou em Charity tonta, no andar superior. — É meu único jeito de jogar.

Capítulo Nove

Charity dirigiu seu carro de volta para o hotel, depois de deixar um trio de hóspedes na balsa. Tinha certeza de que aquela era a manhã mais linda que já vira. Depois da noite mais maravilhosa de sua vida. Não, duas das noites mais maravilhosas de sua vida.

Apesar de nunca ter se considerado terrivelmente romântica, sempre imaginara como seria estar apaixonada. Suas fantasias não chegavam nem perto do que sentia naquele momento. Tudo era nítido e deslumbrante. Era simples e surpreendente. Ele preenchia seus pensamentos tão completamente quanto preenchia seu coração. Mal podia esperar para voltar ao hotel, sabendo que Roman estaria lá.

Parecia que cada hora que passavam juntos os aproximava ainda mais. Aos poucos, via desmoronar as barreiras que ele colocara em torno de si. Ela queria estar presente quando caíssem por completo.

Roman estava apaixonado por ela. Charity tinha certeza de que sim, soubesse ele ou não. Sabia pelo jeito como ele a olhava, pelo jeito como tocava seu cabelo quando pensava que ela estava dormindo. Pelo jeito como ele a abraçava com força a noite inteira, como se tivesse medo de que ela, de alguma maneira, pudesse escapar dele. Com o tempo, Charity lhe mostraria que não iria a lugar algum, e que ele também não iria.

Algo o preocupava. Essa era outra coisa de que tinha certeza. Seus olhos ficaram anuviados enquanto ela dirigia ao longo da orla.

Havia momentos em que Charity sentia a tensão pulsando nele, mesmo quando Roman estava do outro lado da sala. Parecia estar observando, esperando. Mas o quê?

Desde o acidente, ele mal a deixava sair de seu campo de visão. Era carinhoso, pensou. Mas aquilo tinha que parar. Ela podia amá-lo, mas não queria ser mimada. Tinha certeza de que, se Roman soubesse que ela planejava dirigir até a balsa naquela manhã, arranjaria um pretexto para impedi-la.

E estava certa, mais uma vez. Roman tinha levado algum tempo para se acalmar desde que soubera que Charity não estava no escritório, ou na cozinha, ou em nenhum outro lugar do hotel.

— Ela foi com o carro levar umas pessoas até a balsa — disse Mae e, depois, ficou assistindo, fascinada, enquanto ele explodia.

— Puxa vida! — disse ela quando o clima se acalmou novamente. — Você leva as coisas muito a sério, rapaz.

— Por que você a deixou ir?

— Eu a deixei ir? — Mae soltou uma gargalhada alta e feliz. — Nunca consegui impedir aquela menina de fazer qualquer coisa desde que começou a andar. Ela faz o que quer. — Ela parou o que fazia para ficar observando-o. — Algum motivo especial para ela não poder dirigir até as balsas?

— Não.

— Então, tudo bem. Fique calminho. Ela vai estar de volta dentro de meia hora.

Roman suava e andava de um lado para outro praticamente todo o tempo em que ela esteve fora. Mae e Dolores trocavam olhares pela sala. Teriam muito sobre o que fofocar quando estivessem sozinhas na cozinha.

Mae pensou no jeito como Charity estava sorrindo naquela manhã. Ora, a menina praticamente entrara dançando na cozinha. Não tirava os olhos de Roman enquanto ele tomava sua xícara de café e observava o relógio. Sim, realmente, ela pensou. O rapaz ficou nervoso demais.

— Hoje é seu dia de folga, não é? — perguntou Mae.

— O quê?

— É domingo — disse, com toda a paciência. — Não é seu dia de folga?

— É, eu acho.

— E está um lindo dia. O tempo está ótimo para um piquenique. — Ela começou a fatiar rosbife para os sanduíches. — Tem algum programa para hoje?

— Não.

— Charity adora piqueniques. Sim, ela adora fazer piqueniques. E sabe de uma coisa? Acho que aquela menina não sai deste lugar há mais de um mês.

— Você tem dinamite?

Dolores olhou para ele.

— Como?

— Imagino que seja preciso dinamite para afastar Charity do hotel por um dia.

Levou um minuto, mas Dolores, por fim, compreendeu a piada e riu.

— Ouviu isso, Mae? Ele quer dinamite.

— Uma dupla de bobos — retrucou Mae enquanto cortava generosas fatias de torta de chocolate. — Não se consegue nada daquela garota com dinamite, ameaças ou ordens. Seria o mesmo que bater com a cabeça em uma parede de tijolos o dia inteiro. — Tentou não parecer satisfeita com a declaração, mas falhou. — Se quiser que ela faça alguma coisa, deixe-a pensar que está lhe prestando um favor. Faça-a pensar que isso é importante para você. Dolores, quer ir até o quarto dos fundos e me trazer aquela cesta grande de vime? Rapaz, se continuar andando de um lado para o outro, vai gastar meu chão.

— Ela já deveria ter voltado.

— Ela vai voltar. Você sabe comandar um barco?

— Sim, por quê?

— Charity sempre adorou fazer piqueniques na água. E ela não sai de barco há muito tempo. Tempo demais.

— Eu sei. Ela me disse.

Mae virou-se para ele com uma expressão decidida.

— Quer fazer minha menina feliz?

Ele tentou dar de ombros, como se não ligasse, mas não conseguiu.

— Sim, sim, quero.

— Então, leve-a para passear de barco o dia todo. Não a deixe dizer não.

— Está bem.

Satisfeita, ela se virou outra vez.

— Vá até a adega e traga uma garrafa de vinho. Francês. Ela gosta de vinho francês.

— Ela tem sorte por ter você.

Seu rosto largo corou um pouco, mas ela manteve a voz severa.

— Por aqui, nós cuidamos uma da outra. Você tem razão — acrescentou. — Não tive muita certeza se gostava de você quando apareceu por aqui, mas é um bom rapaz.

Roman estava pronto quando ela voltou. No exato momento em que ela punha o pé para fora da van, ele andava em sua direção pelo caminho de cascalho, a cesta de vime nas mãos.

— Oi.

— Oi. — Ela o cumprimentou com um sorriso e um beijo rápido. Apesar dos dois adolescentes brincando com bambolês no pátio, Roman passou o braço em torno dela e a apertou com força, em um longo abraço. — Ora... — Ela teve que respirar fundo e se apoiar na van, já que perdia o equilíbrio. — Olá, de novo. — Ela percebeu, então, que ele colocara um suéter preto e frouxo por cima do jeans e que carregava uma cesta de vime. — O que é isso?

— É uma cesta — disse ele. — Mae colocou algumas coisas dentro dela para mim. É o meu dia de folga.

— Ah! — exclamou ela e jogou o cabelo para trás. — Isso mesmo. E aonde pretende ir?

— Pretendo sair de barco, se puder usá-lo.

— Claro. — Ela olhou para o céu, para verificar o tempo. — Está um lindo dia para isso. Um vento suave, quase não há nuvens.

— Então, vamos.

— Vamos? — Ele já a encaminhava para o cais. — Ah, Roman, não posso! Tenho muita coisa para fazer esta tarde. E eu... — Não queria admitir que não estava pronta para entrar na água novamente. — Não posso.

— Trago você de volta antes do turno do jantar. — Ele acariciou o rosto dela. — Preciso de você comigo, Charity. Precisamos passar algum tempo sozinhos.

— Por que não vamos dar uma volta de carro? Você ainda não viu as montanhas.

— Por favor. — Ele largou a cesta para segurá-la com as mãos. — Faça isso por mim.

Alguma vez ele teria dito "por favor" antes?, ela se perguntou. Acreditava que não. Com um suspiro, olhou para o barco que balançava suavemente contra o cais.

— Está bem. Talvez durante uma hora. Vou entrar para trocar de roupa.

O suéter vermelho e o jeans a manteriam aquecida o suficiente durante o passeio na água, ele concluiu. Ela também sabia disso. Estava hesitante.

— Você está ótima. — Ele continuou segurando-lhe a mão enquanto caminhavam pelo cais. — Isto está precisando de um pouco de manutenção.

— Eu sei. Vivo dizendo isso a mim mesma. — Ela esperou até Roman entrar no barco. Quando ele esticou a mão, Charity hesitou e, depois, forçou-se a se juntar a ele. — Tenho uma chave aqui no meu chaveiro.

— Mae já me deu uma.

— Ah... — Charity sentou-se no banco. — Já entendi. Uma conspiração.

Ele só precisou dar duas puxadas para ligar o motor. Mae lhe dissera que Charity mantinha o barco para ser usado pelo seu pessoal.

— Pelo que você me disse no outro dia, ele não gostaria que você sofresse para sempre.

— Não. — Quando seus olhos se encheram de lágrimas, ela olhou na direção do hotel. — Não, ele não pretendia. Mas eu o amava tanto.

— Ele respirou profundamente. — Vou ajudá-lo com o barco.

Antes de sair com o barco, Roman tomou a mão de Charity e a puxou para seu lado. Depois de um momento, ela descansou a cabeça no ombro do rapaz.

— Você já andou muito de barco?

— De tempos em tempos. Quando eu era garoto, nós costumávamos alugar um barco algumas vezes durante o verão e levá-lo para o rio.

— "Nós", quem? — Notou que ele fechava o rosto. — Que rio? — insistiu ela.

— O Mississippi. — Ele sorriu e passou o braço em torno dos ombros dela. — Eu sou de Saint Louis, lembra?

— O Mississippi... — Sua mente imediatamente se encheu de imagens de barcaças a vapor e meninos em balsas de madeira. — Eu adoraria conhecer. Sabe o que seria fantástico? Fazer um cruzeiro descendo o rio, de Saint Louis a Nova Orleans. Tenho que botar isso na minha lista.

— Sua lista?

— A lista que vou preparar das coisas que quero fazer. — Com uma gargalhada, ela acenou para um barco a vela, antes de se inclinar para beijar o rosto de Roman. — Obrigada.

— Por quê?

— Por me trazer aqui. Sempre adorei passar a tarde aqui, olhando os outros barcos, admirando as casas. Sentia muita falta disso.

— E alguma vez já levou em consideração que dedica tempo demais ao hotel?

— Não. Nunca se dedica demais a algo que se ama. — Ele se virou. Se protegesse os olhos com a mão, poderia ver isso a distância. — Se não tivesse um sentimento tão forte por ele, eu o teria vendido, aceitado um emprego em um hotel moderno em Seattle ou Miami, ou... Ou em qualquer outro lugar. Com oito horas por dia, licença médica, duas semanas de férias pagas. — Só a ideia a fazia rir. — Usaria um conjunto elegante de mulher de negócios, sapatos adequados, teria meu próprio escritório e, lentamente, iria enlouquecer. — Enfiou a mão na bolsa para pegar os óculos escuros. — Você deveria entender isso. Tem boas mãos e uma mente aguçada. Por que não é um chefe de carpintaria para alguma grande firma de construção?

— Talvez eu tenha tomado a decisão errada quando a hora chegou.

Com a cabeça inclinada, estudou o rosto dele, com os olhos apertados e pensativos por trás das lentes escuras.

— Não, não acredito. Não, vindo de você.

— Você não sabe muita coisa a meu respeito, Charity.

— Claro que sei. Estou vivendo com você há uma semana. Isso pode ser comparado a se conhecer alguém de forma casual durante seis meses. Sei que você é muito intenso, mas introvertido. Tem um temperamento forte que raramente demonstra. É um excelente carpinteiro que gosta de terminar o trabalho que começa. Pode ser galante com pessoas idosas. — Riu um pouco e virou o rosto para o vento. — Gosta de seu café preto e não tem medo do trabalho duro... E é um amante maravilhoso.

— E isso é o bastante para você?

Ela deu de ombros.

— Imagino que você também não saiba muito mais do que isso sobre mim. Estou faminta — disse abruptamente. — Você quer comer?

— Escolha um local.

— Leve o barco para aquele lado — disse ela. — Está vendo aquela ponta de terra? Podemos ancorar o barco ali.

A terra que ela apontara não passava de algumas pedras grandes e lisas que avançavam pela água. Quando se aproximaram dela, viram uma faixa estreita de areia coberta de árvores. Desligando o motor, ele manobrou em direção à praia, com Charity guiando-o por meio de sinais. Como a correnteza batia dos lados do barco, ela tirou os sapatos e começou a enrolar o jeans.

— Você vai ter que me dar a mão. — Quando disse isso, pulou para a água, que batia em seus joelhos. — Nossa, como está fria! — Mas ela ria e segurava a corda. — Venha.

A água estava gelada em suas pernas nuas. Juntos, puxaram o barco para um pequeno banco de areia.

— Você não deve ter trazido uma manta.

Ele voltou ao barco e tirou de lá uma manta vermelha desbotada que Mae lhe dera:

— Esta serve?

— Maravilha. Pegue a cesta. — Ela saiu espirrando água para todo lado enquanto avançava para a praia. Depois de abrir a manta sobre a base das rochas que formavam uma espécie de abrigo, ela baixou as pernas úmidas de seu jeans. — Lori e eu costumávamos vir aqui quando éramos meninas. Para comer sanduíches de pasta de amendoim e falar sobre garotos. — Ajoelhando-se sobre a manta, olhou em volta.

Havia pinheiros às suas costas, profundos, verdes e espessos subindo pela colina. A alguns passos de distância, a água batia na rocha, que tinha sido erodida pelo vento e pelo tempo. Um barco solitário cruzou ao longe, com as velas brancas infladas.

— Não mudou muito. — Sorrindo, ela pegou a cesta. — Acho que as melhores coisas não mudam. — Abriu a tampa e viu uma garrafa de champanhe. — Ora! — Com a sobrancelha arqueada, puxou-a para fora. — Parece que vamos fazer mesmo um piquenique.

— Mae disse que você gosta de bebida francesa.

— Gosto. Mas nunca tomei champanhe em piqueniques.

— Então, está na hora de fazer isso. — Ele pegou a garrafa e a levou para mergulhá-la na água, enterrando-a na areia do fundo. Vamos deixá-la gelar um pouco mais. — Voltou até Charity e segurou-lhe a mão antes que ela pudesse continuar sua exploração da cesta. Ajoelhou-se. Quando estavam com as coxas juntas, abraçou-a carinhosamente e a beijou.

Seu leve gemido de prazer veio primeiro, seguido do som rouco quando ele aprofundou o beijo. Charity passou os braços em torno dele, escorregando, e, depois, as mãos até segurarem seus ombros. O desejo era como a maré, que subia facilmente, arrastando-a com ele.

Ele precisava... Precisava abraçá-la forte daquele jeito para que sentisse o gosto da paixão em seus lábios, seu coração bater forte contra o peito. Passou as mãos por seu cabelo impacientemente, soltando-o, deixando-o cair livremente por suas costas. Durante todo esse tempo, sua boca explorava a dela, esquecida de qualquer gentileza.

Havia uma agitação e uma raiva nele que Charity não conseguia compreender. Reagindo a ambas, apertou-se contra Roman, oferecendo tudo o que ele quisesse sem a menor hesitação. Talvez isso fosse o suficiente. Lentamente, a boca de Roman se tornou mais carinhosa. Então, ele apenas a abraçou suavemente.

— Esta é uma maneira muito gostosa de iniciar um piquenique — Charity falou quando reencontrou a voz.

— Não consigo me saciar de você.

— Está tudo bem. Não me importo.

Ele se afastou para segurar o rosto dela com as mãos. As gotas de cristal que pendiam de suas orelhas balançaram e lançaram raios de luz. Mas os olhos estavam calmos e cheios de compreensão. Seria melhor, pensou, e certamente mais seguro se ele simplesmente deixasse que ela pegasse os sanduíches. Poderiam conversar sobre o tempo, a água, as pessoas do hotel. E havia tanto que ele não poderia dizer para Charity. Mas, quando mirou os olhos dela, soube que teria de lhe contar o suficiente sobre Roman DeWinter, para que Charity pudesse fazer uma escolha.

— Sente-se.

Algo na voz dele lançou um arrepio na espinha de Charity, deixando-a alarmada. Ele iria dizer que estava indo embora, pensou.

— Está bem. — Ela juntou as mãos, prometendo a si mesma que encontraria um jeito de fazer com que ele ficasse.

— Não tenho sido justo com você. — Ele se recostou em uma rocha. — E a honestidade nunca foi uma de minhas prioridades. Existem coisas a meu respeito que você deve saber, que deveria ter sabido antes que as coisas tivessem ido tão longe.

— Roman...

— Não vou demorar muito. Sou de Saint Louis. Eu morava em um bairro que você nem conseguiria entender. Drogas, prostitutas, armas baratas. — Manteve os olhos na água. O barquinho balançava ao vento. — Muito longe daqui, meu bem.

Então, a confiança chegara, pensou Charity. E não deixaria que ele se arrependesse disso.

— Não importa de onde você veio, Roman, mas onde você está agora.

— Isso nem sempre é verdade. Parte de sua procedência permanece com você. — Fechou a mão sobre a dela, por pouco tempo, soltando-a em seguida. Seria melhor romper logo o contato. — Quando estava sóbrio o suficiente, meu pai dirigia um táxi. Quando não estava sóbrio o suficiente, ficava sentado no apartamento, com a cabeça entre as mãos. Uma de minhas primeiras lembranças é a de acordar à noite com minha mãe gritando com ele. De vez em quando, ela ameaçava ir embora. Então, meu pai melhorava um pouco. Vivíamos à beira do vulcão até ele parar no próximo bar e tomar uma bebida. Até que, finalmente, ela parou de ameaçar e cumpriu a promessa.

— E para onde vocês foram?

— Eu disse que ela foi.

— Mas... Ela não levou você?

— Acho que deve ter pensado que seria difícil ganhar a vida com um garoto de dez anos por perto.

Charity balançou a cabeça e lutou contra uma profunda raiva interior. Era difícil para ela compreender como uma mãe poderia abandonar um filho.

— Ela devia estar muito confusa e assustada. E quando ela...

— Nunca mais a vi — disse Roman. — Você tem de entender que nem todos amam incondicionalmente. Nem todos amam de verdade.

— Ah, Roman... — Desejou abraçá-lo, mas ele a afastou.

— Fiquei com meu pai mais três anos. Uma noite, ele bebeu muito gim antes de pegar o táxi. Matou a si mesmo e a seu passageiro.

— Ah, meu Deus... — Charity tentou se aproximar, mas ele balançou a cabeça.

— Isso me colocou sob a tutela do governo. Não gostei nada disso e fui para as ruas.

Ela já estava apavorada com o que Roman havia lhe contado, mal conseguindo aceitar tudo aquilo.

— Com 13 anos?

— E foi onde vivi a maior parte da minha vida.

— Mas como?

Ele tirou um cigarro do maço, acendeu-o e tragou profundamente antes de continuar.

— Aceitava biscates, quando conseguia arranjar. Roubava quando não arranjava. Depois de alguns anos, fiquei tão bom no ato de roubar que nem pensava mais em arranjar trabalhos decentes. Assaltava casas, roubava carros, pegava bolsas. Compreende o que estou lhe dizendo?

— Sim. Estava sozinho e desesperado.

— Eu era um ladrão. Entenda, Charity, eu não era um pobre jovem desajustado. Deixei de ser garoto quando voltei para casa, encontrei meu pai desmaiado e soube que minha mãe tinha ido embora. Eu sabia o que estava fazendo. Escolhi fazer isso.

Charity manteve os olhos fixos nos dele, lutando contra a necessidade que sentia de apertá-lo entre seus braços.

— Se espera que eu condene uma criança por encontrar um meio de sobreviver, vou ter de decepcioná-lo.

Ela estava romantizando, pensou Roman, jogando o cigarro na água.

— Você ainda rouba?

— E se eu lhe dissesse que sim?

— Eu teria de dizer que você é um imbecil. E você não me parece imbecil, Roman.

Ele fez uma pausa por um momento, antes de se decidir a contar o resto.

— Eu estava em Chicago. Tinha acabado de fazer 16 anos. Era janeiro e fazia tanto frio que nossos olhos ficavam secos. Decidi que tinha de arranjar dinheiro suficiente para pegar um ônibus para o sul. Pensei em passar o inverno na Flórida para assaltar os turistas ricos. Foi quando conheci John Brody. Invadi o apartamento dele e acabei com uma .45 apontada para meu rosto. Ele era policial. — A lembrança daquele momento ainda o fazia rir. — Não sei quem ficou mais surpreso. Ele me deu três opções. Primeira: podia me entregar para a polícia de delinquentes juvenis. Segunda: podia me dar uma surra. Terceira: podia me dar algo para comer.

— O que você fez?

— É difícil jogar duro quando um homem de quase cem quilos está apontando uma .45 para o seu peito. Tomei uma lata de sopa. Ele me deixou dormir no sofá. — Ao se lembrar, ainda conseguia se ver, magrinho e cheio de amargura, deitado naquele sofá cheio de calombos. — Continuei dizendo a mim mesmo que iria pegar o que pudesse e dar o fora. Mas não fiz isso. Fiquei dizendo a mim mesmo que ele era um coração-mole e que, quando percebesse, eu daria o fora com o que pudesse levar. Mas, logo em seguida, ele me mandou para a escola. — Roman fez outra pausa, para fitar o céu. — Ele costumava construir coisas no porão do prédio. E me ensinou a usar o martelo.

— Ele deve ter sido um homem maravilhoso.

— Ele só tinha 25 anos quando o conheci. Havia crescido no lado sul da cidade, no meio de gangues. Em determinado momento, tinha virado a mesa. E decidiu que iria me fazer mudar também. E conseguiu, em alguns aspectos. Quando se casou, alguns anos depois, ele comprou uma casa velha no subúrbio. Nós a consertamos cômodo a cômodo. John costumava dizer que não havia nada de que ele gostasse mais do que viver em um canteiro de obras. Estávamos construindo mais um cômodo... Era para ser sua oficina... Mas ele foi morto, no cumprimento do dever. Tinha 32 anos. Deixou um filho de três anos e a mulher grávida.

— Roman, sinto muito. — Ela se aproximou e segurou suas mãos.

— E isso matou alguma coisa dentro de mim, Charity. Nunca mais fui capaz de recuperá-la.

— Eu compreendo. — Ele já ia se afastando, mas Charity o puxou para si. — Compreendo. Quando se perde alguém que foi uma parte tão importante de nossa vida, alguma coisa vai estar sempre faltando. Ainda penso no meu avô o tempo todo. Isso ainda me deixa triste. Às vezes, fico zangada porque queria dizer muitas coisas para ele ainda.

— Você vai deixando pedaços para trás. Veja quem eu fui, de onde vim. Eu era um ladrão.

— Você era uma criança.

Ele a segurou pelos ombros e a sacudiu.

— Meu pai era um bêbado.

— E eu, que nem sei quem era o meu pai? Devo me envergonhar disso?

— Isso não importa para você, não é? De onde vim? Quem eu fui?

— Não muito. Estou mais interessada em quem você é agora.

Mas Roman não podia dizer a Charity quem ele era. Ainda não. Para sua própria segurança, ainda teria de enganá-la durante mais alguns dias. Mas havia uma coisa que podia dizer. Assim como a história que ele acabara de contar, havia outra coisa que nunca dissera para ninguém.

— Eu amo você.

As mãos de Charity amoleceram entre as dele. Seus olhos ficaram enormes.

— Você... — Ela fez uma imensa pausa, suficiente para respirar profundamente, e disse: — Você pode dizer isso de novo?

— Eu amo você.

Com um soluço abafado, ela se lançou nos braços de Roman. Não iria chorar, disse para si mesma, apertando muito os olhos para evitar que as lágrimas caíssem. Não queria ficar com os olhos vermelhos nem chorosos no momento mais lindo e emocionante de sua vida.

— Fique abraçado comigo só um momento, está bem? — Encantada, pressionou o rosto em seus ombros. — Não consigo acreditar que isto esteja acontecendo.

— Eu também não. — Mas ele estava sorrindo. Conseguia sentir a deliciosa sensação que percorria seu corpo enquanto lhe acariciava o cabelo. Não tinha sido tão difícil dizer, percebeu afinal. Na realidade, poderia facilmente se acostumar a dizer isso várias vezes por dia.

— Há uma semana, eu nem conhecia você. — Ela inclinou a cabeça até seus lábios se unirem aos dele. — E, agora, não consigo imaginar minha vida sem você.

— Não faça isso. Ainda pode mudar de ideia.

— De jeito nenhum.

— Prometa. — Tomado por uma súbita sensação de urgência, ele agarrou suas mãos. — Quero que você me prometa isso.

— Está bem. Prometo. Não vou mudar de ideia sobre estar apaixonada por você.

— Vou cobrar isso de você, Charity. — Puxou-a contra o peito e, então, criou pensamentos ainda mais felizes em sua mente.

— Você quer se casar comigo?

Ela riu, engoliu em seco, depois, sentou-se, rígida.

— O quê? O quê?

— Quero que você se case comigo, agora, hoje. — Era uma loucura, e ele sabia disso. Era errado. Mesmo assim, quando a levantou novamente, sabia que tinha de arranjar um jeito de não perdê-la.

— Você deve conhecer alguém, um pastor, um juiz de paz, que possa nos casar.

— Bem, sim, mas... — Ela levou a mão à cabeça, que girava. — Tem a documentação, as licenças. Meu Deus, nem consigo pensar.

— Não pense. Só diga que sim.

— É claro. Sim, mas...

— Nada de "mas". — Ele fechou sua boca com a dele. — Quero que pertença a mim. Meu Deus, como preciso pertencer a você! Acredita nisso?

— Sim. — Sem fôlego, ela tocou o rosto dele com carinho. — Roman, estamos falando de casamento, de uma vida inteira. Só pretendo fazer isso uma vez. — Ela ajeitou o cabelo e se sentou novamente. — Acho que todo mundo diz isso, mas preciso acreditar. Tem que começar com mais do que algumas palavras diante de um oficial. Espere, por favor — disse antes que ele pudesse falar novamente. — Você me surpreendeu agora, e quero que compreenda que eu amo você, e não consigo pensar em nada que eu queira mais do que ser sua. Quando eu me casar com você, isso vai ter que ser mais do que sair correndo para o juiz de paz e dizer: aceito. Também não preciso de um casamento enorme e luxuoso. Não se trata de uma cauda longa e branca, e de convites impressos.

— Então, do que se trata?

— Quero flores e música, Roman. E amigos. — Ela tomou seu rosto entre as mãos, desejando que ele compreendesse. — Quero estar a seu lado sabendo que estou bonita, para que todos possam ver como estou orgulhosa de ser sua esposa. Se isso lhe parece incrivelmente romântico, é verdade mesmo.

— De quanto tempo você precisa?

— Você me dá duas semanas?

Ele tinha medo de dar dois dias. Mas seria melhor assim, disse para si mesmo. Nunca seria capaz de se casar com ela se ainda houvesse mentiras entre os dois.

— Eu lhe dou duas semanas se, depois disso, você for embora comigo.

— Para onde?

— Deixe isso comigo.

— Adoro surpresas. — Seus lábios procuraram os dele. — E você... Você foi minha maior surpresa até agora.

— Duas semanas. — Segurou-lhe as mãos firmemente entre as dele. — Não importa o que acontecer.

— Você fala como se fôssemos enfrentar algum desastre natural nesse meio-tempo. Só quero uns poucos dias para fazer tudo direito. — Ela o beijou no rosto e sorriu novamente. — Vai ser o certo para nós dois, Roman. Esta é outra promessa. E gostaria de tomar aquele champanhe agora.

Charity pegou as taças, enquanto ele retirava a garrafa da água. Quando se sentaram juntos na manta, ele soltou a tampa com um estalido.

— Aos recomeços! — disse ela, tocando seu copo no dele.

Ele queria acreditar que aquilo pudesse acontecer.

— Eu farei você feliz, Charity.

— Você já me faz. — Ela se ajeitou para ficar encostadinha em Roman, a cabeça apoiada em seu ombro. — Este é o melhor piquenique que já fiz.

Roman beijou o alto de sua cabeça.

— Você ainda nem comeu nada.

— Quem precisa de comida? — Com um suspiro, ela se levantou. Os dois entrelaçaram as mãos e ficaram olhando o horizonte.

Capítulo Dez

O REGISTRO NO hotel na terça-feira foi tão caótico quanto era de se esperar. Charity fez o que sempre fazia, acompanhando os hóspedes a seus quartos e chalés, respondendo às perguntas, encontrando um biscoito que tinha sobrado para um bebê chorão e esperando que a confusão inicial passasse.

Era a primeira a admitir que geralmente florescia com aquele barulho, os problemas e a pressão saudável das pessoas que provocavam o sucesso do hotel. Naquele momento, no entanto, o que mais desejava era que todos, todos mesmo, já estivessem acomodados.

Era difícil manter os pensamentos nos negócios que estavam à sua frente quando sua cabeça estava cheia de planos para o casamento.

Deveria colocar Chopin ou Beethoven? Mal tinha começado sua lista de seleções. Será que o tempo continuaria bom para que pudessem fazer a cerimônia nos jardins, ou seria melhor planejar um casamento íntimo e aconchegante na sala de estar?

— Sim, senhor. Terei muito prazer em lhe dar informações sobre as bicicletas para alugar. — E entregou um panfleto.

Quando ela teria uma tarde livre para, pelo menos, escolher o vestido adequado? Teria que ser o vestido certo, o vestido perfeito. Qualquer coisa na altura dos tornozelos, com alguns toques suaves de renda. Havia uma butique em Eastsound que era especializada em roupas antigas. Se ela ao menos...

— Você não vai assinar?

— Desculpe, Roger. — Charity voltou a se concentrar e sorriu para ele, como que pedindo desculpas. — Acho que estou voando esta manhã.

— Sem problema. — Ele deu um tapinha em sua mão quando Charity assinou a lista. — Febre da primavera?

— Pode chamar assim. — Ela jogou o cabelo para trás, aborrecida por não tê-lo trançado naquela manhã. Uma vez que estivesse cheirando a flor de laranjeira, teria sorte se lembrasse seu próprio nome. — Estamos um pouco atrasados. O computador está com problemas de novo. O coitado do Bob está lutando com ele desde ontem.

— Parece que você também andou lutando.

Ela levou a mão ao ferimento já bastante cicatrizado de sua testa.

— Sofri um pequeno acidente na semana passada.

— Nada sério?

— Não. Só um inconveniente, na verdade. Um motorista idiota quase me atropelou.

— Que terrível! — Observando-a cuidadosamente, ele ficou mais sério. — Você se machucou muito?

— Não. Nada de pontos. Só alguns hematomas. O susto foi maior do que os ferimentos.

— Posso imaginar. Não se espera uma coisa dessas por aqui. Espero que o tenham apanhado.

— Não, não. Ainda não. — Como o acidente já era coisa do passado, ela deu de ombros. — E, para dizer a verdade, duvido que o peguem. Imagino que ele tenha saído da ilha logo que ficou sóbrio.

— Motoristas bêbados. — Block fez uma reação de desgosto. — Bem, você tem o direito de estar distraída depois de um incidente desses.

— Na verdade, tenho um motivo muito mais agradável. Vou me casar daqui a algumas semanas.

— Não diga! — Seu rosto se abriu em um enorme sorriso. — Quem é o sortudo?

— Roman DeWinter. Não sei se já o conheceu. Ele está fazendo umas reformas lá em cima.

— Ora, mas isso é ótimo, não é? — E continuou a sorrir. O romance explicava muita coisa. Era só olhar para o rosto de Charity para não ter mais qualquer dúvida. Block decidiu ter uma longa conversa com Bob sobre o sujeito. — Ele é daqui mesmo?

— Não, na verdade, veio de Saint Louis.

— Espero que ele não tire você de nós.

— Você sabe que eu jamais deixaria o hotel, Roger. — Seu sorriso diminuiu um pouco. Aquela era uma coisa sobre a qual ela e Roman não tinham falado. — De qualquer maneira, prometo manter a cabeça no trabalho. Você tem seis pessoas que querem alugar barcos. — Ela deu uma olhada rápida no relógio. — Posso conseguir que estejam na marina ao meio-dia.

— Vou andar um pouco com eles.

A porta do hotel se abriu, e Charity olhou. Viu um homem baixo, forte, de cabelo ruivo bem-cortado, usando uma camisa esporte. Trazia uma pequena valise de couro.

— Bom dia.

— Bom dia. — Ele deu uma olhada rápida pelo hall enquanto ia até a recepção. — Conby. Richard Conby. Acho que tenho uma reserva.

— Sim, sr. Conby. Nós o esperávamos. — Charity procurou entre os papéis da recepção e fez uma reza rápida para que Bob tivesse o computador funcionando no final do dia. — Como foi de viagem?

— Nada de mais. — Assinou o registro, colocando seu endereço como sendo em Seattle. Charity ficou ao mesmo tempo divertida e impressionada com suas mãos bem-manicuradas. — Soube que seu hotel é tranquilo, relaxante. Estou querendo repousar por um ou dois dias.

— Tenho certeza de que vai achar o hotel bastante relaxante. — Abriu uma gaveta para pegar uma chave. — Ou Roman ou eu levaremos seu grupo para a marina, Roger. Peça que estejam todos no estacionamento ao meio-dia.

— Pode deixar. — Com um aceno alegre, ele saiu.

— Se me permite, terei o prazer de lhe mostrar seu quarto, sr. Conby. Se tiver alguma pergunta sobre o hotel ou sobre a ilha, fique à vontade, e pode perguntar para mim ou para qualquer um dos funcionários. — Ela deu a volta na escrivaninha e mostrou a ele o caminho para a escada.

— Com toda certeza, obrigado — disse Conby, acompanhando-a. Farei isso.

Exatamente às 12h05, Conby ouviu uma batida na porta e abriu.

— Pontual como sempre, DeWinter. — Olhou o cinturão de instrumentos de Roman. — Anda ocupado, pelo que vejo.

— Dupont está no chalé três.

Conby decidiu deixar o sarcasmo de lado. Este caso era muito importante, grande demais para deixar que seus sentimentos pessoais interferissem.

— Fez a identificação positiva?

— Ajudei-o a carregar as malas.

— Muito bem. — Satisfeito, Conby terminou de arrumar sua escova de roupas com acabamento de ébano e calçadeira na cômoda de carvalho. — Nós vamos nos aproximar na quinta de manhã, como planejamos, e levá-lo antes que ele acerte com Block.

— E o motorista que tentou matar Charity?

Sempre entediado, Conby caminhou para o banheiro adjacente para lavar as mãos.

— Você está excessivamente interessado em um bandido insignificante.

— Conseguiu uma confissão?

— Sim. — Conby desdobrou uma toalha branca de mão, bordada com flores. — Ele admitiu ter se encontrado com Block na semana passada e recebido cinco mil para botar a srta. Ford fora de ação. Uma quantia muito baixa para um assassinato. — Com as mãos secas, Conby passou a toalha pela borda da pia antes de voltar para o quarto. — Se Block tivesse sido mais cuidadoso, poderia ter tido sucesso.

Pegando-o pelo colarinho, Roman levantou Conby até este ficar nas pontas dos pés.

— Cuidado com o que fala — disse suavemente.

— Acho que é mais adequado que eu diga isso para você. — Conby libertou-se de Roman e ajeitou a camisa. Nos cinco anos em que passara como superior de Roman, achara seus métodos violentos e sua atitude arrogante. O problema era que seus resultados eram geralmente excelentes. — Está perdendo sua concentração neste caso, agente DeWinter.

— Não. Estou levando um tempo talvez demasiado, mas estou completamente concentrado. Você já tem o suficiente sobre Block para prendê-lo por conspiração e assassinato. Dupont está praticamente embalado para presente. Por que esperar?

— Não quero me dar ao trabalho de lembrar a você quem está dirigindo este caso.

— Ambos sabemos quem está encarregado, Conby, mas existe uma diferença entre estar sentado atrás de uma mesa e tomar as decisões em campo. Se os pegarmos agora, silenciosamente, existe menos risco de pôr gente inocente em perigo.

— Não tenho a menor intenção de fazer nenhum dos hóspedes correr perigo. Ou os funcionários — acrescentou, pensando que sabia onde estaria a mente de Roman. — Tenho minhas ordens sobre este caso, exatamente como você. — Tirou um lenço limpo da gaveta. — Já que, aparentemente, isto é tão importante para você, eu lhe digo que pretendemos pegar Block quando ele passar o dinheiro. Estamos trabalhando nisso com as autoridades canadenses e é assim que vamos proceder. Quanto às acusações de conspiração, temos o testemunho de um atirador contratado. Pode levar um pouco mais de tempo para a história colar.

— Você fará com que cole. Quantos nós temos?

— Temos dois agentes chegando amanhã e mais dois de reforço. Pegamos Dupont em seu chalé e Block, no hall. Avançar em Dupont mais cedo, sem dúvida, livraria Block. Concorda?

— Sim.

— Como você já tomou os procedimentos sobre a minha saída, as coisas deverão acontecer bem tranquilamente.

— Acho bom. Se algo acontecer com ela, qualquer coisa, você será o responsável.

Charity foi à cozinha com uma bandeja cheia.

— Não sei como as coisas podem sair de controle tão rapidamente. Quando foi que tivemos uma noite de quarta-feira tão lotada? — perguntou ela, pegando seu bloco. — Dois especiais com arroz selvagem, um com batata assada, sem creme, e uma porção infantil de costeletas com batatas fritas. — E se apressou a preparar ela mesma as bebidas.

— Vamos com calma, menina — aconselhou Mae. — Eles não vão a lugar algum antes de comer.

— Esse é o problema. — Ela encheu a bandeja. — Mas que hora Lori escolheu para ficar doente! Do jeito que esse vírus está se espalhando, estamos com sorte de ter uma camareira ainda de pé. Opa! — Deu um saltinho para trás para não esbarrar em Roman. — Desculpe.

— Precisa de ajuda?

— Muito. — Sorriu e aproveitou um tempinho para debruçar por cima da bandeja e beijá-lo. — Você apareceu na hora certa. As saladas que Dolores está preparando são para a mesa cinco.

— Essa menina me deixa cansada só de olhar para ela — comentou Mae, enquanto fatiava uma truta. Levantou a cabeça por tempo suficiente para que seus olhos cruzassem com os de Roman. — Parece que ela faz tudo com pressa demais.

— Quatro saladas da casa. — Dolores estava cantarolando a marcha nupcial quando passou a bandeja para ele. — Parece que, afinal, você não precisou da dinamite. — Rindo, continuou a preparar o pedido seguinte.

Cinco minutos depois, ele passou por Charity pela porta de novo.

— Que bando de gente estranha o desta noite... — murmurou ela.

— Como assim?

— Há um homem na mesa dois. Está tão assustado que parece ter assaltado um banco ou coisa parecida. Também, temos um casal na mesa oito que, supostamente, está em sua segunda lua de mel. Mas passam mais tempo olhando para os outros hóspedes do que um para o outro.

Roman não disse nada. Ela reparara em Dupont e em dois dos agentes de Conby em menos de trinta minutos.

— Temos aquele homenzinho de terno de três peças, sentado à mesa quatro. De terno e gravata — acrescentou, olhando-o por cima do ombro. — Veio para relaxar. Foi o que disse. Quem pode relaxar de terno? — E, continuando, ela equilibrou a bandeja no quadril. — Diz que é de Seattle e tem um forte sotaque do leste. Parece uma doninha.

— Você acha? — Roman permitiu-se um pequeno sorriso pela descrição de Conby.

— Uma fuinha muito bem-vestida — acrescentou ela. — Olhe você mesmo. —Arrepiada, ela se dirigiu novamente para a sala de jantar. — Qualquer pessoa muito arrumada me dá arrepios.

Mas um dever era um dever, e a fuinha estava sentada no seu setor.

— O senhor já quer pedir? — perguntou a Conby, com um lindo sorriso.

Ele tomou o último gole de seu *vodca martini*. Era passável, pensou.

— O cardápio diz que a truta está fresca.

— Sim, senhor. — Ela sentia um orgulho especial por aquilo. O lago de trutas tinha sido ideia dela. — Com toda a certeza.

— Fresca por ter vindo de navio esta manhã, suponho.

— Não. — Charity baixou o bloco, mas manteve o sorriso no lugar. — Temos nosso próprio estoque aqui, no lago do hotel.

Levantando uma sobrancelha, ele bateu com o dedo contra o copo vazio.

— Seu peixe pode ser superior à sua vodca, mas tenho minhas dúvidas sobre ele ser fresco ou não. Mas, apesar de tudo, parece ser o prato mais interessante de seu cardápio. Então, vou ter de pedi-lo.

— O peixe... — repetiu Charity, com o que considerou uma calma admirável. — Está fresco...

— Estou certo de que o considera fresco. No entanto, seu conceito de frescor pode diferir do meu.

— Sim, senhor. — Ela recolocou o bloco no bolso. — O senhor me dá licença um instante?

Ela poderia ser inocente, pensou Conby olhando para o copo vazio, mas não era muito eficiente.

— Onde é o incêndio? — Mae quis saber quando Charity entrou furiosa na cozinha.

— No meu cérebro. — Ela parou por um momento, com as mãos nos quadris. — Aquele... Aquela figura insultante naquela mesa me disse que nossa vodca está abaixo do padrão, que nosso cardápio é medíocre e que nosso peixe não é fresco.

— Um cardápio medíocre? — Mae bateu o pé, com sapato de sola de crepe. — O que foi que ele comeu?

— Ainda não comeu nada. Um drinque, duas torradinhas com molho de salmão, e já está criticando nosso restaurante.

Charity deu uma volta pela cozinha, lutando contra seu mau humor. Nenhuma maravilha urbana iria entrar em seu hotel e botá-lo abaixo. O bar era tão bom quanto qualquer outro da ilha, o restaurante tinha sido classificado como de qualidade máxima, e o peixe...

— O sujeito da mesa quatro quer outro *vodca martini* — anunciou Roman, enquanto carregava uma bandeja cheia.

— Quer mesmo? — Charity fez uma curva quase completa. — Ele quer mesmo? — Ele não se lembrava de ter visto aquele tipo de brilho em seus olhos.

— Isso mesmo — disse com cuidado.

— Pois tenho outra coisinha para dar a ele primeiro. — Assim dizendo, ela entrou no depósito e saiu logo em seguida.

— Oh-oh... — murmurou Dolores.

— Perdi alguma coisa? — perguntou Roman.

— Aquele homem é muito audacioso por dizer que a comida é sem graça antes mesmo de prová-la. — Furiosa, Mae jogou uma porção de aspargos em um prato. — Estou com vontade de acrescentar curry nesta entrada. Uma colherada bem cheia. Vamos ver se ele acha sem graça.

Todos se viraram quando Charity voltou para a cozinha. Ainda carregava uma bandeja, e, sobre ela, pulava uma truta muito confusa.

— Puxa! — Dolores cobriu a boca com a mão, dando risadinhas. — Minha nossa!

Sorrindo, Mae voltou para o fogão.

— Charity... — Roman tentou segurá-la pelo braço, mas ela se livrou dele e saiu rapidamente pela porta. Balançando a cabeça, ele a seguiu.

Alguns dos clientes olharam e ficaram estarrecidos quando a viram carregando aquele peixe vivo pela sala. Passando pelas mesas, chegou à mesa número quarto e segurou a bandeja diante do nariz de Conby.

— Sua truta, senhor. — Largou a travessa sem a menor cerimônia na frente dele. — Está fresca o suficiente? — perguntou, com um sorriso educado.

Na passagem em forma de arco, Roman assistia a tudo com as mãos enfiadas nos bolsos e exultou. Teria trocado um ano de seu salário por uma foto da expressão no rosto de Conby quando ele e o peixe se entreolharam.

Quando Charity voltou para a cozinha, entregou a bandeja com o peixe para Dolores.

— Pode botar de volta no lago — disse. — A mesa número quatro decidiu pedir costeletas de porco à milanesa. Gostaria de ter um porco à mão. — Soltou uma gargalhada quando Roman a levantou do chão.

— Você é a melhor. — Beijou-a com fervor durante bastante tempo. — É absolutamente a melhor. — Ainda continuava rindo quando ele a puxou para um abraço. — Não é, Mae?

— Ela tem seus momentos. — Ainda não queria demonstrar o quanto gostava de vê-los rindo um para o outro. — Agora, vocês dois, parem de fazer gracinhas na minha cozinha e voltem ao trabalho.

Charity ergueu o rosto para um último beijo.

— Acho que é melhor preparar aquele *vodca martini* agora. Ele parecia estar precisando de uma bebida.

Já que Charity não gostava de guardar rancor, tratou Conby com toda a atenção e o serviu alegremente durante toda a refeição. Percebendo que ele não pedira a sobremesa, levou para ele uma porção do bolo Floresta Negra de Mae, como cortesia da casa.

— Espero que tenha gostado de sua refeição, sr. Conby.

Era impossível ele não admitir que nunca comera tão bem em sua vida, nem mesmo nos melhores restaurantes de Washington.

— Estava muito boa. Obrigado.

Brindou-o com um sorriso enquanto o servia de café.

— Talvez o senhor volte em outra ocasião e queira provar nossa truta.

Até mesmo para Conby era difícil resistir àquele sorriso.

— Talvez. A senhorita dirige um estabelecimento muito interessante.

— Nós tentamos. Vive há muito tempo em Seattle, sr. Conby?

Ele continuou a pôr leite em seu café, mas estava com a guarda levantada.

— Por que a pergunta?

— Seu sotaque. Parece do leste.

Conby pensou durante alguns segundos. Sabia que Dupont já tinha saído do restaurante, mas Block continuava em uma mesa próxima, distraindo parte de seu grupo de turistas com histórias que Conby considerava muito sem graça.

— Você tem um bom ouvido. Fui transferido para Seattle há 18 meses. De Maryland. Trabalho com marketing.

— Maryland... — Decidida a perdoar e esquecer, ela serviu outro café para ele.

— Dizem que lá estão os melhores caranguejos.

— Garanto a você que é verdade. — O bolo rico e o café suave abrandaram seu humor. Chegou a sorrir para ela. — É uma pena eu não ter trazido um comigo.

Rindo, Charity colocou uma amigável mão sobre o braço dele.

— O senhor sabe levar as coisas na esportiva, sr. Conby. Aproveite bem sua noite.

Com os lábios apertados, Conby a observou afastar-se. Não conseguia se lembrar de ninguém que já tivesse lhe dito aquilo antes. Mas ele gostou.

— Só temos mais três mesas de retardatários — anunciou Charity, quando entrou na cozinha. — E estou morrendo de fome. Abriu a geladeira e procurou alguma coisa para comer, mas Mae a fechou novamente.

— Você não tem tempo.

— Não tenho tempo? — Charity pressionou o estômago. — Mae, do jeito que as coisas correram esta noite, mal tive tempo de comer uma batatinha frita.

— Vou fazer um sanduíche, mas há um telefonema para você. Algo sobre a entrega de amanhã.

— O salmão! Ai, que droga! — Ela virou o relógio para olhar as horas. — Já estão fechados agora.

— Deixaram um número para emergências, acho. O recado está lá em cima.

— Está bem, está bem. Volto em dez minutos. — Lançou um longo olhar para a geladeira. — Pode fazer dois sanduíches.

Para ganhar tempo, correu pelo depósito, contornou a lateral do prédio e subiu a escada do lado de fora. Quando abriu a porta, mal pôde acreditar no que viu.

A música estava ligada em um volume baixo. Havia luz de velas, flores e uma toalha branca sobre a mesa aos pés da cama, posta para dois. Enquanto olhava, Roman pegou uma garrafa de vinho de um balde de gelo e tirou a rolha.

— Pensei que não fosse chegar nunca.

Ela se recostou na porta fechada.

— Se eu soubesse que isto estava me esperando, teria chegado aqui há mais tempo.

— Você disse que gostava de surpresas.

— Sim. — Havia tanto surpresa quanto felicidade em seus olhos quando afastou o cabelo desalinhado da testa. — Gosto muito. — Desamarrando o avental, dirigiu-se para a mesa, enquanto Roman servia o vinho. Ele parecia quente e dourado à luz das velas.

— Obrigada... — murmurou ela quando ele lhe ofereceu uma taça.

— Eu queria lhe dar uma coisa. — Roman segurou a mão dela, apertando-a e tentando não se lembrar de que aquela seria a última noite juntos antes que todas as perguntas fossem respondidas. — Não sou muito bom com gestos românticos.

— Ah, não, você é muito bom nisso. Piqueniques com champanhe, ceias tarde da noite. — Ela fechou os olhos por um momento. — Mozart.

— Escolhido ao acaso — admitiu, sentindo-se tolamente nervoso. — Tenho uma coisa para você.

Ela olhou para a mesa.

— Mais?

— Sim. — Ele se abaixou até o assento da cadeira e pegou uma caixinha quadrada. — Chegou hoje. — Era o melhor que podia fazer. Colocou a caixa em sua mão.

— Um presente? — Charity sempre gostara mais da expectativa do que do próprio presente. Então, levou um tempo estudando e sacudindo a caixa. Mas, no momento em que levantou a tampa, tirou um lindo bracelete. — Ah, Roman, é maravilhoso! — Completamente deslumbrada, ela revirou a pulseira de ouro, observando o brilho que a luz arrancava do metal com a ametista quadrada. — É absolutamente fantástica — repetiu. — Poderia jurar ter visto isto antes. Na semana passada — lembrou-se. — Em uma das revistas que Lori me trouxe.

— Estava na sua escrivaninha.

Surpresa, ela concordou.

— Sim, fiz um círculo em torno dela. Faço isso com coisas lindas que sei que nunca vou comprar. — Respirou profundamente. — Roman, esta é uma coisa maravilhosa, meiga e muito romântica que você fez, mas...

— Então, não estrague. — Ele tirou o bracelete da caixa e o colocou em seu braço. — Preciso de um pouco de prática.

— Não. — Charity passou os braços em torno dele e recostou o rosto em seu ombro. — Acho que você tem experiência demais.

Ele a abraçou, deixando que a música, seu cheiro, aquele momento lavassem sua alma. As coisas poderiam ser diferentes com ela. Roman podia ser diferente com ela.

— Sabe quando me apaixonei por você, Roman?

— Não. — Beijou o alto de sua cabeça. — Tenho pensado mais em por que do que em quando.

Com um sorrisinho, Charity se apertou contra ele.

— Achei que foi quando você dançou comigo e me beijou até que todos os ossos de meu corpo virassem geleia.

— Assim?

Ele virou a cabeça, buscando seus lábios com os dele. E, delicadamente, deixou-a em brasa.

— Sim. — Ela se recostou totalmente sobre ele, de olhos fechados. — Assim mesmo. Mas isso foi quando percebi; não quando me apaixonei por você. Lembra-se de quando me perguntou sobre o estepe?

— O quê?

— O estepe. — Suspirando, ela inclinou a cabeça para ele alcançar melhor seu pescoço. — Você queria saber onde estava o estepe para trocar o pneu furado. — Ela riu, jogando a cabeça para trás, diante de sua expressão surpresa. — Acho que não posso chamar de amor à primeira vista, já que o conhecia há dois ou três minutos.

Ele correu a mão sobre o rosto dela, pelo cabelo, descendo pelo pescoço.

— Foi assim?

— Nunca tinha pensado antes em me apaixonar e me casar, como acho que todo mundo pensa. Porque vovô estava doente e por causa do hotel. Sempre achei que, se um dia acontecesse, aconteceria sem eu ter que me preocupar ou me preparar muito. E estava certa. — Uniu as mãos às dele. — Tudo o que tive que fazer foi ter um pneu furado. O resto foi fácil.

Um pneu, lembrou Roman, que tinha sido furado de propósito, assim como sua necessidade urgente de um ajudante também fora arranjada. Como tudo tinha sido forjado, pensou apertando os dedos com mais força. Tudo, exceto ele se apaixonar por ela.

— Charity... — Roman daria qualquer coisa para poder contar tudo para ela, toda a verdade. Qualquer coisa, mas sabia que o alheamento representaria sua segurança. — Nunca pretendi que nada disso acontecesse — disse ele cuidadosamente. — Nunca pensei em sentir isto por ninguém.

— E você lamenta?

— Por muitas coisas, mas não por estar apaixonado por você. — Ele a soltou. — Seu jantar está esfriando.

Ela passou a língua pela parte interna da bochecha.

— Se encontrássemos qualquer coisa para fazer durante uma hora, poderíamos chamar esta de ceia da meia-noite. — Ela correu suas mãos pelo peito dele e começou a brincar com o primeiro botão da camisa. — Quer jogar Parcheesi?

— Não.

Ela desabotoou o primeiro botão e continuou lentamente, desabotoando até embaixo.

— Scrabble?

— Hum... hum.

— Eu sei. — Ela passou o dedo pelo centro de seu peito até chegar ao jeans. — Que tal jogarmos canastra?

— Não sei jogar isso.

Sorrindo, ela abriu o fecho.

— Ah, tenho a sensação de que você vai aprender logo. — Seu riso ficou abafado contra a boca.

Seus pensamentos calorosos de seduzi-lo desapareceram quando ele agarrou sua cabeça, puxando-a para trás. Assim, beijou-lhe a boca com força. As mãos dela, tão confiantes um minuto antes, tremeram. Depois, agarraram as costas da camisa dele. Esta não era aquela paixão carinhosa, persuasiva, que ele demonstrara desde a noite em que haviam se tornado amantes. Era uma necessidade rude, desesperada, e continha um traço de fúria e um toque de desespero. Deixando-se levar por aquela sensação, ela se retesou contra o corpo de Roman, permitindo que ele agisse.

Ele necessitara dela antes. Roman já compreendera que precisara dela muito antes de conhecê-la. Mas aquela noite era diferente. Arrumara o cenário cuidadosamente, o vinho, as velas, a música, querendo dar a ela o romance do qual ela o tornara capaz. Então, sentira os dedos frios dela em sua pele. Tinha visto o desejo nos olhos dela. Só haveria aquela noite. Em questão de horas, ela saberia de tudo. Apesar das muitas vezes em que dissera a si mesmo que ajeitaria as coisas, tinha muito medo de ela não o perdoar.

E só tinha aquela noite.

Sem fôlego, Charity se agarrou a ele quando caíram sobre a cama. Ali estava o amante agitado, impiedoso, que ela sabia existir junto com o outro, carinhoso, gentil e paciente. E ele a excitava assim mesmo. Tão desesperada quanto ele, arrancou-lhe a camisa e sentiu sua carne sob as mãos.

Ele estava rígido como ferro, explosivo como pólvora. Sentia seus músculos tensos e sua boca lhe percorria, faminta, o rosto. Com um riso rouco, agarrou-se ao jeans dele, tentando arrancá-lo enquanto rolavam pela cama. Se aquilo era um jogo, ela decidiu que ambos iriam vencê-lo.

Um gemido sufocado escapou dele quando as ansiosas mãos de Charity o buscaram, levando-o ao delírio total. Agarrou seus pulsos, prendendo-os acima de sua cabeça. Com a respiração entrecortada, ele observou seu rosto enquanto levava a mão ao alto de sua blusa, rasgando-a de cima a baixo.

Ela só teve tempo para um gemido antes que sua boca quente e aberta baixasse para sua pele, atormentando-a até o limite. Sem forças para enfrentá-lo, arqueou-se contra ele. Quando suas mãos ficaram livres, apertou-o com mais força, gemendo alto, enquanto ele lhe sugava os seios com força.

Charity sentia sensações selvagens e estranhas, tremia sem jamais cruzar a fina linha que separava o prazer da dor. Ela se sentiu arrastada cada vez mais para o fundo, como se estivesse dentro de um redemoinho em um túnel escuro e sem fim que ia em direção a prazeres indescritíveis.

Ela não poderia saber o que estava fazendo com Roman. Era perspicaz o suficiente para ter a certeza de que estava encurralada por seus próprios sentidos. E seu corpo envolvia o dele, suas mãos buscavam, seus lábios estavam famintos.

Naquela luz trêmula, sua pele era como um cetim branco. Sob suas mãos, fluía como lava, quente e perigosa. A paixão a aquecia com um perfume floral, tornando-o algo secreto e proibido.

Impaciente, ele baixou sua calcinha até os quadris, saboreando freneticamente cada centímetro da carne recém-exposta. A nova intimidade fez com que ela murmurasse seu nome, tremendo enquanto se aproximava irresistivelmente do clímax.

Charity se agarrou a ele, cravando as unhas, com as palmas das mãos úmidas, descendo nervosamente por suas costas. A mente estava vazia, livre de tudo, a não ser das sensações. O nome de Roman se formou de novo nos lábios dela, várias vezes. Ela pensou tê-lo ouvido falar com ela, algumas palavras loucas e frenéticas que mal penetravam em seu cérebro enevoado. Talvez fossem promessas, pedidos ou preces. Ela teria respondido a todas, se pudesse.

Mas a boca de Roman estava sobre a dela, engolindo seu grito de alívio, saboreando seu gemido de rendição, enquanto ele a penetrava.

Rápidos, quentes, frenéticos, combinaram seus ritmos. Muito além da loucura, os dois se uniram. Levados pelo amor, presos pelo desejo, eles corriam. Mesmo quando tombaram por terra, ainda estavam abraçados.

Capítulo Onze

Com os olhos semicerrados, os lábios curvados, ela suspirou longa e preguiçosamente.

— Foi maravilhoso.

Roman encheu a taça de Charity.

— Está falando da refeição ou das preliminares?

Ela sorriu.

— Das duas. — Antes de ele depositar a garrafa, ela tocou-lhe a mão. Foi somente um ligeiro toque das pontas dos dedos sobre sua pele. Mas o pulso disparou.

— Acho que essas ceias à meia-noite deveriam ser regulares.

Já passava muito da meia-noite. Com vinho e amor, até mesmo o peixe frio estava delicioso. Ele esperava que, se tentasse bastante, as coisas pudessem ser sempre daquele jeito.

— Na primeira vez em que olhou para mim desse jeito, quase engoli minha língua.

Charity manteve os olhos fixos nos dele. Até mesmo à luz de velas, eram da cor da manhã.

— De que jeito?

— Como se você soubesse exatamente o que eu pensava e tentava não pensar. Exatamente o que eu queria não pensar. Exatamente o que eu queria e tentava não querer. Você me assusta demais.

Seu sorriso preguiçoso estava lento.

— É mesmo?

— Você faz muita diferença. — Ele segurou suas mãos, desejando ter, dessa vez, palavras doces, um pouco de poesia. — Cada vez em que você entra em uma sala... — Mas ele não tinha as palavras doces, nem a poesia. — Isso faz diferença.

Roman teria largado suas mãos, mas Charity prendeu as dele.

— Sou louca por você. Se estivesse procurando alguém para compartilhar minha vida, minha casa e meus sonhos, teria sido você.

Ela viu a sombra de preocupação em seus olhos e quis que desaparecesse. Não havia espaço para preocupações naquela noite. Com um sorriso rápido, malicioso, Charity mordiscou os dedos dele.

— Sabe do que eu gostaria?

— Mais bolo Floresta Negra.

— Além disso. — Os olhos dela riram para Roman, por cima de suas mãos entrelaçadas. — Gostaria de passar a noite fazendo amor com você, conversando com você, bebendo vinho e escutando música. Tenho a sensação de que isso é mais divertido do que as festas do pijama a que ia quando garota.

Ela podia, com um olhar e um sorriso, seduzi-lo mais profundamente do que qualquer visão de renda preta ou seda branca.

— O que gostaria de fazer primeiro?

Ela teve que rir. Sentia-se deliciada ao vê-lo tão relaxado e feliz.

— Na verdade, há algo que eu gostaria de falar com você.

— Eu já lhe disse... Posso usar um terno, mas um smoking...

— Não é nada disso. — Ela sorriu e passou um dedo sobre as costas das mãos dele. — Apesar de saber que você ficaria lindo de smoking, acho que um terno é mais adequado para um casamento informal no jardim. Gostaria de falar com você sobre depois do casamento.

— Os planos para depois do casamento não são negociáveis. Pretendo fazer amor com você durante 24 horas.

— Ah... — Como se estivesse pensando naquilo mesmo, ela bebeu o vinho. — Acho que posso aceitar isso. Mas o que gostaria de discutir é uma coisa a longo prazo. Algo que Block me disse no outro dia.

— Block? — Ele se sentiu alarmado, com o medo subindo e, depois, centralizando-se na base da nuca.

— Foi só um breve comentário, mas que me fez pensar. — Ela moveu os ombros de maneira inquieta, acalmando-se em seguida. — Eu mencionei que nós íamos nos casar, e ele disse qualquer coisa sobre querer que você não me levasse embora. E, de repente, me ocorreu que você poderia não querer passar sua vida aqui, em Orcas.

— Só isso? — Ele sentiu a tensão desaparecer.

— Não é uma coisa tão simples assim. Quer dizer, tenho certeza de que podemos chegar a um acordo, mas você pode não estar louco pela ideia de viver em um... Bem, em um lugar público, com gente entrando e saindo, interrupções e... — Ela deixou as palavras saírem soltas, sabendo que estava atropelando tudo, como sempre fazia quando estava nervosa. — A questão é que preciso saber o que você acha de ficar na ilha, morar aqui, no hotel.

— O que você acha disso?

— Não é mais apenas uma questão do que eu acho. É o que nós achamos.

Surpreendia-o a facilidade com que ela conseguia tocar seu coração. Roman imaginou que isso sempre aconteceria.

— Faz muito tempo que não me sinto em casa em lugar algum. Sinto isso aqui, com você.

Charity sorriu e entrelaçou os dedos aos dele.

— Está cansado?

— Não.

— Ótimo. — Ela se levantou e colocou a rolha na garrafa. — Só vou pegar minhas chaves.

— Chaves de onde?

— Da van — disse ela, enquanto iam para o outro quarto.

— Vamos a algum lugar?

— Conheço o melhor lugar da ilha para se assistir ao nascer do sol. — Ela voltou carregando um cobertor e balançando as chaves. —Quer ver o sol nascer comigo, Roman?

— Você só está vestindo um robe.

— Claro que estou. São quase duas horas da madrugada. Não se esqueça do vinho. — Com uma gargalhada, ela abriu a porta e desceu as escadas. — Vamos tentar não acordar ninguém. — Ela gemeu um pouco enquanto caminhavam pelo cascalho com os pés descalços. Com uma reação, Roman levantou-a nos braços. — Meu herói... — murmurou ela.

— Claro. — Ele a colocou no banco de motorista da van. — Para onde vamos, meu bem?

— Para a praia. — Ela puxou o cabelo para trás dos ombros quando ligou a van. Uma sinfonia começou a tocar no rádio quando o botão foi pressionado. — Sempre escuto música alto demais quando estou dirigindo sozinha. — Ela se virou para olhar com culpa para o hotel. Permanecia sombrio e quieto. Lentamente, ela dirigiu para a estrada. — Está uma noite linda.

— Manhã.

— Tanto faz. — Ela respirou demoradamente, enchendo os pulmões com aquele magnífico ar puro. — Não tenho muito tempo para grandes aventuras. Então, tenho que fazer algumas pequenas quando aparece a chance.

— É o que isto é? Uma aventura?

— Claro. Vamos beber o resto do vinho, fazer amor sob as estrelas e ver o sol nascer lá na beira da água. — Ela virou a cabeça. — Tudo bem por você?

— Acho que consigo viver com isso.

Horas mais tarde, Charity se enrolou nele. A garrafa de vinho estava vazia, e as estrelas iam se apagando uma a uma.

— Vou ficar completamente inútil hoje. — Depois de um riso sonolento, ela se aninhou no pescoço de Roman. — E nem me importo.

Ela passou o cobertor em torno de si. As manhãs ainda estavam um pouco frias. Apesar de ele não ter planejado, a longa noite de amor tinha lhe dado uma nova esperança. Se ele conseguisse convencê-la a dormir durante toda a manhã, poderia cumprir sua missão, encerrar o assunto e, depois, explicar tudo. Isso faria com que a mantivesse fora de perigo e começasse tudo do princípio.

— Já está quase amanhecendo... — murmurou ela.

Eles não falaram mais enquanto o dia nascia. O céu ficou mais claro. Os pássaros noturnos se calaram. Por um instante, o tempo pareceu ficar suspenso. Depois, lentamente, lindamente, as cores começaram a aparecer no horizonte, sangrando a partir da água, refletindo-se nela. As sombras desapareceram, e as árvores ficaram salpicadas de ouro. O primeiro pássaro da manhã anunciou o novo dia.

Roman juntou seu corpo ao dela, para amá-la suavemente, sob o céu que se iluminava.

Ela estava sonolenta enquanto ele dirigia de volta para o hotel. O céu estava pálido, azul claro, mas estava tão quieto naquele instante quanto no momento em que haviam partido. Quando ele a retirou da van, ela suspirou e aninhou a cabeça em seu ombro.

— Eu amo você, Roman.

— Eu sei. — Pela primeira vez em sua vida, ele quis pensar na próxima semana, no próximo mês, até no próximo ano, em qualquer coisa, exceto naquele exato dia que teria que enfrentar. Subiu as escadas com ela nos braços e entrou no hotel. — Eu amo você, Charity.

Não teve muito problema para convencê-la a continuar embaixo dos lençóis, já que prometeu que levaria Ludwig para o passeio habitual.

Antes de sair, Roman foi ao andar térreo, passou o coldre pelo ombro e carregou sua arma.

Pegar Dupont era apenas uma questão de um trabalho policial bem-feito. Às 7h45, o chalé recluso estava cercado pelos melhores policiais que o xerife Royce e o FBI tinham para oferecer. Roman ignorara os conselhos de Conby de não envolver os moradores e aconselhou seu superior a ficar fora do caminho.

Quando os homens já estavam posicionados, o próprio Roman foi para a porta, com a arma na mão e o coldre preso ao ombro. Bateu duas vezes. Como não houve resposta, fez um sinal para seus homens pegarem as armas e avançarem. Usando a chave do chaveiro de Charity, ele destrancou a porta.

Uma vez dentro do quarto, percorreu com os olhos o aposento, com as pernas separadas, a arma firmemente segura com ambas as mãos. A adrenalina estava presente, familiar, até mesmo bem-vinda. Com apenas um sinal com a cabeça, ele chamou a retaguarda. Com cada um protegendo o outro, fizeram a última ronda.

Roman aproximou-se cuidadosamente do quarto. Pela primeira vez, um sorriso, um sorriso amarelo, apareceu em seu rosto. Dupont estava no chuveiro e cantava.

O canto terminou abruptamente quando Roman puxou a cortina, abrindo-a.

— Não precisa se dar ao trabalho de colocar as mãos para o alto — disse Roman, enquanto ele tirava a água dos olhos. Mantendo a arma apontada, ele jogou a toalha para Dupont. — Está preso, companheiro. Pode se enxugar, enquanto leio seus direitos.

— Excelente trabalho — comentou Conby, quando o prisioneiro foi algemado. — Se conseguir resolver o resto tão cuidadosamente, vou mandar uma recomendação para você.

— Pode ficar com ela. — Roman guardou a arma. Só havia mais um obstáculo antes que ele pudesse, finalmente, separar seu passado do futuro. — Quando isso estiver feito, estou livre.

— Você trabalha para a lei há mais de dez anos, DeWinter. Não pode sair assim.

— Vai vendo. — Assim dizendo, voltou para o hotel para terminar o que tinha começado.

Quando Charity acordou, já era metade da manhã e ela estava sozinha. Sentiu-se grata por isso, porque não conseguia sequer soltar um gemido. No momento em que se sentou, sua cabeça, desacostumada a doses generosas de vinho e pouca quantidade de sono, começou a latejar.

Só poderia culpar a si mesma, admitiu enquanto rastejava para fora da cama. Os pés se enroscaram no que sobrara da blusa que tinha usado na noite anterior.

Tinha valido a pena, pensou juntando o tecido rasgado. Tinha valido bastante a pena.

Mas, tendo a noite sido incrível ou não, já era de manhã, e havia trabalho a fazer. Engoliu uma aspirina, permitiu-se outro gemido e, depois, entrou no chuveiro.

Roman encontrou Bob enfurnado no escritório, tomando ansiosamente seu café "batizado". Sem qualquer preâmbulo, ele lhe arrancou a caneca das mãos e jogou o conteúdo na lata de lixo.

— Só precisava de um pouco para enfrentar o que viria.

Mas ele tomara mais do que um pouco, percebeu Roman. Sua fala estava arrastada, e os olhos, vermelhos. Mesmo na melhor das circunstâncias, Roman achava muito difícil ter qualquer simpatia por um bêbado.

Arrancou Bob de sua cadeira pelo colarinho.

— Faça o favor de se recompor, e muito rapidamente. Quando Block chegar, você vai fazer o *check-out* dele, assim como de seu grupo. Se der alguma dica para ele, se por acaso piscar o olho para ele, mato você ali mesmo.

— Charity costuma fechar os registros — Bob conseguiu dizer entredentes.

— Não hoje. Você irá até a escrivaninha da portaria e cuidará de tudo. E vai fazer um bom trabalho, porque sabe que estou aqui observando você.

Roman se afastou de Bob no instante em que a porta do escritório se abriu.

— Desculpem, estou atrasada. — Apesar dos olhos sonolentos, Charity lançou um sorriso para Roman. — Dormi demais.

Ele sentiu seu coração parar e, depois, descer para os joelhos.

— Você não dormiu o bastante.

— Olhe quem está falando. — Seu sorriso desapareceu quando ela olhou para Bob. — O que houve?

Ele se agarrou àquela oportunidade com ambas as mãos.

— Eu estava acabando de dizer a Roman que não estou me sentindo muito bem.

— Você não parece bem mesmo. — Preocupada, Charity foi até ele para verificar-lhe a testa. Estava fervendo, e isso aumentou a preocupação nos olhos dela. — Você também deve estar com aquela virose.

— É disso que tenho medo.

— Você nem deveria ter vindo hoje. Quem sabe Roman não possa levá-lo para casa?

— Não, eu posso dar um jeito. — Ele caminhou cambaleando para a porta. — Desculpa por tudo, Charity. — Virou-se para olhar para ela pela última vez. — Sinto muito mesmo.

— Não seja bobo. Só quero que você se cuide.

— Eu dou uma ajudinha a ele... — balbuciou Roman, e o acompanhou até a porta. Caminharam juntos até o hall, ao mesmo tempo em que Block entrava.

— Bom dia. — O rosto enrugou-se com seu sorriso habitual, mas os olhos mostravam preocupação. — Algum problema?

— Virose. — O rosto de Bob já estava ficando verde. O medo produziu uma máscara convincente. — Peguei uma violenta esta manhã.

— Já liguei para o dr. Mertens — anunciou Charity, quando se postou atrás do balcão. — Vá diretamente para casa, Bob. Ele vai ver você lá.

— Obrigado. — Mas um dos agentes de Conby o acompanhou até o lado de fora, e ele ficou sabendo que não iria para casa tão cedo.

— Essa virose tem sido um problema por aqui. — Ela deu um sorriso de desculpas para Block. — Estou sem uma funcionária, uma garçonete e, agora, sem Bob. Espero que ninguém do seu grupo tenha queixas sobre o serviço.

— Nenhuma. — Relaxado novamente, Block colocou a maleta sobre o balcão. — É sempre um prazer fazer negócios com você, Charity.

Roman assistia, desolado, enquanto os dois conversavam e seguiam a rotina de verificar as listas e os números. Ela deveria estar a salvo no andar superior, dormindo profundamente e sonhando com a noite que tinham passado juntos. Frustrado, ele deixou as mãos penderem ao lado do corpo. Agora, fizesse ele o que fizesse, Charity estaria envolvida.

Ele a ouviu rindo quando Block mencionou o peixe vivo que Charity levara para a sala de jantar. E imaginava como seu rosto ficaria quando os agentes entrassem e prendessem o homem que ela pensava ser um guia turístico e um amigo.

Charity leu a soma total. Roman tentou se acalmar.

— Parece que estamos com uma diferença de... 22,50 dólares. — Block começou a conferir de novo os números em sua calculadora. Franzindo a testa, Charity voltou a conferir sua lista, item por item.

— Bom dia, querida.

— Hum... — Distraída, Charity levantou os olhos. — Ah, bom dia, sra. Millie.

— Vou fazer minhas malas agora. Só queria lhe dizer como foi adorável este tempo que passei aqui.

— Ficamos sempre tristes quando a senhora vai embora. Estávamos todos muito contentes por você e a sra. Lucy terem estendido a estada em alguns dias.

A sra. Millie piscou os cílios e lançou os olhos míopes a Roman antes de se dirigir para a escada. No alto, ele pensou, deveria haver, naquele instante, um agente postado, para garantir que ela e outros hóspedes ficassem fora do caminho.

— Cheguei ao mesmo total outra vez, Roger. — Sem entender, ela bateu a ponta do lápis na sua lista. — Queria poder dizer que verifiquei pelo computador, mas... — Deixou a frase inacabada, ignorando a dor de cabeça. — Ah, deve ser isso. Você cobrou uma garrafa de vinho dos Wenworth do chalé um? Eles pegaram uma anteontem.

— Wenworth, Wenworth... — Com uma lentidão calculada, Block verificou sua lista. — Não, não há nada aqui.

— Deixe-me encontrar o recibo. — Ela abriu a gaveta e procurou eficientemente entre os outros papéis. Roman sentiu uma gota de suor escorrer por suas costas. Um dos agentes fingiu que verificava alguns cartões-postais. — Tenho as duas cópias — disse ela, balançando a cabeça. — Esse vírus está mesmo comprometendo nosso raciocínio. — Ela arquivou uma cópia do recibo e entregou a outra a Block.

— Sem problemas. — Alegre como sempre, ele anotou o novo preço e somou os resultados mais uma vez. — Agora, parece estar certo.

Com a facilidade criada por um longo hábito, Charity calculou a quantia em moeda canadense.

— Isso dá 2.330 dólares. — Mostrou o recibo para aprovação de Block.

Ele abriu a maleta.

— Como sempre, foi um prazer. — Contou o dinheiro de vinte em vinte. No momento em que Charity marcou "PAGO" na conta, Roman aproximou-se.

— Ponha as mãos para o alto. Devagar. — E pressionou o cano de sua arma nas costas de Block.

— Roman! — exclamou Charity, assustada, com a chave da gaveta de dinheiro ainda na mão. — Mas o que você está fazendo?

— Vá para trás do balcão — disse ele. — Dê a volta e saia daqui.

— Você ficou maluco? Roman, pelo amor de Deus...

— Faça o que eu disse!

Block umedeceu os lábios, mantendo as mãos cuidadosamente à vista.

— Isso é um assalto?

— Você ainda não entendeu? — Com a mão livre, Roman puxou o distintivo. Depois de jogá-lo sobre o balcão, pegou as algemas. — Você está preso.

— Qual é a acusação?

— Conspiração para assassinato, falsificação e transporte de criminosos por fronteiras internacionais. Isso só para começar. — Baixou um dos braços de Block e prendeu a algema em seu pulso.

— Como pôde? — A voz de Charity era um simples sussurro. Ela segurava o distintivo e o olhava, ainda sem compreender direito.

Ele retirou por um segundo os olhos de Block para olhar para Charity. Um segundo mudava tudo.

— Como fui tola... — dizia sra. Millie, enquanto passava pela sala. — Já estava quase lá em cima quando percebi que tinha deixado minha...

Para um homem de seu peso, Block movia-se rapidamente. Agarrou a sra. Millie e puxou-a para si com uma faca em sua garganta antes que alguém pudesse reagir. As algemas estavam penduradas em um dos punhos.

— Só vai levar um instante — disse baixinho, com os olhos fixos em Roman. A arma estava mirada no centro da testa de Block, e o dedo de Roman, sobre o gatilho. — Pense nisso. — O olhar de Block varreu o hall, onde outras armas tinham sido sacadas. — Eu corto a garganta desta velhinha simpática. Não se mexa — disse para Charity. Movendo-se rapidamente, ele bloqueou o caminho.

De olhos arregalados, a sra. Millie só podia se segurar ao braço de Block e choramingar.

— Não a machuque. — Charity avançou um passo, mas parou rapidamente quando viu que Block apertava a faca contra a garganta da senhora. — Por favor, não a machuque. — Tinha de ser um pesadelo, dizia a si mesma. Um pesadelo. — Alguém me diga que isso não está acontecendo.

— O local está cercado. — Roman mantinha os olhos e a arma apontados para Block. Esperava, em vão, que um de seus homens chegasse por trás dele. — Feri-la não vai lhe trazer nenhum benefício.

— Mas também não lhe trará nenhum benefício. Pense nisso. Quer ter uma vovozinha morta em suas mãos?

— Você não vai querer acrescentar homicídio à sua lista, Block — disse Roman, calmamente. Charity estava perto demais, pensou. Perto demais.

— Não faz a menor diferença para mim. Agora, vão para fora. Todos vocês! — Sua voz aumentou de tom enquanto ele verificava todo o ambiente. — Baixem as armas. Joguem tudo no chão e saiam, antes que eu comece a cortar. Façam o que eu disse. — E fez um ligeiro corte na frágil garganta da sra. Millie com a lâmina.

— Por favor! — Novamente, Charity avançou um passo. — Deixe a sra. Millie ir. Eu fico com você.

— Pare com isso, Charity. Para trás.

Ela não ligou para o olhar de Roman.

— Por favor, Roger — disse novamente, dando mais um passo cuidadoso em sua direção. — Ela é idosa e fraca. Pode ficar doente. O coração... — Desesperada, colocou-se entre ele e a arma de Roman. — Não vou lhe criar qualquer problema.

Block só levou um momento para tomar a decisão. Agarrou Charity e pôs a lâmina em sua garganta. A sra. Millie caiu desmaiada no chão.

— Largue a arma. — Ele viu o medo nos olhos de Roman e sorriu. Aparentemente, a troca tinha sido muito mais lucrativa para ele. — Dois segundos, e está tudo acabado. Não tenho nada a perder.

Roman levantou as mãos, deixando a arma cair.

— Vamos conversar.

— Conversaremos quando tudo estiver acabado. — Block colocou toda a extensão da lâmina no pescoço de Charity. Ela fechou os olhos e esperou morrer. — Agora, saiam. O primeiro que tentar voltar, ela morre.

— Fora! — Roman apontou para a porta. — Mantenha-os lá fora, Conby. Todos eles. Tome a minha arma — disse para Block. — Estou limpo. — Levantou cuidadosamente a jaqueta para mostrar o coldre vazio. — Por que não posso ficar aqui mesmo? Você pode ter dois reféns pelo preço de um. Um agente federal deve lhe dar alguma vantagem.

— Só a mulher. Saia, DeWinter, ou eu a mato antes de você pensar em como pode me pegar. Agora.

— Pelo amor de Deus, Roman. Saia já daqui. Ela precisa de um médico. — Charity respirou fundo quando sentiu a ponta da faca beliscar sua pele.

— Não. — Roman levantou as mãos novamente, com as palmas para fora, enquanto se aproximava da senhora caída junto ao balcão. Mantendo seus movimentos lentos, ergueu nos braços a senhora que não parava de chorar. — Se você a ferir, não vai viver muito para lamentar.

Após aquela última ameaça frustrada, deixou Charity sozinha.

— Para trás. — Depois de entregar a sra. Millie aos braços que a aguardavam, ele saiu correndo para a varanda, lutando para manter a mente clara. — Ninguém se aproxime das portas ou de qualquer janela. Alguém me dá uma arma. — Antes que pudessem atendê-lo, ele estava arrancando a arma de um dos oficiais de Royce. Com o menor dos gestos, Royce fez um sinal para seu homem ficar quieto.

— O que quer que façamos?

Roman simplesmente fixou o olhar na arma em sua mão. Estava carregada. Ele era treinado. E estava desesperado.

— DeWinter... — começou Conby.

— Para trás. — Quando Conby começou a falar novamente, Roman virou-se para ele. — Para trás.

Olhou para o hotel. Podia ouvir a sra. Millie chorando baixinho, enquanto alguém a levava para um carro. Os hóspedes, que já tinham sido evacuados, estavam sendo levados com segurança. Charity queria que todos fossem bem-cuidados.

Charity...

Colocando a arma na cartucheira, ele se virou.

— Mandem bloquear a estrada 1,5 quilômetro em cada direção. Só pode ficar nesta área o pessoal oficial. Vamos manter o hotel cercado a uma distância de duzentos metros. Ele deve estar pensando sobre o assunto — disse Roman, lentamente. — E, quando começar a pensar, vai perceber que está cercado.

Levantou as mãos e esfregou o rosto. Já tinha estado em situações com reféns antes. Era treinado para isso. Com tempo e frieza, a possibilidade de livrar um refém em uma situação daquele tipo era favorável. Mas, quando a refém era Charity, favorável não era uma palavra suficiente.

— Quero falar com ele.

— Agente DeWinter, nestas circunstâncias, tenho sérias ressalvas sobre deixar você encarregado desta operação.

Roman virou-se para ele.

— Se ficar no meu caminho, Conby, eu o enforco com sua gravata de seda. Por que não temos homens posicionados nos fundos, atrás dele?

Como as palmas de suas mãos estavam molhadas de suor, a voz de Conby foi ainda mais fria.

— Achei melhor mantê-los do lado de fora, preparados para o caso de ele querer fugir.

Roman tentou afastar a onda de fúria que o acometeu.

— Quando eu tirá-la lá de dentro... — disse, suavemente. — Vou acertar as contas com você, seu desgraçado. Preciso de comunicação — disse para Royce. — Você pode cuidar disso?

— Preciso de vinte minutos.

Assentindo, Roman virou-se para estudar o hotel. Sistematicamente, considerou e rejeitou pontos de entrada.

Por dentro, Charity sentiu um certo alívio quando a faca foi retirada de sua garganta. De alguma maneira, a arma que Block agora lhe apontava parecia menos pessoal.

— Roger...

— Cale a boca. Cale a boca e me deixe pensar. — Passou o braço gordo pela testa para enxugar o suor. Tudo tinha acontecido muito rápido, rápido demais. Até aquele instante, tudo o que tinha feito fora com base no instinto. Como Roman calculara, ele começou a pensar.

— Eles me encurralaram aqui dentro. Eu deveria ter usado você para chegar a um dos carros, devia ter ido embora. — Então, ele riu, olhando com ar selvagem em torno do hall. — Estamos numa maldita ilha. Não se pode sair dirigindo de uma ilha.

— Eu acho que, se nós...

— Cale a boca! — Ele gritou e fez com que ela prendesse o fôlego ao apontar a arma diretamente para ela. — Sou eu quem precisa pensar. Federais... Aquele cretino estava certo o tempo todo — murmurou, pensando em Bob. — Ele já sabia de DeWinter havia dias. E você? — Enquanto perguntava, agarrou-a pelo cabelo e puxou sua cabeça para trás, para passar a faca de novo pela garganta.

— Não, eu não sabia. Não sabia. Ainda não compreendo. — Charity só conseguiu emitir um gritinho abafado quando ele a jogou contra a parede. Ela nunca tinha visto o crime nos olhos de um homem antes, mas o reconheceu. — Roger, pense. Se me matar, não vai ter nada com o que negociar. — Sentiu o gosto do medo na língua quando a forçou a emitir as palavras. — Você precisa de mim.

— É... — Ele diminuiu a força com que a segurava. — Você está sendo útil até agora. Só vai precisar continuar sendo útil. Quantos caminhos existem para entrar e sair deste lugar?

— Eu... Eu não sei. — Ela respirou fundo quando ele torceu novamente seu cabelo.

— Sabe quantas saídas existem neste lugar?

— Cinco. Existem cinco saídas, sem contar com as janelas. O hall, a sala de estar, a escada do lado de fora, que dá para o meu quarto, uma suíte familiar na ala leste e os fundos, por meio do depósito da cozinha.

— Isso é bom. — Resfolegando um pouco, considerou as possibilidades. — A cozinha. Vamos para a cozinha. Temos água e comida lá, para o caso disto demorar um pouco. Vamos. — Manteve uma das mãos em seu cabelo e a arma na base do pescoço.

Com os olhos fixos no hotel, Roman ficou andando de um lado para o outro, atrás da barricada de carros da polícia. Ela era esperta, pensou. Charity era uma mulher esperta e sensata. Não entraria em pânico. Não faria nada imbecil.

Ah, meu Deus! Ela devia estar apavorada. Acendeu um cigarro com a ponta do outro, mas não conseguiu se sentir aliviado com a fumaça áspera nos pulmões.

— Onde está o maldito telefone?

— Quase pronto. — Royce empurrou o chapéu para trás e ajeitou-se no lugar de onde observava uma linha telefônica temporária.

— Meu sobrinho — explicou para Roman, com um ligeiro sorriso. — O garoto sabe o que está fazendo.

— Você tem muitos parentes.

— Sou cheio deles. Olha... Ouvi dizer que você e Charity vão se casar. Isso faz parte do disfarce?

— Não. — Roman pensou no piquenique na praia, naquele doce momento. — Não.

— Neste caso, vou lhe dar um conselho. Está errado — disse, antes que Roman pudesse falar. — Você precisa disso. Você vai precisar ficar calmo, muito calmo, antes de pegar o telefone. Um animal encurralado reage de duas formas. Ou ele se acovarda e se entrega, ou luta até a morte com qualquer coisa à frente. — Royce fez um gesto em direção ao hotel. — Block não parece ser do tipo que desiste fácil, e Charity, sem a menor dúvida, está no caminho dele. A linha já está pronta, filho?

— Sim, senhor. — As mãos do jovem assistente estavam suadas com o nervosismo e a empolgação. — Você pode discar imediatamente. — E passou o fone úmido para Roman.

— Eu não sei o número — falou Roman. — Não sei o maldito número.

— Eu sei.

Roman mudou de posição para olhar para Mae. Naquele único instante, viu tudo o que sentia a respeito dele próprio espelhado nos olhos dela. Haveria tempo para a culpa depois, disse para si mesmo. Haveria uma vida inteira para isso.

— Royce, você deveria limpar a área.

— Tirar Maeflower daqui seria como mover um tanque.

— Não saio daqui até ver Charity. — Mae apertou os lábios com força. — Ela vai precisar de mim quando sair. É perda de tempo querer discutir — acrescentou. — Você quer o número?

— Quero.

Deu o número para ele. Deixando o cigarro de lado, Roman discou.

Charity saltou em sua cadeira quando o telefone tocou. Do outro lado da mesa, Block simplesmente olhou para ele. Tinha carregado tudo o que conseguira para fazer pilhas e obstruir as duas portas. Cadeiras extras, cestas com dez quilos de farinha e açúcar, toda a carne que chegara do açougue, atiçadores de ferro, tudo reunido em dois montes que praticamente cobriam as duas portas.

Na cozinha silenciosa, o telefone ficou soando muitas vezes, como um grito.

— Fique exatamente onde está. — Block atravessou o cômodo para atendê-lo. — Sim?

— É DeWinter. Achei que você pudesse estar pronto para discutir um acordo.

— Que tipo de acordo?

— É sobre isso que temos que falar. Primeiro, preciso saber se ainda está com Charity.

— Você a viu saindo? — Block disparou ao telefone. — Sabe muito bem que ela está aqui, ou não estaria falando comigo.

— Preciso ter certeza de que ela ainda está viva. Posso falar com ela?

— Vá para o inferno!

Ameaças, desaforos, xingamentos, tudo isso foi subindo até a garganta de Roman. Mesmo assim, quando falou, sua voz parecia calma.

— Ou verifico que você ainda tem um refém, Block, ou não temos um acordo.

— Você quer falar com ela? — Block fez um gesto com a arma. — Venha cá — ordenou. — E depressa. É o seu namoradinho — disse, quando Charity chegou junto dele. — Ele quer saber como você está. Diga a ele que está ótima. — Passou a arma pelo rosto dela e a descansou em sua testa. — Entendeu?

Assentindo, ela se inclinou para o telefone.

— Roman?

— Charity... — Ele foi atingido por várias emoções. Queria dar força para ela, fazer promessas, implorar que ela tivesse cuidado.

Mas sabia que só teria alguns segundos, e que Block estaria escutando cada palavra que dissesse. — Ele machucou você?

— Não. — Ela fechou os olhos e lutou contra as lágrimas. — Não, estou bem. Ele vai até me deixar fazer uma refeição.

— Ouviu isso, DeWinter? Ela está bem. — Deliberadamente, Block agarrou o braço de Charity, puxando-o para trás até que ela gritasse. — Mas isso pode mudar a qualquer momento.

Roman apertou o telefone, sentindo-se impotente enquanto ouvia o som dos soluços de Charity. Foi preciso muito controle em seu corpo para afastar o terror de sua voz.

— Você não precisa machucá-la. Eu disse que discutiríamos os termos.

— Vamos conversar sobre os termos, sim. Os meus termos. — Largou o braço de Charity e a ignorou quando ela escorregou para o chão. — Arranje um carro para mim. Quero uma passagem segura para o aeroporto, DeWinter. Charity dirige. Quero um avião com combustível esperando. Ela vai entrar no avião comigo. Então, se tentarem algum truque, voltamos à estaca zero. Quando chegar aonde estiver indo, eu a libero.

— De que tamanho quer o avião?

— Não tente me enganar.

— Espere. Preciso saber. É um aeroporto pequeno, Block. Você sabe disso. Se pretende cruzar longas distâncias...

— Só me arranje o avião.

— Está bem. — Roman passou as costas da mão sobre a boca e forçou sua voz a sair tranquila. Já não ouvia mais Charity, e o silêncio era tão angustiante quanto seus soluços. — Vou ter que buscar meios para executar isso. É assim que funciona.

— Vá para o inferno com seus meios!

— Olha, não tenho a autoridade para conseguir o que você quer. Preciso de uma aprovação. Depois, vou ter que esvaziar o aeroporto, conseguir um piloto. Você precisa me dar algum tempo.

— Não provoque minha raiva, DeWinter. Você tem uma hora.

— Vou ter que consultar Washington. Você sabe como é a burocracia. Isso vai levar umas três, talvez quatro horas.

— Não acabe com a minha paciência. Você tem duas horas. Depois de duas horas, vou começar a enviá-la para você aos pedaços.

Charity fechou os olhos, baixou a cabeça para seus braços cruzados e chorou de terror.

Capítulo Doze

Nós temos duas horas... — murmurou Roman, continuando a estudar o hotel e a planta do terreno que Royce tinha lhe dado. — Ele não é tão esperto quanto pensei, ou talvez esteja apavorado demais para pensar nisso.

— Essa pode ser nossa vantagem — disse Royce, quando Roman balançou a cabeça em resposta à oferta de uma xícara de café. — Ou isso pode funcionar contra nós.

Duas horas. Roman ficou de olhos fixos na construção silenciosa. Não conseguia suportar a ideia de Charity estar sendo mantida com uma arma apontada para si durante tanto tempo.

— Ele quer um carro, passagem segura para o aeroporto e um avião. — Virou-se para Conby. — Quero que você faça com que ele pense que vai conseguir tudo isso.

— Sei muito bem como conduzir uma situação com reféns, DeWinter.

— Qual de seus homens é o melhor atirador? — perguntou Roman a Royce.

— Sou eu. — Manteve os olhos fixos nos de Roman. — Onde quer que eu fique?

— Eles estão na cozinha.

— Ele disse isso?

— Não, Charity. Disse que ele iria deixá-la preparar uma refeição para eles. Como duvido que ela esteja pensando em comida, estava me dizendo qual a posição deles.

Royce olhou para o local onde Mae andava de um lado para o outro no cais.

— Ela é uma garota corajosa. Está com a mente atenta.

— Por enquanto. — Mas Roman se lembrava muito bem do som de seus soluços abafados. — Precisamos colocar dois dos homens nos fundos. Quero que mantenham distância, que não sejam vistos. Vamos ver o mais próximo que podemos chegar. — Virou-se outra vez para Conby. — Dê cinco minutos e, depois, ligue para ele de novo. Diga quem você é. Você sabe se fazer parecer importante. Converse com ele, mantenha-o ao telefone o máximo de tempo que puder.

— Você tem duas horas, DeWinter. Podemos chamar a equipe da SWAT de Seattle.

— Nós temos duas horas — disse Roman, rispidamente. — Charity pode não ter.

— Não posso aceitar a responsabilidade...

Roman o interrompeu.

— Você pode aceitar, sim.

— Agente DeWinter, se esta não fosse uma situação crítica, eu o citaria por insubordinação.

— Ótimo. Ponha isso na minha ficha. — Olhou para o rifle que Royce pegara. Tinha um telescópio de longo alcance. — Vamos.

Ela já chorara o suficiente, concluiu Charity, respirando profundamente. Isso não ia adiantar de nada. Como seu captor, ela precisava pensar. Seu mundo resumia-se, naquele instante, a um cômodo, com o medo sendo uma companhia constante. Isso não poderia continuar, disse para si mesma, endireitando a coluna. Sua vida estava sendo ameaçada, e ela nem sabia bem por quê.

Levantou-se de onde estivera acocorada no chão. Block continuava sentado à mesa, segurando a arma com uma das mãos enquanto batia com a outra monotonamente na madeira encerada. A algema pendurada fazia ruídos. Ele estava apavorado, percebeu Charity. Talvez tanto quanto ela. Deveria haver uma maneira de usar aquilo como vantagem.

— Roger... Quer tomar um café?

— Sim. É bom. É uma boa ideia. — Segurou a arma com mais força. — Mas não banque a engraçadinha. Estou observando cada movimento seu.

— Eles vão lhe dar um avião? — Ela ligou o botão do fogão para fogo baixo. A cozinha estava cheia de armas, pensou. Facas, machados, marretas. Fechando os olhos, perguntou-se se teria coragem para usar uma delas.

— Eles vão me dar tudo o que eu quiser enquanto tiver você.

— Por que querem você? — Fique calma, disse para si mesma. Ela queria continuar calma, alerta e viva. — Eu não compreendo. — Ela serviu o café quente em duas xícaras. Não sabia se conseguiria engoli-lo, mas esperava que, compartilhando-o com ele, Block ficasse mais à vontade. — Disseram alguma coisa sobre falsificação.

Não importava mais o que ela soubesse. De qualquer maneira, ele tinha trabalhando duro e se orgulhava disso.

— Durante dois anos, venho fazendo negócios na fronteira. Notas de vinte e de dez em dólar canadense. Posso fazê-las como chapinhas de garrafas. Mas eu tenho cuidado, sabe? — Engoliu o café. — Alguns milhares aqui, outros milhares ali, tendo a Vision como fachada. Temos um bom grupo de excursões, mantemos os clientes felizes.

— Você tem me pagado com dinheiro sujo?

— Você e alguns outros lugares. Mas você é a cliente mais antiga e mais regular. — Sorriu para ela, amigável como sempre... A não ser pela arma na mão. — Você tem um lugar especial aqui, Charity, tranquilo, remoto, de propriedade particular. Você lida com um pequeno banco local. As coisas correm facilmente.

— Sim. — Ela olhou para dentro de sua xícara com o estômago embrulhado. — Estou entendendo. — E Roman não veio para ver as baleias, mas para trabalhar em um caso. Isso era tudo o que ela havia sido para aquele homem.

— Iríamos seguir esta rota durante mais alguns meses — continuou. — Só que, ultimamente, Bob começou a ficar inquieto.

— Bob? — Sua mão se fechou em seu colo. — Bob sabia?

— Ele não passava de um miseravelzinho que trabalhava por migalhas antes de eu empregá-lo. Dava pequenos golpes e fraudes. Eu o coloquei aqui e o tornei rico. Não me saí muito mal com você também — acrescentou com um sorriso. — Você estava em um terreno financeiro bem frágil quando apareci.

— Todo esse tempo... — sussurrou ela.

— Decidi dar mais seis meses para este local e, depois, seguir para outro, mas Bob começou a ficar muito assustado com seu novo empregado. E o cretino armou para mim. — Ele bateu com a xícara na mesa. — Fez um acordo com os federais. Eu deveria ter percebido pelo jeito como ele começou a desmoronar depois do acidente.

— O acidente. Você tentou me matar.

— Não. — Ele deu um tapinha em sua mão, e ela a recolheu. — A verdade é que sempre gostei de você. Mas queria que ficasse fora do caminho por um tempo. Só para testar as águas, ver como DeWinter agiria. Ele é bom — acrescentou Block. — Muito bom. Chegou a me convencer de que estava interessado apenas em você. O romance foi um toque esperto. Ele me enganou direitinho.

— É... — Arrasada, ela fixou os olhos nos veios da madeira da mesa. — Foi muito esperto.

— Ele me enganou — continuou Block. — Eu sabia que você não estava me traindo. Você não é desse tipo. Mas DeWinter... Na certa, eles já pegaram Dupont.

— Quem?

— Nós não apenas atravessamos o dinheiro. Existem pessoas, pessoas que precisam sair do país em silêncio, que pagam muito por nossos serviços. Parece que, agora, eu é que vou ter de ser meu próprio cliente. — Riu e acabou de tomar o café. — Que tal uma comidinha? Uma das coisas de que mais sinto falta neste lugar é a comida.

Ela se levantou silenciosamente e foi para a geladeira. Tudo tinha sido uma mentira, pensou. Tudo o que Roman dissera, tudo o que tinha feito...

A dor que sentia era bem profunda, e ela teve que lutar para evitar outro acesso de choro. Ele a tinha feito de boba, da mesma maneira que Roger Block fizera. Eles a tinham usado, os dois, usado a ela e ao hotel. Ela jamais perdoaria. Esfregou as mãos sobre os olhos para clareá-los. E jamais esqueceria.

— Que tal aquela torta de limão com merengue? — Relaxado, feliz pela própria esperteza, Roger bateu com o cano do revólver sobre a mesa. — Mae se superou com aquela torta de hoje.

— Sim. — Lentamente, Charity tirou-a da geladeira. — Ainda sobrou um pouco.

Block tinha puxado a cortina de tom amarelo-ouro, fechando-a, mas havia um espaço de uns três centímetros aberto no centro. Silenciosamente, Roman chegou até ali. Podia ver Charity aproximando-se do armário, pegando um prato.

Havia lágrimas secando em seu rosto, e isso cortou o coração de Roman. Suas mãos estavam firmes. Havia uma coisa, uma pequena coisa à qual se apegar. Não conseguia ver Block, apesar de ter se movido o máximo que ousara.

Então, de repente, como se ela tivesse sentido sua presença, seus olhos se encontraram através do vidro. Charity parou, e, naquele instante, ele viu uma miríade de emoções cruzar seu rosto. Mas ele logo se tornou contido outra vez. Ela olhou para Roman como se tivesse olhado para um estranho e esperou as instruções.

Ele levantou uma das mãos, com a palma para fora, fazendo o possível para dizer a ela que esperasse, para ficar calma. Então, o telefone tocou, e ele observou Charity reagir.

— Já estava na hora — disse Block. Estava quase arrogante quando caminhou para o telefone. — Sim? Quem está falando? — Depois de escutar por um momento, ele riu, satisfeito. — Gosto de lidar com um superior. Onde está meu avião, inspetor Conby?

O mais rapidamente que ela conseguiu, Charity abriu mais um centímetro da cortina.

— Venha cá — ordenou Block.

Charity deixou cair a mão, e o prato bateu no balcão.

— O quê?

Ele fez um gesto com a arma.

— Já disse! Venha cá.

Roman exaltou-se quando Charity se moveu entre ele e o alvo.

— Quero que eles saibam que estou cumprindo minha parte. — Block pegou Charity pelo braço, com menos rispidez desta vez. — Diga ao homem que a estou tratando bem.

— Ele não me feriu — disse ela, como um robô. Forçava-se para manter os olhos afastados da janela. Roman estava lá fora. Ele faria o possível para tirá-la dali com segurança. Era o trabalho dele.

— O avião vai estar pronto em uma hora — disse Block para ela quando desligou. — Só temos tempo para aquela torta e outra xícara de café.

— Está bem. — Ela cruzou outra vez até o balcão. O pânico percorreu seu corpo quando olhou para a janela e não viu ninguém. Ele saíra. Como seus dedos não estavam mais firmes, ela se atrapalhou com a torta. — Roger, você vai me libertar?

Ele hesitou só por um instante, mas aquilo foi o suficiente para dizer a ela que suas palavras eram somente outra mentira.

— Claro. Logo que eu estiver seguro.

Então era assim. Seu coração, seu hotel e, agora, sua vida. Ela colocou a torta na frente dele e estudou seu rosto. Ele estava satisfeito consigo mesmo, pensou Charity, e o odiou por isso. Mas ele ainda estava suando.

— Vou trazer o café. — Ela foi até o fogão. Um passo, depois, outro. Havia um zumbido em seu ouvido. Agora, era mais do que o medo, percebeu quando ligou o gás sob o bule. Era raiva e desespero, e uma necessidade forte e irresistível de sobreviver. Mecanicamente, desligou o fogão. Então, pegando um pano, segurou o bule pela asa.

Ele continuava segurando a arma e enfiava a torta na boca com a mão esquerda. Pensava que ela era uma boba, concluiu Charity. Alguém que podia ser usada, enganada, manipulada. Ela respirou profundamente.

— Roger?

Ele levantou os olhos. Charity olhou diretamente dentro deles.

— Você esqueceu o seu café — disse ela calmamente e jogou o conteúdo fervente em seu rosto.

Ele gritou. Charity nunca pensara que ouviria um homem gritar daquele jeito. Block estava meio fora da cadeira, procurando cegamente a arma. Tudo aconteceu muito rapidamente. Várias vezes, mais tarde, ela tentou se lembrar da cena, mas jamais conseguiu ter certeza do que acontecera em primeiro lugar.

Ela agarrou a arma. A mão de Block, que a buscava, acertou seu rosto. E, quando ela balançou para trás, ouviu-se o som de vidro se quebrando.

Roman passou pela janela. Charity caiu no chão, tonta pelo golpe, enquanto ele entrava. Outros homens atravessaram as portas com barricadas e entraram correndo na cozinha. Alguém a agarrou no chão e a puxou para fora.

Roman colocou a arma na testa de Block. Estavam ajoelhados sobre os cacos de vidro; ou melhor, Roman estava ajoelhado e segurava Block, que gemia. Já havia punhos levantados contra aquele rosto largo.

— Por favor... — implorou Roman. — É só me dar um motivo.

— Roman... — Royce colocou a mão em seu ombro. — Acabou.

Mas a raiva fechava a garganta de Roman. Fazia com que seu dedo tremesse sobre o gatilho da arma. Lembrava-se da maneira como Charity o olhara quando o tinha visto do lado de fora da janela. Lentamente, afastou-se e guardou a arma no coldre.

— É. Acabou. Tire esse sujeito da minha frente. — Levantou-se e foi procurar Charity.

Encontrou-a no hall, envolvida pelos braços de Mae.

— Estou bem... — murmurou Charity. — Mesmo. — Quando viu Roman, seus olhos quase congelaram. — Agora, tudo vai ficar bem. Preciso falar com Roman um instante.

— Diga o que tiver de dizer. — Mae beijou os dois lados de seu rosto. — Depois, vai entrar em uma banheira de água quentinha.

— Está bem. — Apertou a mão de Mae. Era estranho, mas, agora, tudo parecia um sonho, como se ela estivesse abrindo caminho através de camadas e mais camadas de cortinas de tule cinza. — Acho que teremos mais privacidade lá em cima — disse para Roman. Depois, virou-se, sem olhar para ele, e começou a subir as escadas.

Ele queria abraçá-la. Os dedos estavam apertados nas palmas das mãos. Queria puxá-la para junto de si, tocar-lhe o cabelo, a pele, e convencer a si mesmo de que o pesadelo tinha acabado.

Os joelhos dela tremiam. Suas emoções lutavam para sair, mas ela conseguiu contorná-las. Quando estivesse finalmente sozinha, ela poria tudo para fora.

Em sua antessala, ela se virou para encará-lo. Charity não iria, não poderia falar com ele na intimidade de seu quarto.

— Imagino que você tenha relatórios para preencher — começou. Seria aquela a sua voz? Soava tão fina e gelada, tão estranha. — Disseram que terei que prestar depoimento, mas achei melhor resolvermos isso primeiro.

— Charity... — Ele tentou se aproximar, mas foi contido pelas mãos dela.

— Não. — Seus olhos estavam frios como sua voz. Não era um sonho, disse ela a si mesma. Tratava-se de uma realidade tão dura e brutal como ela jamais conhecera.

— Não me toque. Não agora. Nem nunca mais.

As mãos de Roman penderam, inúteis, ao lado do corpo.

— Desculpa...

— Por quê? Você fez exatamente o que veio fazer. Pelo que consegui entender, Roger e Bob tinham um esquema em andamento. Tenho certeza de que seus superiores devem estar encantados com você.

— Isso não importa.

Ela pegou o distintivo em seu bolso, onde o tinha colocado.

— Sim. — Jogou-o para ele. — Importa, sim.

Lutando para manter a calma, ele o enfiou no bolso. Percebeu, sem o menor toque de paixão, que suas mãos estavam sangrando.

— Não podia contar para você.

— Você não me contou.

Havia um leve hematoma no rosto dela. Por um momento, toda a culpa e fúria impotente de Roman se concentraram ali.

— Ele bateu em você.

Charity passou a ponta do dedo levemente sobre a marca.

— Eu não me machuco facilmente.

— Só quero explicar.

— Quer? — Ela se virou de costas por um momento. Queria manter a raiva, a frieza. — Acho que consigo entender.

— Olha, querida...

— Não, olha você, *querido*. — Perdendo a compostura, ela se virou para Roman de novo. — Você mentiu para mim, me usou desde o primeiro até o último minuto. Foi uma mentira enorme, inacreditável.

— Nem tudo.

— Não? Vejamos, como podemos separar uma coisa da outra? Uma divisão conveniente. — Ela viu a fúria nos olhos dele e tirou a cadeira do caminho. — E George, o bom e velho George. Suponho que deve ter custado alguns bons milhares de dólares tirar o meu assistente do caminho e deixá-lo aberto para você. E Bob... Você sabia de tudo sobre Bob, não sabia?

— Não tínhamos certeza, não no princípio.

— Não no princípio — repetiu ela. Enquanto conseguisse manter a mente fria, disse para si mesma, poderia pensar. Poderia pensar e não sentir. — Eu me pergunto, Roman, você tinha tanta certeza a meu respeito? Ou pensou que eu fizesse parte da trama? — Quando ele não respondeu, ela se virou novamente. — Você pensava. Ah, entendo... Eu estava sob investigação o tempo todo. E lá estava você, tão convenientemente na cena. Tudo o que teria a fazer seria se aproximar de mim e tornar as coisas mais fáceis para você. — Com uma gargalhada, ela apertou o rosto com as mãos. — Meu Deus! E eu, que me atirei em cima de você...

— Não era para eu me envolver com você. — Lutando contra o desespero, ele escolhia as palavras com o maior cuidado. — Só que aconteceu. Eu me apaixonei por você.

— Não diga isso para mim. — Ela baixou as mãos. Seu rosto estava pálido e frio por trás delas. — Você nem sabe o que isso significa.

— Não sabia. Até você chegar.

— Não se pode ter amor sem confiança, Roman. Eu confiei em você. Não dei a você só meu corpo. Dei tudo a você.

— E eu disse a você tudo o que eu podia — retrucou ele. — Mas que droga! Eu não podia contar o resto. As coisas que eu lhe disse sobre mim, sobre como cresci, como eu me sentia... Era tudo verdade!

— E eu tenho sua palavra sobre isso, agente DeWinter?

Ele esbravejou, atravessou a sala e agarrou-a pelos braços.

— Eu não conhecia você quando aceitei a missão. Estava fazendo um serviço. Quando as coisas mudaram, a parte mais importante do serviço tornou-se provar sua inocência e manter você a salvo.

— Se você tivesse me contado, eu teria provado minha própria inocência. — Ela se soltou dele. — Este é o meu hotel, e esta é minha gente. É a única família que me restou. Acha que eu arriscaria tudo por dinheiro?

— Não. Eu sabia disso, confiei em você depois das primeiras 24 horas. Mas tinha ordens, Charity, e meus próprios instintos. Se eu tivesse lhe dito quem era e o que estava acontecendo, você nunca teria sido capaz de disfarçar que sabia.

— Quer dizer que sou imbecil?

— Não. Que é honesta. — Ele reencontrou seu controle. — Você passou por muita coisa. Vou levá-la até o hospital.

— Já passei por muita coisa — repetiu ela, e quase riu. — Você sabe o que se sente quando se descobre que, durante dois anos, dois anos, as pessoas que eu pensava que conhecia estavam me usando? E eu, que sempre pensei que fosse uma ótima juíza do caráter das pessoas... — Dessa vez, ela riu de verdade e caminhou até a janela. — Eles me fizeram de boba, semana após semana. Não tenho certeza se um dia vou conseguir me recuperar disso. Mas isso não foi nada. — Charity virou-se para ele, enroscando os dedos na persiana. — Isso não é nada comparado com o que sinto quando penso em como pude acreditar que você estivesse apaixonado por mim.

— Se isso fosse mentira, por que eu estaria aqui agora, dizendo a você que a amo?

— Não sei. — Subitamente exausta, ela afastou o cabelo do rosto. — E não parece importar muito. Estou arrasada, Roman. Durante algum tempo hoje, tive a certeza de que ele iria me matar.

— Ah, Charity... — Puxou-a para junto dele e, quando a moça não resistiu, enterrou o rosto em seu cabelo.

— Eu pensei que ele fosse me matar. — Repetiu, com os braços rígidos, pendendo ao longo do corpo. — E eu não queria morrer. Na verdade, naquela hora, nada era tão importante para mim quanto continuar viva. Quando minha mãe se apaixonou e seu amor foi traído, ela desistiu. Eu nunca fui parecida com ela. — Ela parou, rígida. — Talvez eu seja boba, mas nunca fui fraca. Pretendo continuar de onde parei antes disso tudo acontecer. Vou continuar fazendo o hotel funcionar. Seja como for, vou apagar você e essas últimas semanas de minha vida.

— Não... — Furioso, tomou o rosto dela entre as mãos. — Não vai, não, porque você sabe que a amo. E você me fez uma promessa, Charity. Que, acontecesse o que acontecesse, você não deixaria de me amar.

— Fiz aquela promessa para um homem que não existe. — Como aquilo lhe doía. Ela podia sentir a dor atravessá-la de um lado a outro. — E eu não amo o homem que existe. — Deu um passo pequeno, mas significativo, para trás. — Quero que me deixe sozinha.

Como Roman não se moveu, ela entrou no banheiro e trancou a porta.

* * *

Mae varria dedicadamente o vidro da cozinha. Pela primeira vez em mais de vinte anos, o hotel estava fechado. Ela imaginava que ele logo seria reaberto, mas, por enquanto, estava contente por sua menina estar a salvo no quarto, na cama, e a polícia, que tinha acabado de tomar todo o café do hotel, estar indo embora.

Quando Roman entrou, ela descansou os braços sobre a vassoura. Mae tinha acalentado Charity por quase uma hora enquanto ela chorava pelo rapaz. Estava preparada para ser fria e distante. Mas só precisou de um olhar para mudar de ideia.

— Você parece arrasado.

— Eu... — Sentindo-se perdido, ele olhou em torno do aposento. — Eu queria saber como ela estava antes de ir embora.

— Está muito infeliz — disse, satisfeita pela angústia que viu nos olhos dele. — E teimosa. Você está com alguns cortes.

Automaticamente, ele levou a mão para esfregar o ferimento em sua testa.

— Você entrega este número a ela? — E deixou um cartão sobre a mesa. — Charity pode me encontrar nele se... Pode me encontrar nele.

— Sente-se. Vou limpar você.

— Não, está tudo bem.

— Eu disse para se sentar. — Ela foi até o armário pegar um vidro de antisséptico. — Ela teve um grande choque.

Ele teve uma súbita imagem mental de Block pressionando uma faca na garganta de Charity.

— Eu sei.

— Ela esquece muito rapidamente a maioria das coisas. E ama você.

Roman piscou um pouco, enquanto ela passava o antisséptico, mas não por causa da dor.

— Amava.

— Ama — disse Mae, diretamente. — Ela só não quer amar neste momento. Você é policial há muito tempo?

— Tempo demais.

— Vai conseguir fazer com que aquele verme do Roger Block seja preso?

Mais uma vez, as mãos de Roman transformaram-se em punhos.

— Sim.

— Você está apaixonado por Charity?

Ele relaxou as mãos.

— Estou.

— Acredito em você. Então, vou lhe dar um conselho. — Arquejando um pouco, sentou-se ao lado dele. — Ela está magoada, muito magoada. Charity é do tipo que gosta de acertar as coisas ela mesma. Dê um pouco de tempo a ela. — Ela pegou o cartão e o colocou no bolso do avental. — Vou guardar isto por enquanto.

Ela já se sentia mais forte. E não só fisicamente, concluiu Charity, enquanto corria atrás de Ludwig. Em todos os aspectos. Os sonhos que a faziam acordar suada quase todas as noites estavam desaparecendo. Não era mais tão difícil falar, ou sorrir, ou fingir que estava no controle novamente. Tinha prometido a si mesma que acertaria sua vida outra vez, e era o que estava fazendo.

Raramente pensava em Roman. Com um suspiro, ela lamentou. Jamais seria forte de novo se começasse a mentir para si mesma.

Pensava sempre em Roman. Era muito difícil não pensar e, especialmente naquele dia, tornava-se mais difícil.

Seria o dia do casamento deles. Charity sentou-se na grama, enquanto Ludwig explorava o terreno. A dor chegou, espalhou-se e foi aceita. Pouco depois do meio-dia, com a música tocando e o sol brilhando no jardim, ela teria posto sua mão sobre a de Roman. E prometido ser fiel a seu amor.

Uma fantasia, disse a si mesma, e levou o cão de volta para a estrada. Tinha sido uma fantasia à época e continuava a ser uma fantasia.

Mesmo assim... A cada dia que passava, ela se lembrava mais nitidamente dos tempos que haviam passado juntos. Sua relutância e sua raiva. Depois, sua ternura e sua preocupação. Ela olhou para onde o bracelete brilhava em seu pulso.

Tentara colocá-lo de volta no estojo, escondê-lo em alguma gaveta esquecida e escura. Todo dia, dizia a si mesma que era o que faria. No dia seguinte. E, todos os dias, lembrava-se de como ele tinha sido desajeitado, e tão maravilhoso, quando o dera para ela.

Se aquilo tudo havia sido somente um serviço, por que Roman dera a ela tão mais do que teria sido preciso? Não só aquela joia, mas tudo o que aquele círculo de ouro tinha simbolizado? Ele poderia ter oferecido sua amizade e seu respeito, como Bob fizera, e ela teria confiado do mesmo jeito. Ele poderia ter mantido seu relacionamento apenas no plano físico. Os sentimentos dela teriam permanecido os mesmos.

Mas ele tinha dito que a amava. E, no fim de tudo, havia implorado para que ela acreditasse.

Charity balançou a cabeça e acelerou o passo. Estava sendo fraca e sentimental. Era só por causa daquele dia... Aquela linda manhã de primavera, que teria sido o dia de seu casamento.

O que ela precisava era voltar para o hotel e se manter ocupada. Aquele dia passaria, como todos os outros.

No princípio, pensou que estivesse imaginando coisas quando o viu parado ao lado da estrada, olhando para o sol que nascia sobre a água. Os pés de Charity pareceram lhe faltar. Antes que ela pudesse pensar em se prevenir, os joelhos fraquejaram. Lutando contra seu coração, foi até ele.

Ele a ouvira chegando. Enquanto ficou parado sob aquela luz que crescia, lembrou-se de que um dia se indagara se ficaria ali parado esperando que Charity corresse para ele caso retornasse.

Mas ela não estava correndo. Estava caminhando muito lentamente, apesar da ansiedade do cão. Será que Charity saberia, ficou imaginando, que tinha a vida dele nas mãos?

Os nervos dela foram ficando agitados, fazendo com que seus dedos apertassem e soltassem a correia. Quando parou na frente dele, rezou para que sua voz saísse firme.

— O que você quer?

Roman abaixou-se para acariciar a cabeça do cachorro, que fazia festa para ele.

— Já falaremos disso. Como está se sentindo?

— Estou bem.

— Você tem tido pesadelos. — Seus olhos estavam com olheiras. E ele não tornaria as coisas mais fáceis para ela ignorando-as.

Ela se enrijeceu.

— Já estão passando. Mae fala demais.

— Pelo menos ela fala comigo.

— Nós já dissemos tudo o que havia para ser dito.

Roman a segurou pelo braço quando Charity passou por ele.

— Não agora. Você disse o que quis na última vez, e eu tinha muito o que dizer. Agora, é a minha vez. — Abaixando-se novamente, ele soltou a correia. Livre, Ludwig correu para casa. — Mae está esperando por ele — explicou Roman, antes que Charity pudesse chamar o cachorro de volta.

— Entendo. — Ela enrolou a correia na mão fechada. — Vocês dois combinaram tudo isso?

— Ela se preocupa com você. E eu, também.

— Tenho mais o que fazer.

— Sim. Mas isso é mais importante. — Roman a puxou-a para junto de si e, ignorando sua resistência, fechou seus lábios com os dele. Era como uma bebida depois de dias no deserto, como fogo depois de uma dúzia de longas noites frias. Ele a beijou sofregamente, como se fosse a primeira vez. Ou a última.

Ela não podia lutar com ele ou com ela mesma. Quase chorando, agarrou-se a ele, faminta e ferida. Apesar do quanto desejara ser forte, nunca seria forte o suficiente para lutar contra o próprio coração.

Dolorida, tentou se afastar, mas ele apertou seu abraço.

— Preciso que me dê um minuto... — murmurou, pressionando seus lábios contra o cabelo dela. — Todas as noites, eu acordo e o vejo apertando uma faca na sua garganta. E não há nada que eu possa fazer. Procuro você, e você não está lá. Por um minuto, um terrível minuto, fico aterrorizado. Então, lembro que você está a salvo. Que não está comigo, mas está segura. E é quase suficiente.

— Roman... — Com um suspiro desalentado, ela passou as mãos pelos ombros dele. — Não adianta nada ficar pensando nisso.

— E você acha que consigo esquecer? — Ele se afastou, mantendo as mãos firmes em seus braços. — Pelo resto de minha vida, vou me lembrar de cada segundo do que houve. Eu era responsável por você.

— Não. — A raiva surgiu tão depressa que surpreendeu a ambos. Ela bateu no peito dele. — Eu sou responsável por mim. Eu era, sou e sempre serei. E cuidei de mim mesma.

— É... — Ele passou a palma da mão sobre o rosto dela. O hematoma tinha desaparecido, mesmo que a lembrança ainda estivesse ali. — Foi uma maneira fantástica de servir o café.

— Vamos nos esquecer disso. — Ela encolheu os ombros para soltá-los de suas mãos e caminhou na direção da água. — Não estou particularmente orgulhosa por me deixar enganar. Então, prefiro nem me lembrar disso.

— Eles eram profissionais, Charity. Você não foi a primeira pessoa que eles usaram.

Ela apertou os lábios.

— E você?

— Quando se é um agente secreto, você mente, você usa, você tira vantagem de tudo o que lhe for oferecido. — Os olhos de Charity estavam fechados quando ele a virou para ficar de frente para ele. — Vim aqui fazer um serviço. Já fazia muito tempo desde a última vez em que me permiti pensar em qualquer coisa além do dia seguinte. Olha para mim. Por favor.

Depois de respirar profundamente, ela abriu os olhos.

— Já acabamos com isso, Roman.

— Não. Eu teria magoado você. Eu teria decepcionado você. Você não estava pronta para me ouvir. — Carinhosamente, ele enxugou uma lágrima de seus cílios. — Espero que esteja agora, porque não aguento ficar muito mais tempo sem você.

— Fui muito dura com você antes. — Foi preciso fazer um esforço enorme, mas ela conseguiu sorrir. — Eu estava magoada e estava muito mais nervosa do que pensava por ter ficado trancada com Roger. Depois que dei meu depoimento, o inspetor Conby me explicou tudo com maior clareza. Como a operação estava funcionando, quais seriam minhas responsabilidades, o que você tinha de fazer.

— Que responsabilidades?

— Sobre o dinheiro. Aquilo nos tinha colocado em um buraco, mas, pelo menos, só teríamos que pagar uma porcentagem.

— Entendo. — Roman riu e balançou a cabeça. — Ele sempre foi um príncipe.

— O mercador é o responsável pela perda. — Ela inclinou a cabeça. — Você não sabia sobre os acordos que eu tinha feito com ele?

— Não.

— Mas você trabalha para ele.

— Não trabalho mais. Entreguei meu pedido de demissão quando voltei para Washington.

— Ah, Roman. Isso é ridículo. É como jogar fora o bebê junto com a água do banho.

Ele sorriu, admirando sua praticidade inata.

— Percebi que gosto mais de carpintaria. Tem alguma vaga?

Passando a correia pelas mãos, ela olhou por sobre a água.

— Não tenho pensado muito em restaurações no momento.

— Não cobro caro. — Roman puxou o rosto dela para junto do dele. — Você só precisa se casar comigo.

— Não.

— Charity... — Exibindo uma paciência que nem ele sabia que possuía, segurou-a. — Uma das coisas que mais admiro em você é a sua mente. Você é muito inteligente. Olhe para mim, olhe de verdade. Imagino que você deva perceber que não vou ficar batendo minha cabeça nesse mesmo muro só para me divertir. Eu amo você. Você precisa acreditar nisso.

— Tenho medo de acreditar... — sussurrou ela.

Ele sentiu o primeiro fio de esperança.

— Acredite em mim. Você mudou minha vida. Você a mudou literalmente. Não posso voltar ao que era antes. Não posso ir adiante, a menos que você esteja comigo. Quanto tempo vai querer que eu fique aqui, esperando para começar a viver novamente?

Com os braços cruzados diante do peito, ela caminhava a uma pequena distância. A grama alta perto da água ainda estava úmida do sereno. Charity sentia seu cheiro e as fragrâncias sutis das flores silvestres. Ocorreu-lhe, então, que ela suprimira várias coisas pequenas de sua vida desde que o mandara embora.

Se era honestidade que exigia dele, como poderia ser menos honesta?

— Senti demais sua falta. — Balançou a cabeça rapidamente, antes que ele pudesse tocá-la de novo. — Tentei não pensar se você voltaria ou não. Dizia a mim mesma que não queria que voltasse. Quando o vi parado na estrada, tudo o que eu quis foi correr para você. Sem perguntas, sem explicações. Mas não foi tão simples.

— Não...

— Eu amo você, Roman. Não consigo deixar de amar. Tentei muito — disse, olhando de novo para ele. — Não muito, mas tentei. Acho que sabia que, debaixo de toda aquela raiva e daquela mágoa, você não estava mentindo quando disse que me amava. Eu não queria perdoá-lo por ter mentido sobre o resto, mas... Tudo não passava de orgulho. — Talvez fosse simples, afinal de contas, pensou. — Se eu tiver que fazer uma escolha, prefiro escolher o amor. — Sorriu e abriu os braços para ele. — Acho que você está contratado.

Charity riu quando ele a ergueu em seus braços e a balançou no ar.

— Vamos fazer tudo dar certo — prometeu ele, cobrindo-lhe o rosto de beijos. — Começando por hoje.

— Nós iríamos nos casar hoje.

— Nós vamos nos casar. — Ele passou os braços por baixo de suas pernas para carregá-la.

— Mas nós...

— Eu tirei a certidão. — Beijando-a, girou com ela nos braços.

— Uma certidão de casamento?

— Está no meu bolso, com duas passagens para Veneza.

— Para... — Sua mão caiu do ombro dele. — Para Veneza? Mas como...?

— E Mae comprou um vestido para você ontem. E não me deixou ver.

— Bem... — A emoção era grande demais para permitir que ela fingisse estar zangada. — Você tinha tanta certeza assim?

— Não. — Beijou-a de novo, sentindo a curva de seus lábios e as boas-vindas. — Eu tinha certeza de você.

PUBLISHER
Omar de Souza

GERENTE EDITORIAL
Livia Rosa

COORDENAÇÃO DE PRODUÇÃO
Thalita Aragão Ramalho

ASSISTENTE EDITORIAL
Tábata Mendes

EDITORA DE TEXTO
Juliana Nóvoa

PRODUÇÃO EDITORIAL
Marcela Isensee

COPIDESQUE
Flavia de Lavor

REVISÃO
Aline Canejo
Marcella Sarubi

DIAGRAMAÇÃO
Abreu's System

CAPA
Coralina Estudio

Este livro foi impresso no Rio de Janeiro, em 2016,
pela Edigráfica, para a HarperCollins Brasil.
A fonte usada no miolo é Warnock Pro, corpo 11,5/15,6.
O papel do miolo é Chambril Avena 80g/m^2, e o da capa é cartão 250g/m^2.